D1510581

CHANT
POUR UN DÉPART

Désirée MEYLER

CHANT
POUR UN DÉPART

(Fled is that music)

Traduit de l'anglais
par A.M. Jarriges

LES EDITIONS MONDIALES
2, rue des Italiens — Paris-9ᵉ

ISBN N° 2-7074-1363-1

CHAPITRE PREMIER

La vieille horloge égrena huit coups, puis se tut comme à regret. La matinée s'annonçait radieuse, en ce mois de mai 1914.

Par la porte grande ouverte, on entendait le pépiement des oiseaux prenant leurs ébats sur la pelouse du presbytère, étincelante de rosée. Le soleil pénétrait à flots, éclairant d'un long rayon oblique le carrelage noir et blanc du hall, caressant le cuivre rutilant des hautes potiches où s'épanouissaient de vigoureuses plantes vertes, toutes fières de leurs jeunes pousses, et laissant délibérément dans l'ombre le grand escalier en bois qui menait aux étages.

Sur la dernière marche de cet escalier, était assise une jeune fille d'environ seize ans. Les coudes sur les genoux, la tête dans les mains, elle apprenait en silence une poésie. Seules, ses lèvres remuaient et, de temps en temps, elle jetait un coup d'œil furtif sur le livre ouvert devant elle. Elle semblait indifférente à tout ce qui l'entourait, et complètement insensible à la tentation permanente qu'était cette porte ouverte sur une nature aussi éblouissante. Inlassablement elle répétait les mêmes mots à mi-voix : « Alors Sir Bedivere se leva brusquement et se mit à courir le long de la berge... » Elle s'arrêta soudain, et eut un geste de lassitude.

— Et quand je pense qu'il y en a dix strophes

comme ça ! marmonna-t-elle. Jamais, je n'arriverai à toutes les retenir...

Mais vaillamment, elle se remit à l'ouvrage, en soupirant de temps à autre.

Tout à coup, la porte du bureau s'ouvrit et son père apparut, la Bible sous le bras. C'était un homme de haute taille, au dos légèrement voûté. En apercevant sa fille, il s'arrêta et fronça les sourcils.

— Elisabeth !

Au son de la voix paternelle, la jeune fille redressa la tête.

— Oui, père !

— Où est ta mère ? Où sont les autres ? Cette maison devient le royaume du laisser-aller. On fait la prière chaque jour un peu plus tard. Pourquoi ne pas essayer d'être exact ?

Elisabeth s'était levée, étonnée de la soudaine colère de son père, toujours si calme habituellement. Dans sa hâte, elle avait laissé tomber son livre sur le carrelage, et ne songeait même pas à le ramasser.

Le pasteur répéta sa question.

— Où sont les autres ?

— Je ne sais pas, père. Voulez-vous que j'aille les chercher ? demanda Elisabeth, en fronçant les sourcils exactement de la même façon que son père.

— Inutile ! répondit celui-ci froidement. Va seulement prévenir ta mère que je commence la prière dans dix minutes.

Et sans rien ajouter, il se dirigea vers la salle à manger et prit place devant la cheminée, comme il le faisait chaque matin, pour lire aux siens un passage de la Bible qu'il faisait suivre d'interminables prières, que chacun trouvait trop longues. Sa femme voyait avec regret le porridge refroidir, pendant que son mari, la voix adoucie par la tendresse, mettait sous la protection de Dieu ses deux fils, momentanément absents du foyer, en les désignant par leurs noms et prénoms sans en omettre un seul.

« Je t'en prie, mon Dieu, priait-il avec ferveur, protège nos chers enfants et en particulier ceux qui ne sont pas là : Richard, Arthur, Pennington Paget qui sert son pays aux Indes, et Archibald, Henry, embarqué à Malte comme aspirant de Marine, sur le *Cobra,* un des fidèles navires de Sa Majesté. Veille sur eux, guide-les et garde-les... »

Elisabeth n'arrivait pas à se faire à la solennité du ton que prenait alors son père ; cela lui laissait toujours une impression désagréable.

Le pasteur attendait dans la salle à manger, tirant sa montre à tout instant, en poussant des soupirs de désapprobation. Décidément sa femme, Nell, n'aurait jamais le sens de l'exactitude ! Pourtant, quand il l'avait quittée là-haut, une demi-heure plus tôt, elle était habillée et prête. Que pouvait-elle bien faire ?

— Maman vient ! annonça enfin Elisabeth en entrant en courant. Quant à Meg, elle vient juste de rentrer, elle était allée au village porter le journal de la paroisse.

A bout de souffle, la jeune fille se laissa tomber sur la chaise qui était près d'elle.

Le visage du pasteur s'éclaira.

— Meg est une bonne fille ! murmura-t-il avec affection. Si c'était un garçon, j'en ferais mon vicaire... ajouta-t-il avec une pointe de malice dans la voix. Mais où est donc passée Jenny ?

Elisabeth fit comme si elle n'avait pas entendu la question. Elle savait très bien où était sa sœur, mais n'avait aucune envie de le dire à son père. Pourtant, elle ne voulait pas mentir, alors elle choisit de se taire et se mit à jouer avec désinvolture avec l'une de ses nattes.

Monsieur Paget fronça les sourcils. Il allait reposer sa question quand sa femme entra fort opportunément, suivie de leur fille Margaret que tout le monde appelait Meg et de la cuisinière, Mme Linsey. Celle-ci, tout en rattachant son tablier, ne pouvait s'empêcher de bougonner. Elle avait dû laisser sur le feu le bacon et les œufs et elle les retrouverait sans doute dans un piteux état.

— Nous sommes tous là, Arthur ! annonça triom-
phalement sa femme.

Le pasteur soupira.

— Non, Nell ! répondit-il. Nous ne sommes pas
tous là. Où est votre fille Jennifer ? demanda-t-il en
regardant son épouse par-dessus ses lunettes. Et si je ne
me trompe pas, continua-t-il, nous avons aussi une
bonne du nom d'Annie ? Je commencerai lorsque tout
le monde sera là, pas avant.

Et d'un geste sans réplique, il referma sa Bible.

— J' suis là, M'sieur ! bredouilla timidement Annie,
en se cachant le plus possible derrière l'imposante
Mme Linsey.

Le pasteur regarda sa femme.

— Nell, demanda-t-il plus doucement, ne savez-
vous vraiment pas où est votre fille ?

Nell eut du mal à cacher son amusement. C'était
bien d'Arthur de dire « Votre fille ou votre fils »
quand l'un des enfants était en défaut. Elle lui sourit.

— Je ne l'ai pas encore vue ce matin, répondit-elle
tranquillement. Elisabeth, sais-tu si elle est levée ?

— Oui, maman. Elle s'est même levée très tôt et
je crois qu'elle est partie faire un petit tour, déclara
Elisabeth d'un ton évasif en regardant obstinément
la paume de ses mains.

— Ne pouvons-nous commencer sans elle ? demanda Nell timidement. Le petit déjeuner va être complètement froid.

— Le petit déjeuner, le petit déjeuner ! s'écria le
pasteur d'un ton excédé. Quelle importance cela peut-il
avoir ? Je vous rappelle que nous sommes ici pour
prier et que cela seul compte.

Son regard bleu et limpide fit le tour de l'assistance,
s'attardant sur chacun des présents.

Il y avait d'abord sa femme, Nell, fraîche, épanouie et qui portait allègrement ses quarante ans. Son
air paisible et doux cachait en réalité une nature généreuse et spontanée. Active, courageuse et désintéressée,
elle avait accepté de bon cœur, et cela dès le début
de leur mariage, de vivre dans une sorte de perpétuel

dénuement qui frisait bien souvent la pauvreté. Elle portait, ce matin-là, une robe en popeline gris pâle, charmante bien qu'elle fût complètement démodée. Un joli camée en retenait le col.

A côté d'elle, se tenait leur fille aînée, Margaret. Elle attendait calmement, les mains jointes, ses pâles yeux bleus perdus dans une sorte de rêve indistinct. Elle était d'une beauté délicate et sa peau était si fine et si blanche qu'on voyait battre ses veines à ses tempes et à son cou. Ses cheveux d'un blond doré étaient maintenus en un chignon bien serré au-dessus de sa tête, et ses traits réguliers étaient dominés par un petit menton volontaire et une bouche aux lèvres étirées et minces. Elle était vêtue d'une robe de toile bleue qu'elle avait faite elle-même car elle était fort habile en couture. Elle était même la seule à l'être dans la famille. A vingt-deux ans, elle n'avait jamais encore quitté la maison paternelle, ni la petite communauté d'Eskton. Elle avait une véritable dévotion pour son père, mais ne s'entendait pas très bien avec ses frères et sœurs qui la trouvaient maniérée et redoutaient sa langue... Elle voulait toujours avoir raison et ne se privait pas pour rapporter à ses parents toutes les sottises de ses cadets quand l'occasion s'en présentait.

Tout près d'elle se dandinait Elisabeth qui était jumelle avec Archibald — Archie pour les intimes — le jeune midship. Elle se répétait mentalement la poésie qu'elle aurait à réciter tout à l'heure à Mlle Emery qui venait chaque matin à neuf heures et demie pour lui donner des leçons. Non qu'elle fût une mauvaise élève, bien au contraire, et son rêve le plus cher ainsi que son ambition, était de pouvoir aller un jour à Oxford. Elle avait épuisé depuis longtemps toutes les connaissances de Mlle Emery et, malgré tout l'intérêt qu'elle portait à Tennyson, elle commençait à trouver cette poésie un peu monotone. Elle aurait bien voulu attaquer le latin et le grec. Parfois, quand son père était bien disposé, il lui donnait un cours de latin, entre un sermon et une visite dans sa paroisse, mais l'occasion en était rare et la plupart du temps, la jeune

fille travaillait seule, réservant aux leçons et devoirs de
Mlle Emery la seule demi-heure qui précédait le
petit déjeuner.

Il faut dire que le pasteur avait fait de gros sacrifices pour l'éducation de ses fils et qu'il était obligé
de resserrer les cordons de sa bourse en ce qui
concernait celle de ses filles. Aucune d'elles n'avait
pu aller à l'école et il leur avait fallu se contenter de
l'enseignement de la pauvre Mlle Emery, dont il
faut bien reconnaître que les connaissances étaient
assez limitées. Elisabeth avait supplié de la laisser
aller, ne serait-ce qu'un an, à l'école de Bensford,
son père n'avait pas même pu lui offrir cela.

— Tu comprends, avait-il dit en soupirant, il a
fallu penser à tes frères d'abord...

Elisabeth n'avait rien répondu, mais elle s'était
réfugiée dans sa chambre en pleurant, maudissant le
sort qui l'avait faite naître fille. Elle savait qu'elle
aurait pu faire de brillantes études et ne se résignait
pas à l'ignorance qu'on lui imposait.

— Le bacon..., murmura tout bas Mme Linsey à
l'oreille de sa maîtresse.

— Je pense qu'il vaut mieux commencer sans
Jenny, déclara sourdement Nell en lançant à son
mari un regard suppliant.

— Comme vous voudrez, ma chère, répondit-il
d'un ton à la fois résigné et désapprobateur, tout en
ajustant ses lunettes et en ouvrant la Bible à la page
marquée d'un signet.

« Et Il dit à ses disciples : Ainsi, je vous le dis,
ne prêtez pas trop d'attention à votre corps, à votre
nourriture et à vos vêtements, car la vie doit être
consacrée à des choses beaucoup plus importantes... »

Tout en écoutant la voix profonde de son mari
lisant des mots qu'il connaissait si bien, Nell fut
soudain submergée d'une sorte de ressentiment. Certes le désintéressement était une vertu, mais tout de
même il y avait des limites au dénuement. Elle songea
à ses filles devenues grandes et qui auraient eu besoin
de tant de choses, qu'ils étaient bien incapables de

leur offrir. Il y avait Margaret, si jolie et si docile à qui il aurait fallu pouvoir faire rencontrer des jeunes gens de son âge. Il y avait aussi leur petite sauvageonne de Jennifer, — Jenny pour eux tous, — qui serait sûrement punie pour avoir manqué la prière du matin. Elle avait une nature indisciplinée mais tellement riche et vivante. A dix-neuf ans, elle se conduisait encore bien souvent comme une gamine. Pourtant, de tous les enfants, c'était sûrement celle dont le caractère se rapprochait le plus de celui de leur père. Comme lui, elle ne se préoccupait jamais du lendemain, vivant pleinement chaque minute de son temps et y trouvant un bonheur constant. Seulement pour Jenny, le bonheur suprême consistait à courir par monts et par vaux comme un jeune poulain échappé, sans se préoccuper des convenances. Un vrai garçon manqué !

Arthur Paget avait fini la lecture de la Bible. Il priait maintenant pour ses deux fils... Nell poussa un autre soupir. C'était tout de même injuste que les garçons aient eu la meilleure part et qu'il ne soit rien resté pour les filles. Le comte Wilfred Filey avait envoyé Richard à Sandhurst et lui avait fait don d'une généreuse pension. Célibataire, il avait toujours traité les fils d'Arthur Paget comme les siens les dotant généreusement, car il savait que le traitement d'un pasteur n'était pas très élevé. Richard avait échoué à une école d'officiers. Il avait donc dû se contenter d'un simple poste de sous-officier dans un bataillon basé aux Indes, où il était maintenant depuis quatre ans. Il devait bientôt revenir et avait même probablement déjà embarqué à Bombay sur l'*Africa*, bien qu'on fût sans nouvelles de lui depuis cinq semaines.

A la pensée du prochain retour de son fils, Nell sentit un frisson de joie la parcourir. Cher Richard ! Elle devait bien s'avouer au fond d'elle-même qu'il avait toujours été son favori. Quatre ans ! Comme il avait dû changer ! Ce devait être un homme maintenant, après toutes ces années de garnison aux Indes, où il avait participé à certaines actions contre les rebelles. Pourtant, il semblait s'être plu là-bas, ses lettres le disaient clairement. Il avait parcouru le Cachemire, chassé, participé à des matches de polo, à des bals, à des fêtes. Quant au climat, il était exactement à son goût. Des hivers rudes mais brefs, un long printemps très doux et des étés très chauds mais courts également.

— Protégez-les et...

Le pasteur fut soudain interrompu par un tintamarre épouvantable de casseroles et de plats renversés qui semblait venir de la cuisine. Nell et la cuisinière échangèrent un long regard. Toutes deux se doutaient de ce qui se passait en bas. Le chat avait choisi de prendre son petit déjeuner avant eux et avait sûrement englouti avec délices le bacon, les œufs et le poisson fumé. Madame Linsey tenta de gagner la porte précipitamment, mais le pasteur coupa net son élan.

— Je n'ai pas fini, madame Linsey ! dit-il froidement.

La cuisinière revint à contrecœur sur ses pas.

— Après tout, pensait-elle, tant pis pour eux. S'ils préfèrent que le chat soit servi avant eux, ça les regarde !...

— « Amen », termina M. Paget.

— Excusez ! marmonna alors Mme Linsey en s'éclipsant cette fois avec une telle promptitude que personne n'aurait pu la rattraper. On l'entendit pousser un cri indigné, puis il y eut un miaulement de terreur, suivi d'un claquement de porte brutal. Et tout rentra dans l'ordre.

— J'espère qu'elle n'a pas fait de mal à Poussy, murmura le pasteur. Elle ne doit pas oublier que c'est un vieux chat et qu'il a droit à quelques égards.

Personne ne répondit car le Poussy en question, en fait de vieux chat, était une vraie panthère en réduction, qui avait toujours bonnes dents et bon œil et qui passait sa vie à jouer des tours pendables soit à la cuisinière, soit au jardinier. Alors, Elisabeth mit le couvert du petit déjeuner et Nell servit le porridge. Margaret n'en prenait jamais car elle avait entendu dire que c'était mauvais pour le teint. Sa sœur par contre se jeta sur son assiette comme un jeune loup affamé. Meg lui donna un coup de pied sous la table et Elisabeth manqua avaler de travers.

— Ne mange pas comme un porc ! siffla l'aînée entre ses dents.

Il y eut un moment de silence, puis le pasteur prit la parole en s'adressant à sa femme.

— Nell, prévenez-moi dès que Jenny sera de retour. Je désire lui parler. Il nous faut être plus fermes avec elle. Et je suis décidé à sévir, car sans vouloir vous blesser, je ne puis compter sur vous pour cela. Vous êtes bien trop indulgente. Passe-moi le sucre, Elisabeth. Je me demande où elle a bien pu aller ce matin ?

— Elle est allée courir dans la lande, susurra Margaret. Je l'y ai vue par ma fenêtre, pendant que je m'habillais.

Ce fut au tour d'Elisabeth d'envoyer la pointe de son soulier dans la cheville de sa sœur. Mais celle-ci ne réagit pas, se contentant de sourire d'un air de martyre. Après tout que lui importait de faire punir sa sœur. N'était-il pas de son devoir de renseigner ses parents ? Alors, se tournant vers son père, elle ajouta avec un petit sourire contrit :

— Peut-être aurais-je dû la surveiller, mais il fallait que je descende au village porter à madame Hare le journal de la paroisse et j'avais une ou deux courses à faire pour la maison...

— Tu n'as aucun reproche à te faire, répondit gentiment son père. Tu as fait ce que tu devais. Quand je pense, ajouta-t-il en ouvrant son poisson avec soin, qu'elle a dix-neuf ans ! C'est encore une véritable gosse... Alors que vous, Nell, au même âge, vous étiez déjà mariée...

Sa femme approuva en silence. C'était vrai. A l'âge de Jenny, elle était déjà mariée et un an après naissait Richard. Elle n'avait jamais su ce qu'était une jeunesse insouciante et ne pouvait blâmer Jenny de désirer courir à travers bois et landes, comme un jeune animal ivre de liberté. Surtout par une matinée aussi radieuse !

Soudain Elisabeth qui faisait face à la fenêtre sursauta en s'écriant :

— La voilà ! Et pas seule... Un jeune homme l'accompagne. Oh ! Meg ! ajouta-t-elle plus bas, je n'en ai jamais vu d'aussi beau...

*
* *

Beaucoup de gens n'aimaient pas les landes. Ils les trouvaient trop sauvages et trop tristes. Mais Jenny n'était pas de ceux-là. C'était le seul endroit où elle se sentait vraiment libre. Là, parmi les fougères et la mousse, au milieu des crêtes dentelées des rochers et des fleurettes aux pétales en forme d'étoiles, là seulement elle pouvait laisser vagabonder son esprit et se sentir aussi légère que le vent, courir à perdre haleine ou se laisser tomber sur le tapis moëlleux de l'herbe, sans risquer d'être vue, ni réprimandée, sans risquer de s'entendre rappeler qu'elle n'était plus une enfant et qu'à son âge, elle aurait dû avoir une tenue plus convenable... Convenable ! En quoi sa tenue n'était-elle pas convenable ?

Elle avait toujours vécu dans ces landes du Yorkshire qui semblaient s'étendre à l'infini vers le nord, alors qu'à l'est elles allaient rejoindre la mer et ses brumes. Elle y trouvait l'espace et la solitude, le silence et la beauté. La jeune fille passait des heures entières à écouter le bêlement des moutons, l'appel de l'alouette, ou encore le cri de ralliement du courlis. Etendue sur le dos, elle aimait regarder planer les buses ou voir s'envoler maladroitement des bruyères, les jeunes perdreaux de l'année. Elle connaissait et aimait chaque cri et jamais la solitude ne l'avait effrayée.

Ce matin-là, allongée sur une roche plate, comme un lézard se chauffant au clair soleil de mai, elle contemplait la mer qui s'étendait au loin, sillonnée par de blancs navires aux hautes cheminées. C'était une des lignes commerciales les plus actives de l'Angleterre.

Elle s'assit en ramenant sa jupe de coton fané sur ses genoux, les yeux perdus dans le vague, oubliant le temps qui passait et la sévère réprimande qu'elle n'allait pas manquer de s'attirer. Elle offrait sans contrainte son jeune visage hâlé au soleil, ses grands yeux gris à demi fermés, tandis que la brise légère ébouriffait ses folles mèches brunes, seulement retenues par un vieux ruban délavé qui avait appartenu à Elisabeth. Son nez parsemé de taches de rousseur se retroussait légèrement, ce qui donnait à la jeune fille un perpétuel air moqueur. Quant à sa bouche, ferme et bien dessinée, elle s'ouvrait sur de magnifiques dents blanches, légèrement écartées, comme chez tous les Paget. Peut-être était-ce un peu plus prononcé chez Jenny que chez ses frères et sœurs.

Elle portait une jupe en coton bleue et un mince chemisier blanc qui moulait sa jeune poitrine un peu plus que les convenances de l'époque ne l'auraient souhaité. A dire vrai, c'était un chemisier à Elisabeth que dans sa hâte à sortir pour profiter de cette magnifique matinée de printemps, elle avait pris au hasard dans l'armoire. En courant, elle s'était sentie un peu serrée et avait découvert ainsi son erreur. Alors, pour être plus à l'aise, elle avait tout simplement défait les premiers boutons, offrant son cou et son décolleté à la tendre caresse du soleil. C'était à cause de ce total mépris des convenances qu'elle passait dans sa famille pour un garçon manqué. Elle se refusait catégoriquement à imiter les jeunes filles de son âge qui ne sortaient jamais sans chapeau et ne quittaient jamais leurs ombrelles. Elle préférait courir les mains libres, les manches de son chemisier relevées jusqu'au coude et les jambes nues sous ses jupes légères. Elle détestait toute contrainte et s'épanouissait, libre et heureuse, sans honte, ni pruderie. Elle ne voyait aucune raison à ne pas profiter du soleil, de l'air et du vent et ne se sentait nullement coupable de transgresser des règles qui lui semblaient sans fondement.

Au bout d'un long moment, elle sentit la faim lui tirailler l'estomac et elle comprit qu'il devait être l'heure du petit déjeuner. Alors, elle se leva de sa roche, remit ses chaussures et ramassa le vieux cahier qui lui servait d'herbier. Puis elle dégringola en courant le vallon qui conduisait à la rivière.

Là, c'était la grande fête du printemps. Tous les bourgeons des arbres serrés étaient prêts à éclater et on foulait aux pieds un tapis de fleurs multicolores : jacinthes sauvages dans leur parure d'un bleu intense, jonquilles et narcisses vêtus d'or et de moire, campanules d'un mauve délicat... De l'autre côté du ruisseau, s'ouvrait une sorte de verger sauvage où des cerisiers et des pêchers laissaient la brise éparpiller leur écume rose et blanche. Jenny suivit le cours d'eau dont elle connaissait le moindre tournant. Elle arriva bientôt près d'un bouquet de grands arbres dont les tendres feuilles nouvelles donnaient déjà une ombre légère, et là, elle respira à fond. Le parfum du printemps y était plus capiteux que partout ailleurs, fait à la fois des senteurs fraîches et humides de la rivière et de ses berges, et de celles plus tenaces des fougères et des pousses neuves. Soudain, la jeune fille aperçut de l'autre côté de la rivière une fleur curieuse qu'elle ne connaissait pas. Montée sur une haute tige flexible, la corolle était composée de pétales en étoiles d'un bleu délicat. Quant aux feuilles dentelées, elles se relayaient en chicane du pied aux pétales. C'était une trouvaille pour son herbier et il ne fallait pas laisser passer l'occasion. Elle avisa quelques grosses pierres que le courant avait roulées les unes près des autres au beau milieu du ruisseau dont le lit n'était pas très profond à cet endroit. Elle n'hésita pas et, après s'être déchaussée et avoir déposé soigneusement son cahier sur la berge, elle entreprit de traverser le cours d'eau sur ce gué de fortune. D'une main, elle relevait sa jupe et de l'autre, elle tentait de garder l'équilibre en s'en servant comme d'un balancier.

Soudain, elle sentit une secousse. Quelque chose venait de se prendre dans ses cheveux, la tirant en arrière. Malgré tous ses efforts, elle perdit l'équilibre et tomba dans l'eau, s'emmêlant dans le fil qui l'avait harponnée. Elle se remit tant bien que mal sur ses pieds et tenta de regagner la berge. Au cri qu'elle avait poussé en tombant, l'homme, à qui appartenait la ligne, accourut à son secours, et l'aida à sortir de l'eau. Elle offrait un triste spectacle. Les cheveux trempés, le visage ruisselant, sa jupe et son chemisier collés au corps, elle n'avait plus rien de la fille du très respectable pasteur, et le jeune pêcheur fut bien excusable de la prendre pour une petite villageoise venue se rafraîchir à la rivière.

— Je suis navré, mon petit, déclara piteusement l'homme en essayant de récupérer l'hameçon au milieu des boucles brunes, collées les unes aux autres. Mais aussi quelle idée de venir faire trempette juste à l'endroit où je pêchais !

Jenny, vexée de l'aventure et du ton condescendant du pêcheur, eut un geste d'impatience et d'une tape sèche lui fit lâcher prise.

— Laissez donc mes cheveux tranquilles. Je préfère enlever l'hameçon moi-même. Vous me faites mal.

Le jeune homme sembla surpris de la rebuffade et du ton de la jeune fille. Il recula et la regarda faire d'un air narquois.

Elle essaya pendant un instant de démêler à tâtons fil, cheveux et hameçon, mais dut bien s'avouer vaincue. Alors prenant le fil à pleines mains elle le cassa net.

— Pour ce qui est de l'hameçon, vous en remettrez un autre.

Cette fois, le pêcheur éclata de rire.

— Car vous comptez garder l'hameçon dans vos cheveux ? demanda-t-il en riant de plus belle.

— C'est ça ! En souvenir..., marmonna Jenny,

agacée. Puis plus haut, elle ajouta : Une de mes sœurs me l'enlèvera à la maison.

Le ton était sec, la voix assurée. Le jeune homme comprit qu'il ne s'agissait pas d'une petite bergère venue patauger dans la rivière et, à son tour, il se sentit un peu ridicule.

— Allez-vous loin ? demanda-t-il plus doucement. Puis-je vous raccompagner ? Tenez, prenez ma veste. On a beau être en mai, il ne fait pas encore très chaud et vous êtes trempée...

Et d'un geste plein d'autorité, il posa sa veste sur les épaules de la jeune fille qui le remercia d'un sourire.

— Maintenant, ajouta le jeune pêcheur, permettez-moi de me présenter : Guy Tancred ! Je suis capitaine dans l'armée des Indes et je passe quelques jours de permission à l'auberge du *Grand Cerf*.

Jenny le regarda, découvrant soudain combien il était beau garçon. Grand, blond et mince, il avait un visage aux traits réguliers que le soleil des Indes avait bronzé à souhait. Une fine moustache ornait sa lèvre supérieure. Il fit semblant de ne pas voir l'examen dont il était l'objet et après avoir ramassé cannes, lignes et panier à poissons, il offrit le bras à la jeune fille et se mit en route. Jenny comprit qu'elle n'avait plus d'autre solution que de conduire son chevalier servant chez elle et de lui offrir un bon petit déjeuner.

⁂

Au cours de toutes ces années passées au côté de son pasteur de mari, Nell Paget avait appris à se tirer de toutes les situations, même les plus extravagantes. Aussi, une fois de plus, prit-elle l'affaire en mains. Elle accueillit le nouvel arrivant avec beaucoup de gentillesse et sonna Mme Linsey pour qu'elle lui apporte du café frais. Puis elle envoya Jenny se changer, malgré la muette protestation de celle-ci qui aurait de loin préféré commencer par prendre son petit déjeuner...

Rien dans l'attitude de Mme Paget n'aurait pu

laisser deviner la honte qu'elle avait ressentie en voyant sa fille arriver dans cet état : trempée de la tête aux pieds, complètement échevelée, la jupe et le chemisier étroitement collés au corps...

« Décidément pensait-elle, cette enfant n'aura jamais l'âge de raison, ni aucune pudeur ! Pourtant, elle a déjà dix-neuf ans... Et cette désinvolture avec laquelle elle a amené ici le capitaine Tancred ! On aurait dit un magicien faisant surgir un lapin d'un chapeau. »

Elle se promit de dire à Jenny ce qu'elle pensait de sa conduite, mais le plus urgent était de se montrer une parfaite maîtresse de maison pour faire oublier au jeune étranger l'incorrection de sa fille.

— Etes-vous un habitué de la région ? demanda-t-elle aimablement.

Le capitaine Tancred reposa sa tasse de café et secoua la tête.

— Non, madame, répondit-il courtoisement, à dire vrai, c'est même mon premier séjour ici. Mais, je suis le sujet d'une étrange coïncidence... Car, si j'ai bien compris votre nom, vous êtes monsieur et madame Paget, n'est-ce pas ? Or, je suis le meilleur ami de votre fils Richard et c'est lui qui m'a recommandé la région...

Ce fut un chœur d'exclamations ravies.

— Le meilleur ami de Richard ! Mais c'est merveilleux ! s'écria le pasteur.

— Donnez-nous vite de ses nouvelles ! surenchérit Nell vivement émue.

— C'est fou ! s'exclama Elisabeth.

Seule Meg ne dit rien, mais elle offrit au capitaine son sourire le plus séduisant.

Guy Tancred jouissait manifestement de l'effet produit par ses paroles. Son regard fit le tour de la famille et s'arrêta sur Meg.

« Sapristi ! se dit-il. Quelle beauté ! Avec sa tête d'ange, elle ferait battre tous les diables de l'enfer ! »

Et, sentant son pouls s'accélérer, il pensa qu'après

tout, son séjour dans la région serait peut-être beaucoup moins ennuyeux qu'il ne l'avait tout d'abord redouté.

Cependant, le pasteur s'était levé et approché du capitaine, lui posant amicalement une main sur l'épaule.

— Nous sommes tellement heureux de pouvoir accueillir chez nous le meilleur ami de notre fils ! dit-il d'une voix profonde. Dans sa dernière lettre, il nous disait qu'il allait probablement embarquer sur l'*Africa* pour revenir en Angleterre. Mais c'était encore assez vague et, depuis, nous n'avons aucune nouvelle. Savez-vous où il est actuellement ?

Le capitaine Tancred parut soudain embarrassé. Tous les visages de la famille étaient tendus vers lui, et exprimaient selon le cas l'espoir, l'inquiétude, même l'angoisse en ce qui concernait celui de la mère de Richard.

— Nous sommes dans le même régiment, expliqua brièvement le jeune officier, et tout ce que je peux vous dire est que nous avons embarqué ensemble sur l'*Africa* à Peshawar, et que nous avons débarqué ensemble en Angleterre, il y a maintenant un peu plus de trois semaines...

CHAPITRE II

Toute la journée, Nell Paget fut en proie à une vive agitation. Son imagination angoissée lui faisait redouter le pire. Pour la centième fois, elle harcela son mari.

— Ecoutez, Arthur ! Etes-vous sûr que Richard n'est pas en danger ? Malade, blessé, amnésique, que sais-je ? Je vous en prie, partez pour Londres dès ce soir et allez à l'Amirauté voir si...

— De grâce, Nell ! interrompit avec humeur le pasteur, soyez un peu raisonnable. Richard n'est plus un enfant ! S'il y avait la moindre chose, il connaît notre adresse et nous ferait prévenir. Je vous en prie, calmez-vous...

Nell baissa la tête et, involontairement, son regard se posa sur la photo de son fils aîné, qui ornait le bureau de son mari. Une bouffée d'orgueil la submergea. Quel beau garçon c'était déjà alors ! La photo avait été prise lors de sa première année de garnison à Peshawar. Il avait été photographié debout, la main sur son épée. Une moustache toute nouvelle lui donnait l'air d'un homme. Il portait très bien l'uniforme, qui mettait en valeur sa taille élancée et la carrure de ses épaules... Nell sentit les larmes lui monter aux yeux.

— Je ne comprends pas, Arthur, murmura-t-elle d'une pauvre voix. Cela ressemble si peu à Richard d'agir ainsi vis-à-vis de nous !

— Il a sûrement ses raisons, répliqua, le pasteur d'un ton bourru, tout en songeant à part lui qu'il se doutait bien de ces raisons-là, mais comment faire comprendre cela à Nell ?

Il était difficile de lui expliquer que pour un bouillant jeune homme qui a passé quatre ans dans une garnison perdue des Indes, Londres offre une mine de ressources en tous genres. Mal à l'aise, il sauta sur la première occasion qui lui vint à l'esprit :

— Il faut que je parte maintenant, dit-il en s'adressant à sa femme. J'ai promis à la vieille madame Carey d'aller la voir. Je ne serai sûrement pas revenu pour le thé. Ne m'attendez pas et essayez de ne pas trop vous inquiéter. Je suis sûr que Richard ne court aucun danger... Du moins pas ceux auxquels vous pensez...

— Que voulez-vous dire ? Je vous en prie, Arthur, ne me laissez pas, je voudrais vous parler...

— Nell, je vous assure qu'il faut que je parte. On m'attend ! J'ai mes devoirs à remplir...

— Vous avez aussi des devoirs envers nous, et vous semblez complètement les oublier.

— Nell !

Arthur Paget s'était retourné d'un bloc, suffoqué par l'accusation de sa femme.

— Il n'y a pas de Nell qui tienne, reprit celle-ci, bien décidée à aller jusqu'au bout de ce qu'elle avait à dire. Votre fils passe trois semaines à Londres sans donner signe de vie, vos filles poussent comme des herbes folles sans que vous vous aperceviez seulement qu'elles arrivent à un âge où elles ont besoin d'une foule de choses et, en particulier, d'être guidées...

Le pasteur regarda sa femme en fronçant les sourcils.

— Que voulez-vous dire ? Mes filles savent très bien qu'elles peuvent me demander ce qu'elles veulent et je ne crois pas leur avoir jamais refusé un conseil.

— Il ne s'agit pas du tout de cela, reprit Nell avec impatience. Vous êtes-vous jamais rendu compte que vous n'avez pas seulement levé le petit doigt pour

leur venir en aide ou leur trouver des appuis. Par
contre, vous n'avez pas hésité à demander à Wilfred
Filey son aide pour Richard...

— C'est faux ! cria le pasteur, outré de tant de
mauvaise foi. Il me l'a proposée lui-même.

— ... et au parrain d'Archibald de le faire entrer
dans la Marine ! continua Nell sans tenir compte de
la mise au point de son mari.

— Gérald Parsons n'a pas attendu que je le lui
demande pour diriger Archibald vers la Marine !

— Cela ne change rien. Mais qu'avez-vous fait
pour vos filles ? Les pauvres petites sont presque
des femmes, et elles n'ont reçu ni éducation digne de
ce nom, ni instruction. Comment voulez-vous que,
dans ces conditions, elles trouvent un mari ? Vous
imaginez-vous que c'est en restant dans ce trou
d'Eskton qu'elle en dénicheront un ? Meg est une
fille ravissante, mais qui peut le remarquer ? Jenny
ressemble de plus en plus à une sauvageonne. J'étais
morte de honte pour elle ce matin, et Elisabeth se
ronge de ne pouvoir aller à Oxford. Pourtant, elle
est très intelligente et ferait sûrement de brillantes
études...

Le pasteur avait l'air traqué. Il détestait se voir
ainsi confondu par sa femme et il n'avait aucune
envie de se justifier, d'autant qu'il ne se sentait nullement dans son tort. Il prit son chapeau et sa canne
et se dirigea vers la porte. Il avait déjà la main sur
la poignée, quand il se retourna vers Nell.

— Je ne pensais pas que vous me jugiez ainsi,
dit-il tristement. Vous devriez pourtant savoir aussi
bien que moi, que nos moyens ne nous permettent
pas d'offrir à nos filles tout ce qu'elles désirent. Je
pense que le plus important est de leur enseigner à
être bonnes et aimables. Ce sera leur plus grande
richesse. Pour ce qui est de Jenny, elle traverse une
période difficile, mais cela ne m'effraie pas. Elle
pèche par excès de vitalité. Cela lui passera, hélas !
Quant à Elisabeth, je me permets de vous rappeler
que c'est une fille et que son rêve d'aller à Oxford

est complètement ridicule. Que Dieu me préserve
d'avoir un bas bleu comme fille ! Enfin, en ce qui
concerne ma petite Meg, elle fait la joie de son père !
C'est mon bras droit et je supplie le Ciel qu'elle ne
trouve pas trop tôt l'homme qui l'enlèvera à moi !

Nell eut un geste de désespoir.

— Décidément, Arthur, vous ne comprendrez
jamais ! soupira-t-elle. Vous ne vous rendez pas
compte qu'en ne faisant rien pour elles sous prétexte
que ce sont des filles, vous les condamnez au célibat.
Nous ne sommes pas éternels ! Avez-vous pensé à
cela ?

— Nell, reprit Arthur plus doucement, je ne sais
pas ce qui vous arrive aujourd'hui ! Je crois que cette
histoire au sujet de Richard vous a bouleversée. Calmez-vous, nous reparlerons de tout cela à tête repo-
sée...

Il était déjà sorti, mais revint sur ses pas et passa
la tête par l'entrebâillement de la porte.

— J'oubliais... Si je rentre tard, voulez-vous veiller à ce qu'on nourrisse Poussy ? J'essaierai de passer
chez le boucher pour lui ramener du foie pour demain.

**

Nell resta quelques instants à contempler stupi-
dement la porte. Puis elle haussa les épaules avec
lassitude. C'était toujours la même chose : les dis-
cussions avec Arthur n'aboutissaient jamais à rien.
Il finissait par avoir le dernier mot en vous persua-
dant que votre colère ou vos reproches n'étaient que
le fruit du surmenage ou d'une mauvaise humeur
passagère, ce qui leur enlevait tout poids et toute
valeur.

Elle s'assit au bureau. Sa tête lui faisait mal, tout
y était chaos. Elle ne pouvait songer à Richard sans
ressentir une cruelle souffrance. Il avait toujours été
le plus favorisé. Quels sacrifices n'avaient-ils pas faits
pour le laisser tenter l'examen de Wellington ? Comment pouvait-il agir ainsi vis-à-vis d'eux maintenant ?

Etre en Angleterre depuis trois semaines après quatre ans d'absence et ne pas avoir songé à leur envoyer un mot !... Quant à Meg, comment Arthur pouvait-il être assez aveugle pour ne pas voir qu'elle devenait une véritable harpie avec ses sœurs, prématurément aigrie par tous ses rêves refoulés ? En définitive, c'était pour Jenny qu'elle s'inquiétait le moins. Elle avait une nature riche et bien équilibrée, une vitalité à toute épreuve d'une rare volonté. Plus dur était d'accepter le sort d'Elisabeth... Comment ne se serait-elle pas désolée en voyant accorder à Archibald, son jumeau, toutes les facilités, alors que des deux, c'était elle la plus douée ?

C'était injuste ! Trop injuste ! Et tout cela parce que c'étaient des filles... Si seulement ils avaient eu un peu plus d'argent et davantage de relations dans la région ! D'aussi charmantes filles auraient certainement été invitées à des bals, à des réceptions. Elles auraient pu y rencontrer des gens intéressants, d'éventuels maris... Mais de telles sorties signifiaient des robes du soir, des accessoires assortis, des éventails et bien d'autres choses encore... Nell soupira. Elle-même n'avait guère profité de sa jeunesse. Alors qu'elle était encore très jeune, son frère avait un jour amené Arthur chez eux et son sort avait été fixé... Non qu'elle le regrettât car, en dépit de tout, ils s'aimaient profondément, mais elle aurait bien voulu donner à ses filles tout ce qu'elle n'avait pas eu.

Elle resta longtemps assise à réfléchir. Pourquoi ne demanderait-elle pas à sa sœur Nora de l'aider ? Certes, Nora était égoïste et superficielle et, dans le fond, elles ne se connaissaient guère, mais pour une fois peut-être fallait-il qu'elle, Nell, mît son orgueil dans sa poche et en appelât à sa sœur ? Elle accepterait peut-être de prendre quelque temps chez elle Meg ? Seulement Meg avait déjà vingt-deux ans et c'était un peu tard pour la lancer à Londres.

Par l'âge, Jenny était plus proche de Celia, la fille unique de Nora qui ne devait avoir qu'un an de moins. Et puis, Jenny encore plus que Meg avait

besoin d'être éduquée, dressée... Oui ! C'était Jenny
qu'il fallait envoyer là-bas ! Si seulement elle acceptait de mettre des corsets, de se coiffer avec plus d'élégance et de veiller de plus près à sa toilette... D'autre
part, Jenny ne pourrait faire que du bien à la pauvre
petite Celia qui, malgré sa beauté et sa douceur,
était un peu attardée bien que sa mère prétendît le
contraire et eût décidé de la lancer à Londres pendant la saison prochaine.

— Battons le fer pendant qu'il est chaud ! se dit
Nell. Et se saisissant d'une plume et d'une feuille
blanche, elle se mit en devoir d'écrire à sa sœur, quoiqu'elle sût que son mari détestait qu'on utilisât son
bureau...

Là-haut dans sa chambre, Meg était en train de
réparer son chapeau de la saison précédente. Tout
en se livrant à cette tâche ingrate, elle laissait errer
sur ses lèvres un léger sourire. D'habitude, elle détestait raccommoder et remettre en état des effets usa-
gés ou abîmés. Mais cette fois, il en allait tout autrement et elle se mit même à fredonner une romance.
Ses mains habiles remplaçaient les vieux rubans fanés
par des neufs d'un ravissant vert émeraude, et redon-
naient à la paille un peu de sa forme première.

Elle songeait au jeune officier qui avait surgi ino-
pinément dans leur vie le matin même... Comme il
était beau et distingué ! Capitaine Guy Tancred ! Son
nom sonnait bien et de plus c'était le meilleur ami
de Richard !

Abandonnant un instant le chapeau sur ses genoux,
elle se mit à rêver. C'était sans aucun doute le garçon
le plus séduisant qu'elle ait jamais rencontré. Ses
yeux étaient d'un bleu d'infini et ses cheveux... tellement blonds ! Et comme tout cela ressortait bien dans
son visage bronzé ! Il l'avait regardée... Elle frissonna
au souvenir de ce regard qui s'était longuement attardé
sur elle. Elle savait qu'il l'avait trouvée jolie.

Elle n'y tint plus et se leva, laissant tomber à ses
pieds chapeau et rubans. Son cœur s'était mis à battre follement et elle essayait vainement de le conte-

nir en y pressant ses deux mains serrées. Elle s'approcha de la fenêtre et laissa errer son regard sur l'horizon. Ainsi, il était quand même venu, l'homme de ses rêves ! Son père lui avait toujours dit qu'il finirait bien par arriver et qu'il suffisait d'être un peu patiente. Cher père ! Mais n'était-il pas dangereux de laisser libre cours à son imagination ? Après tout ce capitaine Tancred pouvait être fiancé ! Marié même ! Non, c'était impossible qu'il le fût... Il était pour elle...

« Oh ! Dieu, pria-t-elle secrètement faites qu'il m'aime pour que je puisse donner libre cours à cet amour que je sens tout prêt à éclater pour lui... »

Quant à Jenny, sa journée s'était passée à la cuisine. C'était la punition favorite de sa mère quand l'une de ses deux jeunes filles avait commis quelque faute. La coupable devait participer à tout ce qui se faisait à la cuisine. La maison était lourde et il y avait plus de travail que n'en pouvaient faire la vieille cuisinière et la jeune soubrette. Aussi une aide supplémentaire était-elle toujours bien accueillie !

Jenny était justement en train d'éplucher des oignons. Si seulement sa mère l'avait laissée parler ! Était-ce sa faute si elle n'avait pas de montre et si un hameçon s'était pris dans ses cheveux, la précipitant dans la rivière en lui faisant perdre l'équilibre ? N'avait-elle pas fait une bonne prise elle-même ? N'était-ce pas un triomphe que de ramener à la maison l'homme le plus séduisant qu'on ait jamais vu à Eskton et qui, plus est, le meilleur ami de Richard ? Mais quelle déception elle avait eue, quand après avoir pris un bain et s'être changée, elle était redescendue et avait trouvé la salle à manger vide ! Son trophée avait disparu...

— Est-il déjà parti ? avait-elle demandé à sa mère tout en enlevant comme une précieuse relique, la tasse à café de leur invité.

Mais celle-ci au lieu de lui répondre, avait laissé éclater la colère qui avait dangereusement couvé jusque là.

— Jenny, j'ai honte de toi ! avait-elle dit en regardant sa fille bien en face. Tu vas commencer par aller prendre ton petit déjeuner à la cuisine, car Annie va faire le ménage de la salle. Est-ce que tu réalises qu'il est plus de neuf heures et demie ? Je te préviens que c'est la dernière fois que j'accepte de te voir te conduire comme une gamine des rues. Tu vas avoir dix-neuf ans et il est grand temps que tu en prennes conscience.

Nell s'était interrompue quelques secondes pour reprendre son souffle avant de poursuivre encore plus sévèrement :

— Comment ! Tu arrives en compagnie d'un jeune homme, complètement échevelée, les vêtements collés au corps de façon presque indécente ! As-tu songé au jugement qu'il a dû porter sur nous ? A ce qu'il a dû penser de la façon dont ton père et moi, nous vous élevions ? Peut-être même t'a-t-il prise pour une fille en quête d'aventures ! avait-elle ajouté en se laissant tomber sur une chaise avec lassitude.

— Dieu sait pourtant, avait-elle repris plus bas, que j'ai essayé d'être une bonne mère, de vous élever aussi bien que possible !... Et voilà le résultat !... Tu ne tiens compte de rien. Il va falloir prendre une décision à ton sujet. J'en parlerai à ton père ce soir, avait-elle lancé pour terminer.

Cette menace n'avait pas inquiété Jenny outre mesure. Elle savait parfaitement que ses parents n'avaient pas assez d'argent pour l'envoyer en pension et, de toute façon, elle en avait fort heureusement dépassé l'âge. Aussi les larmes qu'elle versait, étaient-elles uniquement causées par les oignons. Mais Mme Linsey qui tournait une crème à côté d'elle s'y trompa et lui fit à son tour la morale.

— Vous pouvez pleurer maintenant, Jenny ! Si c'est pas une honte... A votre âge ! Sûr que je m'appelle plus Martha Linsey s'il vous arrive pas un de ces jours une catastrophe, à courir comme vous le faites à travers bois et landes. J'avais une cousine **qui...**

Mais Jenny n'écoutait plus. Elle connaissait par cœur l'histoire de la cousine de Martha. Il s'agissait d'une fille du nom de Henrietta qui avait un jour ramené chez elle un bébé dont elle ne savait même plus qui était le père. Ses parents l'avaient chassée et elle avait tristement fini sa vie comme souillon dans une ferme où elle faisait tous les travaux dont les autres ne voulaient pas. Henry Wood, l'écrivain, n'aurait pas renié cette histoire et Jenny soupçonnait fort Martha de l'avoir lue dans l'un de ses livres.

Tandis que Mme Linsey parlait, Annie, sa jeune assistante était entrée dans la cuisine et écoutait de toutes ses oreilles, la bouche grande ouverte.

— Hein ? Qu'est-ce que vous en pensez ? demanda Martha pour terminer.

— C'est une bien triste histoire ! répondit Jenny pour ne pas décevoir la brave femme. Puis elle ajouta gaiement, une lueur malicieuse au fond des yeux : Mais ne trouvez-vous pas que le capitaine Tancred est vraiment un très beau gars ?

— Beau gars... beau gars ! marmonna Mme Linsey en versant sa crème dans une grande casserole. Justement ! C'est avec ceux-là qu'il faut faire le plus attention. Retenez bien ce que je vais vous dire, Jenny... Plus un gars est séduisant et moins on doit lui faire confiance.

Puis, plantant ses mains sur ses fortes hanches, elle ajouta :

— Il se dit le meilleur ami de monsieur Richard, mais après tout, c'est peut-être pas vrai ! Et puis monsieur Richard... Moi, je voudrais bien savoir où il est en ce moment et ce qu'il fabrique !

Ses yeux tombèrent sur Annie qui ne perdait pas un mot, trop contente de pouvoir aller ensuite faire des commérages à travers le village.

— Qu'est-ce que vous attendez, vous ? demanda la grosse Martha à sa jeune aide. Allez donc chercher des pommes de terre dans le cellier et fermez la porte derrière vous.

Tout en tournant la crème sur le feu, la brave femme hochait la tête tristement.

— J'ai bien peur que notre Richard se soit laissé entraîner à quelque sottise...

— Pourquoi dites-vous cela, Martha ? demanda Jenny, un peu troublée quand même.

— Parce que... parce que...

Mais Jenny n'en put rien tirer de plus.

— Arrêtez donc de manger ces cassis ! Vous allez être malade et je n'en aurai plus assez pour mon dessert.

— En quel honneur nous faites-vous toutes ces bonnes choses ? demanda la jeune fille à la cuisinière en prenant par espièglerie un dernier grain de cassis.

— Bah ! En l'honneur de votre beau capitaine Tancred, pardi ! Vous savez bien qu'il doit venir dîner.

— Comment ! s'écria Jenny en faisant un bond de surprise. Le capitaine Tancred vient dîner et personne ne m'en a rien dit ? C'est trop fort ! ajouta la jeune fille furieuse. C'est moi qui l'ai amené ici et on ne me dit même pas qu'il vient dîner... Mon Dieu ! Je n'ai rien à me mettre comme robe !

— Vous n'avez qu'à mettre cette jolie petite robe en popeline que mademoiselle Boner vous a faite, conseilla Martha.

— Cette espèce de chasuble ! s'écria Jenny indignée. Certainement pas. J'ai l'air d'une gamine avec ça !

Toute songeuse, elle rangea les ustensiles qui lui avaient servi et alla à l'évier laver son couteau.

— J'essaierai de me faire un joli chignon, ce soir, se dit-elle intérieurement. Je me demande si Meg acceptera de me prêter une de ses robes... Le mieux est que j'aille le lui demander.

Elle se précipita vers l'escalier, mais Martha lui barra la route avec une agilité surprenante.

— Non, mademoiselle Jenny ! Votre maman a

demandé que vous restiez avec moi jusqu'à ce qu'elle vienne elle-même vous chercher.

— Quelle malchance ! se lamenta Jenny. Mais elle obtempéra, sachant qu'elle n'avait rien d'autre à faire.

**

— Tu es vraiment la fille la plus méchante que je connaisse ! cria Jenny, écœurée.

Meg, assise à sa coiffeuse, vêtue seulement de son peignoir vert, continuait tranquillement à se coiffer, un petit sourire au coin des lèvres. Elle avait réussi à se faire un merveilleux chignon dont elle était très fière. Jenny pouvait bien crier et tempêter, ça lui était complètement égal, elle ne lui prêterait pas de robe.

Jenny comprit qu'elle n'aurait rien par la violence, alors se radoucissant, elle demanda d'un ton câlin :

— Ecoute, sois gentille, Meg, je n'ai vraiment rien à me mettre. Ne pourrais-tu au moins me prêter ta petite robe rose ?

— Tu es complètement folle, ma pauvre Jennifer, répondit l'aînée d'un ton suffisant, c'est ma plus jolie robe ! Tu ne t'imagines tout de même pas que je vais te la prêter ! Non ?

Pour toute réponse, Jenny sortit en trombe de la chambre de sa sœur dont elle claqua violemment la porte et courut s'effondrer en larmes sur son lit, en cachant sa tête dans l'édredon. Pourquoi Meg était-elle méchante ? Qu'est-ce que cela pouvait lui faire de lui prêter sa robe rose puisqu'elle-même avait décrété qu'elle porterait celle en taffetas crème ?... Elle allait avoir l'air ridicule ce soir dans ses robes trop courtes pour elle, surtout à côté de Meg qui allait apparaître dans toute sa splendeur. Les larmes de Jenny redoublèrent. Soudain, elle entendit quelqu'un entrer dans sa chambre et, à travers ses doigts crispés, elle vit que c'était Meg.

— En voilà une comédie ! maugréa l'aînée. Pourquoi ce soudain désespoir ?

— Je n'ai rien à me mettre ! gémit la pauvre Jenny qui avait encore l'espoir d'attendrir sa sœur.

— C'est bien la première fois que je te vois t'intéresser à ta toilette ! lança ironiquement Meg.

— C'est bien la première fois aussi qu'un jeune homme vient dîner à la maison ! répliqua la cadette vivement. Tu crois peut-être que tu es la seule à avoir le droit de plaire au capitaine Tancred ? Après tout, c'est moi qui l'ai amené ici !

Meg cacha un sourire de triomphe. Elle n'avait pas du tout l'intention de dévoiler à sa sœur ses projets et ses espoirs... Tout ce qu'elle savait, était que ce soir, ce serait elle la plus belle et qu'elle ferait tout pour que le beau capitaine n'ait d'yeux que pour elle...

Après le dîner, ils allèrent tous prendre le café sous le cèdre.

— Noir ou avec du lait ? demanda Meg en se penchant avec grâce vers le capitaine Tancred.

« Sous son apparence de petite sainte, cette fille n'attend qu'une étincelle pour s'embraser ! » pensa Guy Tancred en tendant sa tasse avec un sourire charmeur.

Le jeune officier but quelques gorgées de son café, puis se renversa paresseusement sur le dossier de son fauteuil. Il goûtait beaucoup cette soirée, au milieu de cette famille charmante et désuète. Il appréciait aussi le décor plein de poésie qui s'offrait à lui : la vieille maison en pierre le long de laquelle couraient vigne-vierge, glycine et clématite, la vaste pelouse plantée d'arbres vénérables, l'aimable fouillis de fleurs à la limite du potager... Et en arrière-plan, discrète et pourtant omniprésente, l'église, entourée de son muret...

— Parlez-nous de Peshawar ! demanda Nell avec insistance. Vous ne nous en avez encore rien dit et nous avons tous tellement hâte de savoir ce qu'était votre vie là-bas. Richard nous en a dit quelques mots dans ses lettres, mais nous voudrions en connaître davantage.

Pendant le dîner, elle avait essayé de briser la glace, impatiente d'entendre le jeune capitaine lui parler de leur garnison, de leur fils. Ces quatre années sans lui avaient semblé à Nell interminables et elle était avide de tout ce qui pourrait venir combler le vide qu'elle avait ressenti.

Guy Tancred sourit aimablement.

— Pour être juste, nous n'avons pas eu à nous plaindre de cette garnison à Peshawar, raconta-t-il. J'y ai rencontré Richard dès 1909 et nous avons passé de bons moments ensemble. Bien sûr, de temps en temps, nous avions à faire face à quelques engagements avec les rebelles, mais rien de bien terrible. Il y avait aussi l'entraînement, et les manœuvres... Mais dès que nous avions un instant de liberté, nous allions chasser dans le Cachemire et en ramenions souvent de belles prises.

— Richard a toujours été très sportif, fit observer le pasteur avec un sourire de fierté, tout en tirant sur sa pipe qu'il venait de rallumer. Je suis sûr, en effet, que c'est un bon fusil !

— Tout à fait exact, acquiesça le capitaine Tancred avec chaleur, c'est même un des meilleurs. Voyez-vous, pour qui aime une vie variée, colorée, aventureuse, l'Inde est le pays rêvé. J'espère bien y retourner un jour. J'ai ce pays dans le sang... La seule chose que je regrette est que nous n'ayons pas eu davantage à nous battre. Nous avons passé notre temps à attendre une attaque russe à la frontière, mais elle n'est jamais venue. Quand je pense qu'on a maintenu en état d'alerte toute une division et cela pendant dix ans, pour rien ! soupira le jeune officier.

Puis il se lança dans une longue description technique des moyens que l'armée britannique avait employés pour se préserver et préserver l'Inde d'une invasion russe. Seul, le pasteur écoutait. Ses filles et sa femme, trouvant le sujet trop ardu, bavardaient à mi-voix de choses et d'autres.

Le crépuscule avait cédé la place à la nuit et on alluma des lampes un peu partout dans la maison. Bien que la soirée fût douce, l'herbe de la pelouse était déjà tout humide de rosée et Nell fit une petite grimace en songeant à ses rhumatismes. Aussi ne tarda-t-elle pas à proposer que l'on continuât la soirée à l'intérieur. Ils allaient tous rentrer dans la maison, quand on entendit le roulement d'une voiture au détour de l'allée. Meg s'arrêta pour regarder qui pouvait venir à cette heure. Mais Jenny avait déjà reconnu le fiacre du village, et s'était précipitée à sa rencontre.

— C'est Richard ! se mit-elle à crier à la ronde.

D'un seul bond, tout le groupe fut bientôt au pied de la voiture, avant même que le voyageur en fût descendu. Seuls, le capitaine Tancred et Meg restèrent un peu en arrière. Meg lança un regard oblique au jeune officier tout en cherchant désespérément quelque chose à dire. Quelque chose de brillant, de spirituel qui l'aurait fait rire et forcé son attention... Mais, malgré tous ses efforts elle ne trouva rien. Timidité ? Manque d'imagination ? Quoiqu'il en fût, elle resta sans parole à son plus grand regret, car elle avait la certitude de perdre ainsi une occasion unique...

Quant à Tancred, il ne semblait prêter aucune attention à la jeune fille et restait cloué sur place, les yeux rivés sur le fiacre, une étrange expression sur le visage.

— Bonjour tout le monde !

Après quatre ans, la chère voix résonnait toujours aussi familière et sonore. Toute sa famille entourait le fils prodigue. C'était à qui l'embrassait, le questionnait, s'exclamait...

Richard Paget semblait très à l'aise au milieu de cet affectueux brouhaha. On le sentait heureux d'être le point de mire de ses parents et de ses sœurs. Il les dominait tous au moins d'une tête. Très grand, avec d'épais cheveux bruns, presque noirs, il avait un sourire éclatant, d'autant plus éclatant que son visage

tanné par le soleil indien, avait la couleur du pain
d'épices. A son tour, il s'exclama sur ses sœurs :
Comme elles avaient changé ! Comme elles avaient
grandi ! Il les avait quittées encore enfants ou ado-
lescentes et il les retrouvait transformées en grandes
jeunes filles... Puis prenant sa mère par les épaules,
il lui assura tendrement qu'elle était toujours aussi
merveilleuse.

— Quant à vous, père, acheva-t-il en s'adressant
au pasteur, vous n'avez pas changé du tout ! Vous
paraissez toujours aussi solide et alerte !

— Sottises ! murmura sourdement le père avec
un demi sourire, j'ai fait comme tout le monde : j'ai
pris quatre ans de plus !...

CHAPITRE III

Bonsoir à tous ! cria soudain du fond du fiacre, une voix haut perchée, au fort accent cockney.

Toute la famille se retourna d'un bloc, comme frappée par la foudre, tandis que descendait tranquillement de la voiture une fort jolie et très élégante jeune femme.

Richard se précipita pour l'aider, sous le regard médusé des siens. Elle le remercia d'un sourire et s'avança avec grâce. Vêtue d'un ensemble violet, elle portait un grand chapeau, orné d'une plume blanche, d'où s'échappaient quelques boucles d'un blond doré. Son visage, fardé avec art, était d'un ovale parfait, son nez petit et fin, et ses lèvres délicatement dessinées s'écartaient en un sourire un peu railleur, découvrant des dents menues et très blanches. On ne pouvait rester insensible à tant de beauté et il émanait de la jeune femme un charme indéniable.

Quand elle ne fut plus qu'à quelques pas du reste de la famille, elle s'arrêta à son tour et les dévisagea les uns après les autres. Rien n'échappait à ses grands yeux gris. Enfin, elle fit une petite révérence moqueuse et leur dit gentiment :

— N'ayez pas cet air surpris, car si vous ne me connaissez pas, moi je vous connais... Dick m'a tellement parlé de vous !

Il était évident que les Paget ne la connaissaient pas. Pourtant à Londres, la beauté de Katy Odell avait fait battre bien des cœurs, parmi les habitués du théâtre de la Gaieté... Mais à Eskton, on ne connaissait le théâtre de la Gaieté que de nom et encore...

Comme personne ne disait mot, Katy enfonça son coude dans les côtes de Richard en lui disant à mi-voix :

— Vas-tu me présenter à la fin, Dick !

Alors, d'un geste protecteur, le jeune homme entoura les frêles épaules de sa compagne, et s'adressant plus particulièrement à sa mère, il déclara avec orgueil :

— Maman, je vous présente ma femme !

Tous le regardèrent avec stupéfaction. Puis, Nell, au prix d'un immense effort, s'avança la première vers eux, la main tendue.

— Eh bien ! En voilà une nouvelle ! articula-t-elle avec difficulté. Si je m'attendais à ça !...

— Nous nous sommes mariés hier, dans la plus stricte intimité et nous sommes venus directement ici pour vous l'annoncer... Ah ! J'oubliais... Elle s'appelle Katy.

Spontanément, Katy avait tendu la joue à Nell pour qu'elle l'embrasse, tout en lui disant gentiment :

— Ne soyez pas fâchés contre nous. Tout est de la faute du colonel de Dick qui ne veut pas que ses hommes se marient avant trente ans. Alors, nous avons profité de la permission de Dick pour nous marier incognito. Nous aurions beaucoup aimé vous avoir tous autour de nous, mais cela aurait fait découvrir le pot aux roses... J'espère que vous ne nous en voulez pas ? Nous serions tellement désolés que vous ayez de la peine ! N'est-ce pas, Dick ?

— Comment ? Oh ! Oui ! Bien sûr..., déclara chaleureusement Dick, qui semblait avoir abandonné son nom de Richard pour le diminutif dont **tout** le monde usait quand il était enfant.

Il était sûr de l'indulgence des siens. N'avait-il pas été leur favori pendant vingt-quatre ans ?

— Hello, Dick ! lança soudain une voix derrière le jeune homme.

Dick se retourna et reconnaissant Guy Tancred ne put cacher son mécontentement.

— Tiens, Tancred ! s'exclama-t-il froidement. Qu'est-ce que tu fabriques ici ?

Puis, apercevant sa sœur aînée auprès du capitaine, il se pencha et l'embrassa distraitement, les yeux toujours fixés sur son compagnon d'armes. La froideur et le mécontentement de Dick n'échappèrent pas à Jenny, pas plus que la pâleur soudaine de Katy.

Quant à Guy Tancred il eut un petit ricanement moqueur.

— Mais n'est-ce pas toi qui m'as vivement encouragé à venir pêcher ici, me vantant tous les avantages de cette charmante région ? demanda-t-il d'un ton légèrement supérieur.

— Ah ? C'est possible. Je ne m'en souviens plus marmonna sombrement Dick.

Mais le capitaine Tancred semblait très bien reconnaître aussi la femme de son ami.

— Alors, Katy ? N'ai-je pas droit à un petit baiser, moi aussi ? La coutume ne veut-elle plus qu'on embrasse la mariée ?

Et se penchant vers la jeune femme, il l'embrassa sur les deux joues, en ajoutant d'un ton léger mais plein de sous-entendus :

— Le mariage vous réussit, ma chère !...

Le visage de la jeune femme s'empourpra et ses yeux cherchèrent ceux de son mari. Elle dut y puiser le réconfort désiré car elle se reprit très vite et répondit du tac au tac :

— Je savais que notre bonheur vous ferait plaisir ! Mais quelle surprise de vous retrouver chez les parents de Dick !

Son regard et celui de Tancred se croisèrent un court instant comme deux épées, puis le jeune capitaine sourit :

— J'espère au moins que c'est une bonne surprise ? déclara-t-il finement.

— Si nous entrions ? proposa alors Nell qui sentait planer un malaise. Et les précédant tous, elle gagna la maison. Le groupe suivit. On appela Mme Linsey qui se précipita à la rencontre de son favori. Elle enveloppa d'un long regard désapprobateur la jeune femme et murmura qu'elle leur souhaitait beaucoup de bonheur. Mais son ton en disait long sur le peu d'espoir qu'elle avait de voir son vœu se réaliser. Puis, sans rien ajouter, elle regagna sa cuisine où elle s'en prit aussitôt à la pauvre Annie, la rabrouant à tort et à travers.

— Marié ! bougonnait-elle entre deux remontrances. Marié et sans avoir seulement prévenu son père et sa mère !... Ça ne me dit rien de bon !

Pendant ce temps, Nell Paget débordait d'activité. Elle envoya Jenny chercher Annie pour l'aider à faire le lit de la chambre d'amis. Puis, elle dépêcha Elisabeth auprès de Mme Linsey, pour lui demander de préparer à dîner au jeune couple.

— Dis-lui de ne pas se tracasser. Qu'elle prépare des sandwiches si elle n'a rien de mieux ! ajouta-t-elle par précaution, car elle avait remarqué la mauvaise humeur de la cuisinière.

Ayant donné ses ordres, elle s'accorda un instant de répit et s'approcha de sa belle-fille. Où Dick avait-il bien pu la rencontrer ? Il paraissait évident que c'était une actrice, mais qui était-elle en réalité ? Tout ce qui était à souhaiter, c'était qu'elle ne fût ni une intrigante ni une aventurière...

Certes, ce n'était pas la femme dont elle avait rêvée pour son fils ! Mais avec Richard, elle savait qu'il fallait s'attendre à tout. Il ressemblait trait pour trait, au physique comme au moral, à son propre père qui avait été Major dans l'armée des Indes et qui, en mourant, avait laissé pour tout héritage de lourdes dettes et une maîtresse éplorée. Pourtant Dick, comme son grand-père, savait tout se faire pardonner, car comme lui, c'était un enjôleur et un compagnon charmant.

Katy avait enlevé sa veste de tailleur, découvrant

un ravissant corsage en soie écrue. Elle était maintenant assise sur le canapé et regardait tout autour d'elle
avec une franche curiosité, en souriant de temps en
temps à son beau-père qui lui avait été d'emblée sympathique.

— C'est tellement nouveau pour moi ! expliqua-
t-elle pour s'excuser. Vous comprenez, je n'ai jamais
eu de famille. Je suis une enfant de l'Assistance Publique.

— Oh ! Mon pauvre petit ! s'exclama le pasteur
tout ému, en posant amicalement sa main sur l'épaule
de la jeune femme. En tout cas, maintenant vous avez
une famille et même une grande famille ! ajouta-t-il en
souriant, et en s'asseyant en face d'elle. Tout ce que
nous demandons est de voir notre cher Dick heureux.

Katy approuva de la tête, en déclarant avec chaleur :

— Je ferai tout pour cela ! Vous n'avez rien à
craindre de moi. Certes, si vous me permettez de dire
ce que je pense, Dick n'est pas encore très stable, mais
le mariage le calmera et le mûrira et je suis sûre que
nous serons heureux.

— Désirez-vous monter vous rafraîchir, Katy ?
demanda alors Nell en s'approchant d'elle. Votre
chambre est prête. Je vais vous la montrer...

Et prenant sa belle-fille par le bras, elle l'entraîna
vers l'escalier en lui disant affectueusement :

— Considérez cette maison comme la vôtre et
restez-y aussi longtemps que vous le voudrez, en attendant que Dick vous en trouve une bien à vous. Nous
serons toujours heureux de vous compter parmi nous.

— Comme c'est gentil à vous ! répondit Katy, très
touchée de l'affection qu'elle trouvait en ses beaux-
parents. Nous allons sans doute louer un meublé à
Camberley où nous pensons rester jusqu'à Noël, ajouta-
t-elle. Mais cela ne nous empêchera pas de venir souvent vous voir. Et puis, je vous en prie, ne vous tour-
mentez pas pour Dick, murmura-t-elle en se penchant
câlinement vers Nell. Mon langage et mon aspect vous
choquent peut-être un peu, mais dans le fond, je ne

suis pas méchante et j'aime Dick plus que tout au monde.

Nell baissa la tête pour cacher sa rougeur. Ainsi la jeune femme avait deviné ses pensées ! Mais comme elle était spontanée et franche ! Un élan d'affection la poussa Katy qu'elle embrassa.

— Ma chère petite ! murmura-t-elle. Je vous trouve charmante et tellement jolie ! Mais à votre tour, soyez indulgente. Il faut nous laisser le temps de nous faire à l'idée de voir Dick marié... Rassurez-vous, de toute façon, nous vous avons adoptée d'emblée.

Pendant ce temps, Jenny cherchait Dick pour lui dire que le petit dîner que leur avait préparé Mme Linsey était servi dans la salle. Elle entr'ouvrit la porte du bureau et vit son frère en grande conversation avec Guy Tancred. Ils parlaient précipitamment et à voix basse.

— Pourquoi, diable, es-tu venu ici ? demandait Dick, furieux.

— Pour te voir bien sûr ! Je savais que tu allais venir..., répondit tranquillement le capitaine.

— Tu es vraiment écœurant ! siffla le jeune Paget entre ses dents.

— Tu n'as pas toujours dit cela.., reprit l'autre d'un ton ironique. Je suppose que tu vas taper ton père ?

Dick jura, le visage déformé par la rage. Tancred se mit à rire doucement, puis aperçut Jenny par la porte entr'ouverte. Alors, il se redressa et s'adressa à elle avec sa politesse coutumière.

— Vous cherchez votre frère, mademoiselle Jenny ? Il est ici... C'est pour toi, mon vieux ! ajouta-t-il en se tournant vers Dick.

— Le dîner est servi, annonça Jenny mal à l'aise. Martha vous l'a servi dans la salle à manger. Sais-tu où est Katy ?

— Je vais aller la chercher, annonça sèchement Dick et il sortit rapidement de la pièce.

Tancred et Jenny se regardèrent. La jeune fille essayait de comprendre ce qu'avait voulu dire le capitaine, mais celui-ci restait impassible. Il lui sourit à nouveau.

— Je crois que je ferais mieux de m'éclipser et de vous laisser tous en famille... Voulez-vous avoir la gentillesse de saluer votre mère pour moi ?

Jenny acquiesça pensivement. Elle aurait aimé lui poser un certain nombre de questions, mais quelque chose l'en empêchait, et puis elle ne voulait pas se mêler des affaires de Dick. Ce qui était certain, c'était que la présence à Eskton du capitaine Tancred ne réjouissait nullement son frère.

Le jeune officier gagna la porte, et en passant devant Jenny, il lui prit la main et la porta à ses lèvres à la grande surprise de la jeune fille.

— Bonne nuit ! murmura-t-il poliment, mais dans le regard qu'il posa sur elle, elle lut bien autre chose que de la simple politesse, et son cœur se mit à battre violemment.

L'amour était-il venu frapper à sa porte ? Elle se le demandait encore, alors qu'elle courait rejoindre sa mère au premier, en serrant contre sa poitrine la main où les lèvres du beau capitaine s'étaient posées.

**

Cela faisait maintenant trois semaines que Dick et sa femme étaient là. Et chaque semaine, le capitaine Guy Tancred reconduisait la location de sa chambre au *Grand Cerf*, non sans faire remarquer que, décidément, le pays lui plaisait énormément... Il ne parlait jamais de sa famille ; une fois seulement, il mentionna une sœur mariée et vivant en Ecosse, mais avec laquelle il ne semblait entretenir aucune relation. Si bien que personne n'osait lui poser de questions sur les véritables raisons de ce séjour prolongé à Eskton. Quant à Dick et à Katy, ils semblaient s'être résignés à sa présence.

Pour Jenny, ce mois de mai fut une succession de jours d'un bonheur paisible, presque irréel. Elle était heureuse. Il faisait un temps splendide, elle passait ses

journées dehors à jouer au tennis ou à faire du bateau
et surtout elle était amoureuse ou du moins en était-
elle persuadée... Car ce qu'elle ressentait pour Guy
Tancred n'avait rien à voir avec le sentiment affectueux et fraternel qu'elle portait par exemple à Peter,
le fils du docteur Mallory qu'elle connaissait depuis sa
petite enfance.

On voulut faire connaître le pays à Katy. Aussi
décida-t-on de l'emmener voir d'abord l'Abbaye de
Whitby, puis le Château de Scarborough. N'étant
jamais allée au bord de la mer, la jeune femme s'exclamait sur toutes choses : la hauteur des falaises, l'à-
pic des rochers, les bateaux dans le port. On orga-
nisa aussi des pique-niques, auxquels participaient aussi
Peter Mallory et David Hepworth l'aîné des fils de
l'instituteur du village, venu passer les vacances chez
lui. David venait de terminer ses études de médecine
et avait maintenant droit au titre de docteur.

Il avait bénéficié d'une bourse pour ses études et
avait travaillé très dur. C'était un garçon robuste et
trapu, toujours un peu à l'étroit dans ses vêtements,
ce qui n'avait rien d'étonnant, car il finissait en général d'user les affaires de l'un de ses cousins, plus for-
tuné que lui, mais aussi beaucoup plus mince. Toutefois son visage ouvert et mobile, ses grands yeux intel-
ligents et la forte personnalité qui se dégageait de tout
son être, compensaient très largement les quelques
inconvénients de son humble condition. Quant à Peter
Mallory, il avait cessé d'aller au collège depuis Pâques
et passait ses journées à flâner sans but précis, à la
grande exaspération de son père qui ne savait trop
quoi en faire. Peu doué intellectuellement, Peter avait
pour lui un heureux caractère qui lui attirait l'amitié
et l'indulgence de tous ceux qui l'approchaient.

Mais avant de songer à ces sorties et réjouissances,
on avait commencé par marier à l'église Richard Paget
et Katy. Dès le lendemain de son arrivée, Nell avait
pris son fils à part dans le petit bureau où elle savait
que personne ne viendrait les déranger, avec la ferme
intention de savoir la vérité sur ce mariage étrange.

— Dick, je voudrais te parler sérieusement ! avait-elle dit sans préambule à son fils qui ne l'avait suivie qu'à contrecœur, se doutant de ce qui allait suivre. Te parler au sujet de Katy, avait-elle précisé... — Où l'as-tu rencontrée ? Lors de ton séjour aux Indes ou en Angleterre ?

Le jeune homme hésita un court instant, et voulut gagner du temps, en posant lui-même une question.

— Katy vous est-elle antipathique, mère ?

— Non, Dick, répondit Nell plus doucement, bien au contraire. Je me sens même attirée par elle, par sa sincérité et sa spontanéité... Mais le problème n'est pas là. Je te demande où tu l'as rencontrée ?

Après une nouvelle et brève hésitation, Dick se décida :

— En réalité, c'est aux Indes que je l'ai connue, l'année dernière.

— Je vois, murmura sa mère tout en pensant à part elle : « — Ça n'a donc pas été aussi soudain que je le pensais... »

Elle préférait de beaucoup cela.

— Je l'ai rencontrée à une réception du Yacht Club de Bombay, précisa Dick, heureux que sa mère prît aussi bien la chose.

Le visage de Nell s'éclaira davantage. Le Yacht Club lui semblait un lieu tout à fait respectable pour une rencontre de ce genre.

— Nous ne pouvions pas nous marier aux Indes, continua le jeune homme, parce que le colonel n'accepte pas que ses hommes se marient avant trente ans...

— Oui, c'est normal, concéda Nell, mais pourquoi ne nous as-tu jamais parlé de Katy dans tes lettres ? C'est plutôt cela que je trouve étrange, vois-tu ? fit-elle remarquer gentiment en regardant son fils bien en face.

Dick passa une main nerveuse dans ses cheveux. Il ne se sentait pas à l'aise et aurait donné cher pour que Katy fût à ses côtés. Elle s'en serait sûrement beaucoup mieux tirée que lui.

— C'est-à-dire, commença-t-il d'une voix mal assurée, que nous n'étions pas fiancés. Ce n'est que sur le
bateau du retour que nous avons vraiment décidé de
nous marier. Et tant que cela n'était pas sûr, je n'ai
pas voulu vous en parler...

Nell le regarda longuement, avec dans les yeux à
la fois une lueur de reproche et d'incrédulité.

— Je ne vois vraiment pas pourquoi, dit-elle. De
plus, tu aurais très bien pu venir te marier ici ! Où
vous êtes-vous mariés ?

Cette fois Dick était au supplice. Il allait falloir
dire à sa mère toute la vérité.

— Nous ne sommes mariés que civilement, avoua-
t-il d'une voix étouffée.

— Oh ! Dick ! s'écria Nell, effarée. Te rends-tu
compte de la peine que cela va faire à ton père ?
Jamais il ne te le pardonnera.

— Alors, ne le lui dites pas ! riposta le jeune
homme avec humeur.

Sa mère haussa les sourcils et se redressa.

— Il n'est pas question de le lui cacher, déclara-
t-elle froidement. Et le mieux que nous ayons à faire
est de vous marier le plus vite possible à l'église. Puis
se radoucissant un peu, elle ajouta : Nous ferons cela
le plus discrètement possible. Seule la famille sera présente et peut-être pourrions-nous demander à ce charmant capitaine Tancred d'être ton témoin ?

Cette fois, Dick bondit, le visage rouge de colère.

— Je ne veux pas de Tancred ! Je choisirai moi-
même mon témoin, déclara-t-il vivement. Mais voyant
l'expression ébahie de sa mère, il expliqua doucement :
— Comprenez, Mère !... Je le connais à peine et...

— Mais, interrompit Nell, il nous a dit qu'il était
ton meilleur ami !

— Il ne l'est pas, répliqua durement Dick, et je
vous en supplie, maman, ne me demandez pas pourquoi... Car, je ne pourrais pas vous répondre.

Nell resta un moment silencieuse à réfléchir, puis
s'approchant de Dick, elle posa tendrement la main sur
son épaule.

— D'accord, mon petit, murmura-t-elle, je ne te poserai pas d'autres questions au sujet de Tancred... Dis-moi plutôt où est Katy ?

— Au lit, probablement, répondit Dick le plus naturellement du monde.

— Au lit ? répéta sa mère éberluée. Serait-elle malade ?

Dick se mit à rire.

— Non, rassurez-vous ! Elle fait seulement la grasse matinée. Elle se lève rarement avant midi...

Nell était consternée. Voilà qui n'allait pas simplifier les choses si Katy passait ses matinées au lit... Annie ne pourrait jamais faire sa chambre !

— Il faut être indulgente, Mère ! intervint doucement Dick. C'était une chanteuse de music-hall, ne l'oubliez pas.

Une actrice de music-hall ! Elle devait être, en effet, habituée à une tout autre vie ! A être entourée d'une cour de jeunes fils à papa, pour qui l'argent ne comptait pas et qui étaient toujours prêts à dépenser sans compter pour les yeux d'une belle comme Katy... Comment Dick allait-il faire pour satisfaire les désirs et les caprices d'une telle créature ? Ce n'était certes pas ce qu'il gagnait dans l'armée qui pouvait lui permettre un train de vie très élevé...

— Comment vas-tu faire ? ne put-elle s'empêcher de demander à son fils. Katy doit avoir des goûts de luxe et tu ne pourras jamais...

— Je vous en prie, maman, coupa vivement Dick d'un ton sans réplique, ne vous inquiétez pas pour cela !

Nell comprit qu'elle ne devait pas insister et elle sortit.

Pendant ce temps, le pasteur réfugié dans le coin le plus reculé de la bibliothèque, écrivait une lettre à Wilfred Filey, comte d'Eskton et bienfaiteur de son fils Richard.

Très cher ami,
Alors que nous désespérions de son arrivée, Dick

*est enfin de retour depuis hier soir. Il est en très
bonne forme et est devenu tout à fait un homme, ce
dont je me réjouis. A notre très grande surprise, il
est arrivé en compagnie d'une jeune femme qu'il venait
d'épouser à Londres. Elle est certes très jolie, mais à
dire vrai, ce n'est pas tout à fait l'épouse que nous
espérions pour lui, mais je dois reconnaître qu'elle est
sympathique et semble pleine de qualités de cœur, ce
qui a son importance. Ils semblent très heureux et je
prie le ciel pour que cette union soit durable et em-
preinte de bonheur. Je suis sûr qu'avec le temps nous
finirons par aimer très sincèrement notre nouvelle
belle-fille.*

*Comme vous le savez, mon très cher ami, nous
vous considérons tous comme un des membres de notre
famille, aussi serions-nous très heureux si vous consen-
tiez à venir partager notre repas de dimanche, après le
service à l'église.*

*Je vous envoie ces quelques lignes par le fils du
jardinier, à qui j'ai demandé d'apporter votre réponse
par la même occasion... »*

Il allait signer cette lettre, quand sa femme fit
irruption dans la bibliothèque.

— Ah ! Vous êtes là, Arthur ! s'exclama-t-elle. Je
suis désolée d'avoir à vous causer un choc, mais j'ai
une nouvelle désagréable à vous apprendre : Dick et
Katy ne sont mariés que civilement... Quand pensez-
vous pouvoir les marier à l'église ?...

Quand l'heure de cette seconde cérémonie de
mariage arriva. Katy était prête. Elle portait une
ravissante robe de crêpe beige, rehaussée d'une ceinture d'un vert très tendre. Son chapeau à larges bords
était orné d'un léger voile de tulle, maintenu par un
ruban du même vert que celui de la ceinture... La
malle de la jeune femme semblait recéler d'inépuisa-
bles trésors qu'en actrice consommée, elle avait l'art

de mettre en valeur. A ses côtés se tenait Dick revêtu de son meilleur uniforme. Grand, bronzé, souriant, il avait fière allure.

Le service religieux, fixé à onze heures, fut bref et se déroula dans la plus stricte intimité, avec la famille comme seul témoin.

Ils venaient tous de sortir de l'église quand ils virent un homme se détacher d'un des piliers contre lequel il s'était appuyé. Le jeune couple hésita un instant avant de se diriger vers lui.

— Qui a prévenu le capitaine Tancred ? demanda à voix basse Nell à sa fille Jenny qui se trouvait tout près d'elle.

— Je ne sais pas, répondit celle-ci sur le même ton.

— Crois-tu que ce soit Meg ?

— Peut-être a-t-il surpris une de nos paroles, répondit évasivement la jeune fille.

Nell Paget se mordit les lèvres d'un air contrarié. La présence de Guy Tancred lui semblait tout à fait inopportune après la réaction qu'avait eue Dick à son sujet. Malgré tout, elle se força à sourire au capitaine qu'elle fut bien obligée d'inviter.

— Comme c'est gentil d'être venu, dit-elle d'une voix blanche. Accepteriez-vous de vous joindre à nous et de lever une coupe de champagne à la santé et au bonheur des jeunes époux ?

— Avec un très grand plaisir, madame Paget ! répondit avec chaleur le jeune officier, en offrant cérémonieusement le bras à son hôtesse pour lui faire traverser la pelouse qui les séparait de la maison.

Nell était bien forcée de reconnaître qu'il était charmant avec les femmes et qu'il savait admirablement les prendre. Rien d'étonnant à ce que Meg et probablement Jenny aient succombé à sa séduction ! Pourtant, soit à cause de l'antipathie qu'elle sentait en son fils à l'égard du jeune homme, soit parce qu'elle commençait à comprendre elle-même que l'aimable façade cachait peut-être de moins beaux aspects, Nell

Paget était sur ses gardes. Elle devinait que l'homme avait une personnalité complexe et elle avait hâte de lui voir quitter la région.

⁂

Quelques jours après cette cérémonie, les jeunes décidèrent d'aller pique-niquer au Roc des Druides, qui se dressait sur la lande à quelques kilomètres du village. Dick conduisait la vieille carriole tirée par la brave Pinky, où avaient pris place sa femme et Jenny, tandis que Meg, Elisabeth et le capitaine Tancred étaient montés dans le cabriolet que ce dernier avait loué.

Jenny regrettait bien un peu de ne pas être allée avec ses sœurs dans le cabriolet, mais sa déception ne dura pas, tant elle se réjouissait de passer toute une journée en compagnie du beau Guy Tancred. Elle était toujours étonnée de constater le pouvoir qu'il avait de la faire souffrir et de la rendre heureuse tour à tour, quand ce n'était pas à la fois. Apparemment, l'amour n'était pas fait que de bonheur et de sérénité. Il lui arrivait, par exemple, d'être torturée par la jalousie quand elle le voyait s'occuper un peu trop de Meg et elle ne se sentait rassurée que lorsque le jeune homme, délaissant enfin sa sœur aînée, venait vers elle et lui faisait les yeux doux, ou bien profitant de l'inattention générale, lui prenait la main et la gardait un long instant dans la sienne. Alors, elle ne doutait plus de son amour pour elle, amour qu'elle lui rendait bien...

Dick conduisait la carriole à toute vitesse à la grande terreur des deux jeunes femmes qui se mettaient à crier lorsqu'il prenait un tournant sur deux roues.

— Je voudrais bien que notre père se décide à acheter une automobile ! soupira le jeune homme, en remettant son cheval au pas alors qu'ils venaient d'atteindre le pied de la colline. On commence à en voir un peu partout et ce doit être rudement amusant à conduire !

Jenny préféra ne pas répondre, mais en son for

intérieur, elle accusait son frère de parler avec une inconscience certaine. Comme s'il ne savait pas que leurs parents n'avaient juste que le nécessaire pour vivre ! Une automobile ! Pourquoi pas un château, pendant qu'il y était !

— J'espère que vous avez amené assez de provisions, mes jolies ? s'exclama alors Dick joyeusement, car l'air de ces landes me donne une faim de loup !

Katy le regarda avec étonnement.

— Voilà une bonne nouvelle, mon chéri ! répondit-elle en inclinant câlinement sa tête sur l'épaule de son mari. Il faut vous dire, Jenny, qu'aux Indes Dick n'avait jamais faim, quoiqu'on lui apportât, il boudait son assiette neuf fois sur dix... J'en étais bien souvent inquiète et j'avais beau me creuser la tête pour lui composer des petits plats...

— Oh ! Regardez l'épervier ! coupa vivement Dick en désignant du doigt un gros oiseau planant au-dessus de leurs têtes. (Puis se retournant vers ses compagnes, il demanda, cherchant manifestement à changer de sujet :) — C'est bien sûr au Roc des Druides que nous devons rejoindre les autres ? N'est-ce pas ?

— Oui, répondit Jenny. C'est là aussi que Peter et David doivent nous retrouver. Ils m'ont dit qu'ils viendraient à cheval... Mais, Dick, ajouta-t-elle surprise, ce n'est pas un épervier ! Un vulgaire corbeau, tout au plus...

— Ah ? C'est possible, reprit légèrement le jeune homme. Je n'ai jamais su reconnaître un oiseau d'un autre. C'est que je me suis trompé une fois de plus, c'est tout !

La pauvre vieille Pinky montait péniblement le sentier escarpé de la colline. Dick avait beau la taquiner du bout de son fouet, elle avançait à une allure de tortue.

— Pinky n'en peut plus ! fit remarquer Jenny d'un ton affectueux. Je crois que nous ferions mieux de descendre toutes les deux, pour la soulager un peu. Elle n'est plus toute jeune.

— Pas question, répondit sèchement Dick. Si un

cheval n'est pas capable de monter un petit bout de raidillon comme celui-ci, alors autant l'emmener à l'abattoir. Père gâte bien trop ses animaux ! Ah ! Jenny ! Si tu avais vu les chevaux que j'avais là-bas à Peshawar ! C'était autre chose...

— Ça, c'est vrai ! renchérit Katy avec enthousiasme. J'espère que le boy va bien les soigner en notre absence, surtout après toutes les recommandations que tu lui as faites avant notre départ...

La jeune femme s'interrompit brusquement et Jenny surprit le coup de coude que son frère asséna dans les côtes de son épouse. Pourquoi n'avait-il pas voulu qu'elle continuât ? Katy était cramoisie et se mordait les lèvres d'un air embarrassé. Dick avait-il quelque chose à cacher, quelque chose qu'il ne voulait pas que l'on sût sur sa vie aux Indes ?...

Ils continuèrent à avancer en silence pendant quelques minutes, puis Jenny se mit à parler du ton le plus naturel qui soit pour essayer de détendre l'atmosphère qui s'était étrangement alourdie.

— Quel dommage qu'Archie ne soit pas avec nous ! s'écria-t-elle, sincère. C'est le jumeau d'Elisabeth, mais il ne lui ressemble guère, ajouta-t-elle en se tournant plus spécialement vers Katy, ni moralement, ni physiquement. Il est encore à Malte, mais je crois qu'il doit venir en permission cet été... Ah ! Nous y sommes... Regardez, voici le Roc des Druides. Les autres y sont déjà... Je les vois derrière le plus petit des rochers, ils défont les paniers...

CHAPITRE IV

— On se demandait si vous étiez perdus ! leur cria Elisabeth du plus loin qu'elle les vit. La pauvre Pinky ne vaut plus grand chose ! ajouta-t-elle en passant une main amicale sur les naseaux de la jument pendant que son frère la détélait.

Quand la bête fut hors de ses brancards, elle s'éloigna un peu et se mit à brouter paisiblement l'herbe rase de la lande. Katy s'approcha de son mari.

— Je suis désolée, chéri, lui murmura-t-elle à l'oreille. Quelle gaffeuse je fais ! Je mériterais une bonne raclée...

— Et tu vas l'avoir ! lui répondit Dick d'un petit air taquin, tout en l'enlaçant. J'ai bien cru un instant que tu allais manger le morceau...

— Pauvre chéri ! soupira la jeune femme. Tu as vraiment une tête sans cervelle pour épouse !... Me pardonnes-tu ?

Pour toute réponse, son mari resserra son étreinte et l'embrassa doucement dans le cou.

La tendre caresse n'échappa pas au regard aigu de Meg qui était assise sur une roche plate à quelques pas du capitaine Tancred. Ses joues s'empourprèrent. Décidément, Katy n'avait guère d'éducation pour se laisser embrasser ainsi en public... Quant à Dick, il avait bien changé ! Son séjour aux Indes ne semblait pas lui avoir été bénéfique !

De son côté, Tancred regardait Meg et il ne put

s'empêcher de sourire en voyant l'évidente réprobation inscrite sur le visage de la jeune fille. Une réprobation non dénuée d'envie... Décidément la blonde enfant était un curieux mélange, fait de rigueur, de pruderie, mais aussi d'une passion contenue qui ne demandait qu'à être débridée... C'était un jeu auquel il excellait et qui n'était pas pour lui déplaire. Il s'approcha sans en avoir l'air, jusqu'à ce que son coude touchât le bras rond et nu de Meg.

— Quel veinard, ce Dick ! soupira-t-il. Avoir une aussi jolie femme à embrasser par une journée aussi splendide !...

Meg ne répondit pas, mais elle tourna vivement la tête pour cacher l'expression de son visage.

« La conquête ne va pas en être facile ! songea Tancred amusé. Mais après tout ça ne fera qu'y ajouter du piquant. »

A ce moment, on entendit de joyeuses exclamations, tandis qu'arrivaient dans un nuage de poussière deux cavaliers. C'étaient Peter et David. Maintenant que tout le monde était là, il était temps d'ouvrir les paniers, et de se restaurer. Madame Linsey, la cuisinière, avait bien fait les choses : pâtés en croûte, viande froide, salade à la crème, tartes... Rien ne manquait.

David avait réussi à trouver place à côté de Meg, son idole, dont il était éperdument amoureux depuis plus de quatre ans, depuis ce soir de Noël où il l'avait rencontrée à la réception que le comte Filey donnait toujours à cette occasion. Il avait été aussitôt conquis par la beauté de la jeune fille et ne l'avait plus quittée de la soirée. Il lui avait même confié qu'il pensait se spécialiser et devenir chirurgien. Elle l'avait écouté avec beaucoup d'intérêt, sans le quitter des yeux et David était rentré chez lui, ivre de joie, en se jurant de réussir pour pouvoir épouser Margaret Paget et lui offrir la vie de rêve qu'elle méritait. Puis l'année suivante, lorsqu'il s'était arrêté un dimanche à la sortie de l'église pour lui parler, la jeune fille avait été à son égard d'une politesse glacée, et l'était toujours restée jusqu'à ce jour...

Mais elle était justement en train de lui parler :

— Alors, David ? Comment allez-vous ? Si vous preniez un de ces délicieux petits pâtés ? Madame Linsey les réussit particulièrement bien...

Il en prit un avec empressement et allait répondre à la jeune fille, trop heureux de la voir enfin s'intéresser à lui, mais à sa grande déception, elle était retournée s'asseoir auprès de ce capitaine de l'armée des Indes qu'il avait détesté dès le premier jour.

Il mangea donc en silence, les yeux fixés sur le gracieux cou de Meg où bouclaient d'adorables petites mèches blondes. Il s'était fait une joie de lui annoncer qu'il avait réussi son concours d'Internat au Grand Hôpital de Londres et qu'il venait d'être nommé assistant du grand patron, Sir Jervis Hurry. A quoi bon maintenant ? Meg s'en moquait éperdument...

Chacun étant rassasié, on ramassa les restes du pique-nique et referma les paniers. Puis les hommes se mirent à fumer, paresseusement assis ou allongés au soleil, tandis que les dames s'asseyaient en rond pour bavarder, les jambes sagement repliées sous leurs amples jupes et les chapeaux bien ajustés pour les protéger du soleil. Mais Katy en eut vite assez, et se levant, elle alla rejoindre son mari. Elle fit sauter son chapeau à quelques pas, dénoua ses cheveux magnifiques et, s'asseyant contre Dick, elle lui prit la tête et la posa sur ses genoux en jouant avec ses épaisses boucles brunes.

Meg détourna la tête à nouveau, de plus en plus plus embarrassée. Décidément, elle n'aimait guère cette épouse que leur avait ramenée Dick. Elle la trouvait vulgaire. Il n'y avait qu'à voir comment elle se tenait en ce moment-même ! Soudain, une pensée ridicule la traversa... Elle s'imagina un instant assise près de Guy Tancred, la tête du beau capitaine sur ses genoux, en train de jouer avec ses cheveux blonds... Elle frissonna tout entière, et le feu aux joues, elle se leva et fit mine de s'affairer auprès des paniers du pique-nique.

Pendant ce temps Elisabeth et Peter Mallory s'amusaient à tirer sur un bouchon à coups de pierres. Peter surtout semblait beaucoup s'amuser, car Elisabeth avait plutôt l'air d'une grande sœur en train d'amuser son jeune frère. Jenny, qui les regardait, paria en son for intérieur qu'Elisabeth n'allait pas tarder à se trouver une bonne raison pour arrêter le jeu et se plonger dans le livre qu'elle n'avait sûrement pas manqué d'amener.

Le capitaine Tancred vint la rejoindre sur le petit promontoire sur lequel elle s'était juchée.

— Vous faites une étude de mœurs ? demandat-il d'un ton badin. Ah ! J'y suis ! continua-t-il sur le même ton. Je suis sûr que vous tenez un journal et ce soir vous ne manquerez pas d'y inscrire : le capitaine Tancred a cherché à flirter. Je l'ai envoyé promener et il m'a fait des excuses, me jurant qu'à partir de maintenant, il ne me parlerait plus que de la Constitution et de l'Economie de l'Irlande...

Jenny éclata de rire, ce qui fit lever la tête à Meg. Elle les regarda avec rancune. Guy Tancred et sa jeune sœur semblaient en excellents termes et toujours très à l'aise lorsqu'ils étaient ensemble. C'était complètement ridicule ! Jenny était beaucoup trop jeune pour cet officier...

Riant encore, Jenny se tourna vers Guy Tancred.

— Dans le fond, vous avez peut-être raison. Ce serait certainement amusant de tenir un journal et d'y noter toutes les rencontres faites en ce moment même, et puis de le relire dans cinquante ans... Non ! Je me trompe ! Ce ne serait pas drôle, mais sans doute très triste, au contraire...

— Pourquoi triste ? demanda doucement l'officier.

— Parce que beaucoup d'entre nous seraient déjà morts...

— Comment morts ! s'écria Tancred avec force. Nous aurions tous aux environ de soixante-dix ans, c'est tout ! Personnellement, j'espère bien vivre au moins jusqu'à quatre-vingt dix ans !

— Vous vous rendez compte ! continua Jenny songeuse, cela nous mettrait en mille neuf cent...

Elle fit un rapide calcul mental.

— Mille neuf cent soixante-douze, acheva pour elle le jeune homme. L'année où vous vous décideriez à publier votre journal sous forme de Mémoires... Bien entendu je ne manquerai pas de vous attaquer pour diffamation, calomnie, etc.

Jenny le regarda longuement, les yeux à demi fermés.

— Pourquoi ? Après tout, qui vous dit que je n'écrirais pas sur vous des choses aimables ? demanda-t-elle alors d'une voix à la fois tendre et timide.

Tancred se rapprocha de la jeune fille et lui saisit le poignet.

— Parlez-vous sérieusement ? demanda-t-il sourdement. Venez, ajouta-t-il soudain. Venez me montrer la grotte des Druides... Souvenez-vous ! Vous me l'aviez promis !

Et sans attendre la réponse de Jenny, il l'entraîna en courant, sans lâcher son poignet, derrière le plus gros des rochers au creux duquel se cachait la fameuse grotte.

Meg les vit partir, la rage au cœur. Une vague de jalousie la submergea, tordant son beau visage en un affreux rictus. Soudain, elle eut conscience que sa belle-sœur la regardait avec un sourire amusé. Alors, au prix d'un immense effort, elle s'obligea à retrouver une expression avenante et sourit à son tour à Katy.

— J'espère que Jenny n'ennuie pas le capitaine Tancred, dit-elle d'une voix affectée. Elle se conduit parfois comme une véritable enfant sans se rendre compte qu'elle peut être importune...

— Vous trouvez ? répondit Katy avec un air malin. Moi, je la trouve absolument charmante et je suis tout à fait sûre que c'est aussi l'avis du capitaine Tancred.

A sa grande joie, car elle n'aimait pas Margaret qu'elle trouvait affectée et hautaine, la jeune femme vit sa belle-sœur baisser le nez, furieuse et vexée.

— Si on allait à la grotte ? proposa soudain Peter à Elisabeth. Il avait vu Jenny partir en compagnie de

Tancred et en avait ressenti un violent pincement au
cœur.

— A la grotte ? s'écria Elisabeth. Et pour quoi
faire ?

— Bah ! Pour la visiter, bien sûr !

— Tu veux rire, Peter ! répliqua Elisabeth en s'asseyant délibérément, son livre à la main. On la connaît
comme notre poche.

Peter soupira. Il ne pouvait y aller seul sans être
soupçonné d'avoir voulu épier les deux autres...

Pendant ce temps, Jenny et Guy étaient arrivés au
sommet du Roc, juste à l'entrée de la grotte. Il soufflait un vent vif qui leur apportait le goût de la mer.
La jeune fille ferma un instant les yeux, tout au bonheur de l'instant. Mais soudain, elle les rouvrit tout
grands, stupéfaite... Deux lèvres gourmandes s'étaient
posées sur les siennes. Elle regarda Guy Tancred, tandis que son cœur battait à grands coups.

— Pourquoi m'avez-vous embrassée ? demanda-
t-elle doucement.

Les yeux du jeune homme, plus bleus que jamais
étaient tout près des siens et la regardaient avec une
lueur de malice.

— N'est-ce pas ce que vous cherchiez en venant
ici avec moi ? demanda-t-il avec une fausse inno-
cence.

Jenny se raidit, blessée.

— Evidemment non ! répondit-elle sèchement.
Comment avez-vous pu croire une chose pareille ?

Et s'écartant de lui, elle alla s'asseoir à quelques
pas.

— Je vais finir par croire ma mère et Meg, quand
elles me disent que je suis complètement inconsciente
et que je me conduis comme une gamine..., murmura
la pauvre Jenny, bouleversée. Donc, si je comprends
bien, votre baiser n'était qu'un jeu ? demanda-t-elle
avec un reste d'espoir dans la voix.

Guy Tancred garda le silence quelques instants et
quand il reprit la parole, ce fut avec une sorte de douceur inhabituelle.

— Ne m'en veuillez pas trop, dit-il en regardant la pointe de ses chaussures. Je n'ai jamais pu résister à une jolie fille...

Jenny était trop ulcérée pour répondre. Elle venait de réaliser que ce baiser n'avait aucune signification pour lui, qu'elle ne représentait à ses yeux qu'une fille parmi beaucoup d'autres qu'il avait dû embrasser de la même façon... Et pourtant, elle l'aimait ! Il ne fallait à aucun prix qu'il devinât ses sentiments. Son orgueil le lui interdisait ; comme elle aurait aimé se précipiter dans ses bras et lui crier : — Je t'aime, moi ! Embrasse-moi encore !... Au lieu de cela, elle sourit d'un air entendu, pour lui faire croire que, pour elle aussi, ce n'avait été qu'un jeu, mais au prix de quel effort !

Soudain ils entendirent des pas approcher et un souffle court.

— Quelle grimpette, mes enfants ! s'écria tout près d'eux une voix essoufflée et Meg apparut au sommet du rocher. Elle s'arrêta un instant, face à la mer, le visage en pleine lumière pour que sa beauté éclatât aux yeux du capitaine. Les yeux à demi fermés, la tête légèrement levée et les mains pressées sur son cœur, comme pour en maîtriser les battements, elle incarnait à merveille l'image même d'une héroïne de roman... Jenny était presque soulagée par l'arrivée de sa sœur et elle le fut encore davantage quand cette dernière lui fournit un prétexte pour s'éclipser.

— Jenny, rappela Meg sur un ton de reproche. Tu n'as pas fini de ranger les paniers... J'ai fait ma part mais j'avoue que je t'ai laissé la tienne ! Chacun son tour. Il n'y a aucune raison pour que ce soit toujours les aînées qui accomplissent les corvées...

Jenny ne se le fit pas dire deux fois. Sans un mot, ni un regard pour le jeune officier, elle s'esquiva, dégringolant à toute allure le sentier rocailleux.

— Quelle enfant encore ! soupira Meg quand sa sœur eut disparu à leur vue.

Tancred était silencieux et pour la première fois de sa vie ressentait un vague remords doublé d'un réel regret. Jenny n'était pas comme les autres filles ! Elle valait beaucoup mieux que cela... S'étant soudain aperçu que Margaret lui parlait, il se retourna vers elle et la regarda à son tour. Son rire de gorge, les poses à la fois provocantes et naïves qu'elle prenait à chaque fois qu'elle se trouvait en sa présence, ne laissaient aucun doute : elle faisait tout pour le conquérir ! Il ne se sentait aucune sympathie particulière pour l'aînée des sœurs Paget, qu'il trouvait maniérée et sans esprit, mais sa beauté l'attirait et avec elle, il n'avait pas à craindre les remords. Il décida de s'amuser un peu, pour oublier le curieux malaise qu'il venait d'éprouver face à Jenny... Il s'approcha donc de la jeune fille et lui passa un bras autour de la taille. Meg retint son souffle, puis s'abattit contre lui en murmurant :

— Oh ! Guy !...

Il était presque l'heure du dîner quand les jeunes gens se décidèrent à revenir au village. Jenny ne dit pas un mot tout le temps du trajet. D'elle-même, elle avait repris sa place dans la vieille carriole à côté de Katy qui, de temps à autre, l'observait du coin de l'œil.

« Pauvre gosse ! pensait la jeune femme, elle vient déjà de faire connaissance avec les blessures de l'amour... Décidément, je l'aime bien. Elle est tellement sincère ! »

Ils se séparèrent en arrivant au village. Peter et David regagnèrent leurs foyers respectifs et Guy Tancred rentra à l'auberge avec le cabriolet. Quant à Dick, Katy, Elisabeth et Jenny, ils prirent le chemin du presbytère où les attendait Nell, assise sous le grand cèdre. En les voyant, elle leur fit un petit signe de la main et se leva pour aller à leur rencontre.

— Avez-vous passé une bonne journée ? leur demanda-t-elle gentiment. Puis s'adressant à sa plus jeune fille, assise à l'arrière de la carriole, elle ajouta :

— Elisabeth, tu as une lettre d'Archie qui t'attend dans la bibliothèque. Quant à toi, Jenny, je voudrais te parler. Viens dans le bureau...

∴

Jenny était au comble du désespoir. Décidément, cette journée dont elle s'était promis tant de joie ne lui avait apporté qu'amertume, désillusion et souffrance. Maintenant qu'elle était seule dans sa chambre, elle pouvait donner libre cours à son chagrin, et roulée en boule sur son lit, elle pleurait à chaudes larmes.

Au retour de leur promenade, sa mère l'avait donc fait venir dans la bibliothèque et lui avait annoncé sans préambule, que sa tante Nora lui offrait la plus grande chance de sa vie : elle l'invitait à venir passer l'été à Londres, près d'elle, et promettait de la lancer dans la haute société de la capitale en même temps que sa propre fille, Célia... La jeune fille en avait été tout d'abord tellement interloquée qu'elle n'avait pu articuler un mot. Puis, elle avait soudain réalisé ce que cela signifiait, et d'une voix étranglée, elle avait essayé de fléchir sa mère.

— Je vous assure, maman, que je n'ai aucune envie d'aller à Londres, pas plus que d'être lancée dans la haute société dont je n'ai que faire...

— Tu n'en as peut-être pas envie, Jenny, avait répondu fermement sa mère, mais ton père et moi y tenons beaucoup. Tu es maintenant une grande jeune fille, et il est plus que temps que tu apprennes à te conduire comme telle, et non plus en sauvageonne comme tu le fais ici.

Jenny savait très bien que son père n'aurait jamais pris tout seul une telle initiative, mais elle garda pour elle cette réflexion...

— Et puis, avait repris sa mère, je suis sûre que tu te plairas beaucoup chez ta tante Nora. Ta cousine Celia est une charmante enfant avec qui tu t'entendras très bien ! De plus, tu ne pourras que lui faire du bien...

— Pourquoi du bien ? avait demandé Jenny soupçonneuse. Est-elle malade ?

Nell Paget hésita un instant.

— Non, pas vraiment malade, finit-elle par répondre, elle se porte même fort bien, mais disons qu'elle est un peu en retard pour son âge et ta compagnie ne peut qu'être stimulante pour elle.

— Mais maman, avait encore protesté la pauvre Jenny, comment voulez-vous que je puisse l'aider ? Je vais me sentir complètement perdue et déplacée à Londres ! Je suis une fille de la campagne, moi, et je hais la ville !

— Tu ne la connais même pas, la ville ! avait opposé Nell, avec un peu d'impatience.

— Justement ! Je n'ai aucun désir de la connaître. Je ne peux pas vivre sans la nature, les oiseaux, le vent, la lande, la mer... Oh ! Maman ! Je vous en prie, essayez de me comprendre !

— Non Jenny, nous ne céderons pas, avait dit sa mère d'un ton sans réplique. C'est une chance inespérée qui s'offre à toi, et nous ne la laisserons pas passer. Tu partiras la semaine prochaine ; ton père te conduira lui-même chez ta tante.

Nell était restée inflexible et Jenny n'avait plus aucune autre ressources que de laisser libre cours à son chagrin. Ce qui la torturait le plus était la pensée de ne plus voir Guy Tancred. Certes, elle avait compris que pour lui, elle ne représentait rien d'autre qu'un flirt sans importance mais, au fond de son cœur, elle espérait qu'elle saurait le conquérir. L'amour n'appelait-il pas l'amour ? Et voilà qu'on l'envoyait à Londres, la séparant de lui à jamais, laissant le champ libre à Meg qui ne manquerait pas d'exploiter l'aubaine... Non ! C'était trop injuste ! Et elle sanglota de plus belle.

De son côté, Nell Paget réfléchissait. Le fait que le capitaine Tancred prolongeât sans cesse son séjour à l'auberge d'Eskton, l'intriguait et l'inquiétait. Madame Linsey lui avait rapporté, d'un petit air pincé, ce que l'on murmurait dans le village. Les gens pariaient sur le choix que ferait le beau capitaine : Margaret ou Jenny ? C'était ridicule, pensait Nell. Guy Tancred n'avait certainement pas la vocation du mariage et ne fréquentait probablement pas ce genre de jeunes filles...

Cela se voyait à ses manières affectées et mondaines, dont la sincérité était plus que douteuse. D'ailleurs, ne leur avait-il pas menti dès le début en se déclarant à tort le meilleur ami de Richard ? Elle n'avait pas été sans remarquer qu'il flirtait avec ses deux filles et il lui semblait urgent d'intervenir avant qu'elles ne se fussent prises au jeu. Meg avait vingt-deux ans et était parfaitement capable de veiller sur elle-même, mais il n'en allait pas de même pour Jenny qui risquait de sortir meurtrie et salie de l'affaire. Aussi était-elle très heureuse de pouvoir l'envoyer à Londres. Cela aurait le double avantage de lui apporter l'éducation et le raffinement dont elle avait grand besoin et celui, peut-être encore plus important, de l'éloigner de ce trop beau capitaine que les scrupules ne semblaient pas embarrasser...

*

Le lendemain, il faisait une chaleur étouffante. Dick, paresseusement allongé sur une chaise longue s'éventait avec son chapeau de paille.

— Si ça continue, maugréait-il, je vais finir par croire qu'il fait plus chaud ici qu'aux Indes...

Elisabeth était assise aux pieds de son frère et tentait d'attirer son attention.

— Dick, m'écoutes-tu ? demanda-t-elle pour la troisième fois.

— Qu'est-ce qu'il y a, mon petit ? demanda-t-il d'une voix somnolente.

La jeune fille soupira et reprit impatiemment.

— Cela fait un quart d'heure que j'essaie de t'expliquer mon problème... Je voudrais aller à l'école de Bensford pour préparer Oxford.

— Oxford ? Seigneur ! Et pour quoi faire ?

Elisabeth enfonça ses deux poings serrés dans ses poches. Décidément personne ne la comprendrait jamais, ni ne l'aiderait. Elle était au bord des larmes.

— Parce que c'est mon plus cher désir ! éclate-t-elle. Depuis ma petite enfance, je supplie qu'on m'envoie à l'école. Certes, Père me donne des leçons de temps en temps, mais il est toujours pressé. Quant à la pauvre mademoiselle Emery, elle fait ce qu'elle peut, mais j'en sais maintenant trois fois plus qu'elle. J'ai envie de crier quand, pour la centième fois, elle me dicte les dates des règnes ou des batailles...

Elle s'arrêta brusquement, la gorge serrée par la détresse. Elle savait parfaitement qu'elle parlait en vain, que Dick, pas plus que les autres, ne lèverait le petit doigt pour elle. S'ils avaient pu comprendre ce que les études représentaient pour elle !

Dick se souleva légèrement et regarda sa sœur.

— Tu ne vas tout de même pas me dire que tu as envie de faire du grec ou du latin ?

— Justement si ! cria Elisabeth, le visage déformé par l'amertume. Je ne désire que cela. Je pourrais aller à Somerville, l'année prochaine, et préparer l'examen d'entrée à Oxford... Seulement pour cela, il me faudrait louer une chambre à Benson et je sais que Papa n'en a pas les moyens...

Elle hésita quelques secondes avant d'ajouter :

— Crois-tu que le vieux Wilfred Filey consentirait à m'aider financièrement ?

Ce fut au tour de Dick d'exploser. Il se leva d'un bond et vint se planter devant sa sœur.

— Franchement, Elisabeth, je crois que tu perds la tête ! Tu oserais aller demander à l'oncle Wilfred de subvenir à tes études, après tout ce qu'il a déjà fait pour Archie et pour moi ?

Ce que Dick ne disait pas à sa sœur, c'est que le le vieux Wilfred, lui avait remis un chèque très substantiel à l'occasion de son mariage et avait augmenté considérablement la pension qu'il continuait à lui verser généreusement. Une sympathie spontanée s'était établie entre Katy et lui, de façon inespérée, et la jeune femme n'avait pas tardé à reconnaître dans le vieil aristocrate un de ces élégants habitués du music-hall, au cœur noble et au geste large, et d'emblée, une sorte d'amicale connivence s'était établie entre eux.

— Non, acheva Dick, d'un ton tranchant, tu ne

peux décemment pas demander une telle chose à l'oncle Wilfred.

Vaincue, Elisabeth s'éloigna, la tête basse, et alla se réfugier sur une des branches de son pommier favori. Personne ne viendrait l'y déranger et elle pourrait, tout à son aise, donner libre cours à son chagrin. Elle savait maintenant de façon sûre que personne ne l'aiderait jamais à réaliser son rêve le plus cher. Elle enviait presque Jenny pour le séjour qu'elle allait faire à Londres. Il y avait tant de choses à voir, là-bas, à admirer, à apprendre... Des musées, des monuments, des conférences à écouter, de merveilleux concerts... Et dire que sa sœur pleurait toutes les larmes de son corps de devoir y partir... Décidément la vie était mal faite !

Pendant ce temps, Katy se promenait dans le village en compagnie du vieux comte Wilfred. Ils venaient d'atteindre le pont qui enjambe l'Esk. Ils s'arrêtèrent un instant pour regarder miroiter l'eau. Katy était plus ravissante que jamais sous son ombrelle bleu pâle.

— J'adore cet endroit ! murmura le vieil homme en désignant d'un geste large tout à la fois la rivière et les bois dont la masse sombre bornait l'horizon.

Et c'était vrai. Bien qu'il y eût vécu toute sa vie, il ne se lassait jamais de la beauté sereine du site. Puis se retournant vers sa compagne, il ajouta avec une galanterie sincère :

— Il faut dire, ma chère, que votre beauté rehausse encore celle de la nature.

La jeune femme lui sourit. Elle aimait bien le comte et lui était reconnaissante de tout ce qu'il avait pour pour Dick. Son visage rond et lisse, la douceur de ses yeux pâles pourtant si perspicaces parfois, et la malicieuse bonté de son sourire lui plaisaient. Ils se remirent en marche, côte à côte. Le comte Wilfred avançait doucement, les mains derrière le dos. Soudain, Katy lui vit froncer les sourcils.

— Je me demande qui est ce pêcheur, un peu plus bas ? dit-il en désignant du menton un homme en tenue de sport, assis sur la berge. Un touriste sans doute, ajouta-t-il d'un ton bourru. J'espère qu'il a eu le bon goût de prendre un permis de pêche !

Katy fit tourner son ombrelle d'un air détaché.

— Oui, il n'est que de passage ! C'est le capitaine Tancred.

— Ah ! C'est lui ! s'écria son compagnon d'un ton entendu. On en parle beaucoup au village...

Guy Tancred les avait vus approcher et en reconnaissant Katy, il souleva son chapeau ; puis posant sa canne à pêche, il se leva et s'approcha d'eux.

— Bonjour Katy ! dit-il gaiement. Je ne suis pas dans un jour de chance, ce matin, ça ne mord guère !

La jeune femme fit les présentations, et déclara brièvement :

— Il ne faut pas que nous nous attardions, monsieur Filey est attendu pour déjeuner au presbytère.

— Il est l'heure pour moi aussi de plier bagage, s'écria alors Tancred, si vous le permettez, je vais vous accompagner.

Sir Filey étudiait le jeune officier à la dérobée : c'était sans aucun doute un beau garçon, doublé d'un fin pêcheur.

— N'étiez-vous pas aux Indes en même temps que Richard Paget ? demanda-t-il en haussant un peu la voix.

— En effet, sir, répondit le capitaine en s'inclinant légèrement, nous nous y sommes retrouvés en 1909 et c'est aussi là que j'ai eu le plaisir de faire la connaissance de madame Paget, ajouta-t-il en regardant ironiquement Katy.

Le comte parut étonné.

— Vraiment ? s'exclama-t-il en se retournant vers la jeune femme qui avait pâli, je ne savais pas que vous étiez allée aux Indes !

— Oh ! Je n'y ai fait qu'un très court séjour ! murmura Katy mal à l'aise.

— Dites-moi, reprit sir Filey en s'adressant de nouveau au jeune officier, n'auriez-vous pas rencontré là-bas un certain Alfred Durnsford ? C'est le plus jeune fils de Bellemonte qui est lui-même un de mes plus vieux amis. Je sais qu'il a passé un peu plus d'un an à Peshawar.

— Je l'ai très bien connu, en effet, répondit flegmatiquement Tancred, mais notre charmante compagne, ici présente, vous en parlera encore mieux que moi, car elle l'a mieux connu qu'aucun de nous..., ajouta-t-il d'un ton mielleux.

Ils avaient atteint l'église et s'étaient arrêtés un instant avant de se séparer. Le capitaine, après avoir soulevé son chapeau, s'éloigna sur ce dernier trait, laissant le comte fort perplexe. Ce dernier avait l'esprit vif et avait très bien saisi la nuance perfide des derniers mots du capitaine ainsi que le regard de détresse que Katy lui avait lancé. Il eut pitié de la jeune femme et prenant galamment son bras, il l'entraîna vers le presbytère en lui disant d'un ton enjoué :

— Venez, très chère ! Cette chaleur est étouffante, la fraîcheur du presbytère sera la bienvenue.

Tandis qu'ils approchaient de la maison, ils aperçurent Nell qui traversait le jardin un panier de fleurs au bras.

— Voici la mère de Dick, dit précipitamment Katy. Je vous prie de m'excuser un instant, je vous laisse en sa compagnie, je vais aller chercher mon mari, qui doit être derrière la maison.

Wilfred Filey regarda s'éloigner la jeune femme en hochant la tête, mais son regard n'était empreint que de bonté. Alors, avec un soupir, il se remit en marche pour aller saluer son hôtesse.

CHAPITRE V

Nell Paget avait vu venir Wilfred et alla à sa rencontre, puis ensemble ils se dirigèrent vers la maison en parlant de choses et d'autres concernant surtout la vie du village. Elle était vêtue très simplement, on aurait même pu dire de façon presque austère, avec sa robe grise en coton, boutonnée par toute une série de petits boutons de perles et son grand chapeau de paille noire, que Meg avait un peu rénové en le dotant d'un ruban rose. Son visage paisible et ses manières à la fois humbles et effacées auraient pu faire d'elle la femme type d'un pasteur. Pourtant, il n'en était rien.

Elle avait un charme et une grâce bien à elles, que ni l'âge mûr, ni les enfants, ni les soucis n'avaient réussi à ternir. Sa démarche souple et féminine, la vivacité de ses yeux, le petit sourire de coin qui venait parfois relever sa lèvre supérieure, laissaient deviner la chaleur de ses sentiments, la finesse de son esprit et sa vitalité naturelle.

Tout en marchant à ses côtés, le comte ne pouvait s'empêcher de lui lancer de temps en temps un regard admiratif et il finit par lui faire part de ses réflexions :

— Nell, ma chère amie, vous êtes plus charmante que jamais ! A côté de vous, toutes ces petites jeunesses paraissent bien fades.

Nell sourit, amusée et ravie.

— Votre compliment, cher Wilfred, me va droit

au cœur ! répondit-elle simplement avec le naturel qui lui était habituel.

Avant d'entrer dans le hall, le vieil aristocrate prit sa compagne par le bras et lui fit signe de s'arrêter un instant.

— Je voudrais bien que vous disiez à Arthur, sans en avoir l'air, que ses sermons sont trop longs. Dimanche dernier, il a duré plus de vingt minutes. J'ai eu beau m'agiter sur mon banc, claquer bruyamment mon livre de psaumes, il a continué comme si de rien n'était ! Je sais bien qu'Arthur est un saint homme et qu'il fait passer son apostolat avant tout autre chose, mais je crois qu'un bon sermon de dix minutes serait largement suffisant... Promettez-moi de lui en toucher un mot, Nell ?

— Dites-le lui vous-même Wilfred, répondit la femme du pasteur. De ma part, il prendrait cela pour un affront, alors que de la vôtre, il acceptera cela comme une boutade.

— Mais que diable ! reprit le comte, je ne plaisante pas. Je vous assure que je ne suis pas le seul à penser qu'Arthur doit faire des sermons plus simples et plus courts ; nous ne sommes pas des théologiens, nous !...

Nell sourit et allait ouvrir la porte, quand sir Filey l'arrêta à nouveau. Cette fois, un pli soucieux barrait son front.

— Une dernière question, pendant que nous sommes seuls : Que savez-vous exactement de ce jeune officier qui séjourne à l'auberge, ce capitaine Tancred ?

Nell leva vivement la tête.

— Pas grand-chose à vrai dire, répondit-elle plus bas. Il se dit le meilleur ami de Dick, mais Dick le dément formellement. Tout ce que je sais, est qu'il vient régulièrement à la maison et se montre aimable avec tous.

— Hum ! marmonna Wilfred Filey. Sans doute se montre-t-il même un peu trop aimable avec les jeunes filles. Je l'ai aperçu hier avec Jenny, au bord de la rivière. Ils avaient l'air en excellents termes en effet... Si j'étais vous, Nell, j'y veillerais de plus près. Ce garçon ne me dit rien qui vaille. Il joue les gentilshommes, mais je ne le crois pas très loyal.

Puis, après une amicale pression sur le bras de sa compagne, Wilfred s'effaça pour la laisser passer. Dans le hall, ils rencontrèrent le pasteur qui sortait de son bureau. Nell laissa les deux hommes ensemble et descendit à l'office déposer son panier de fleurs. Elle était très rouge et ses mains tremblaient de colère. Comment Jenny pouvait-elle se conduire ainsi ? Avait-elle perdu la raison ? Aller se promener seule au bord de la rivière avec ce jeune Tancred ! Elle émit un gémissement étouffé, tant cette pensée lui était insupportable. Tout ce qu'elle espérait, était que personne d'autre que le comte ne les eût vus !... Grâce au ciel, elle allait bientôt partir pour Londres !

Quand elle se retrouva en face de Jenny, Nell ne put cacher sa fureur.

— J'ai vraiment honte de toi, Jenny ! explosa-t-elle. As-tu perdu la tête ? Ne sais-tu pas à quoi tu t'exposes en allant te promener seule avec ce jeune officier ? Ne sais-tu pas non plus ce que cela signifie ? Je vais finir par croire que je t'ai élevée en dépit du bon sens ! Je te fais confiance, et tu viens de me prouver que j'avais tort !

— Mais, maman..., balbutia Jenny.

— Je n'ai que faire de tes explications comme de tes excuses, interrompit Nell hors d'elle. Mais, cette fois, je t'interdis, tu entends bien : je t'interdis de revoir seule le capitaine Tancred ! C'est bien compris ?

Jenny baissa la tête en soupirant. Si seulement sa mère lui avait permis de s'expliquer ! Sa rencontre avec Guy Tancred n'avait rien d'un rendez-vous ! Certes, elle avait vivement souhaité le revoir, mais c'était par hasard qu'ils s'étaient rencontrés au bord de la rivière. Il y pêchait tranquillement, et elle y était venue dans l'espoir de pouvoir enfin cueillir cette fleur rare qu'elle avait découverte le jour de sa première rencontre avec le beau capitaine. Peut-être, au fond d'elle-même, espérait-elle un peu dans le hasard, mais en tout cas, rien n'avait été prémédité et elle avait violemment sursauté quand elle s'était entendu appeler par son nom.

— Bonjour, Jenny ! avait lancé la voix chaude du jeune homme, cette voix qui la troublait jusque dans ses rêves. Avez-vous encore l'intention de vous faire harponner comme l'autre jour ? avait-il demandé d'un ton taquin. Vous feriez mieux de venir m'aider à démêler ma ligne que je viens de prendre dans ces fichus buissons...

La jeune fille avait hésité quelques secondes. Sa raison et son éducation la poussaient à saluer poliment, puis à s'éloigner... Mais soudain, elle s'était rappelé que, dans quelques jours, elle allait partir pour Londres et qu'elle ne le verrait plus... Et puis toutes ces soi-disant convenances n'étaient-elles pas de stupides conventions d'un autre âge ? Qu'y avait-il de mal à aider un pêcheur à démêler sa ligne, même si ce pêcheur était beau, séduisant et tentateur ? Après tout, il faisait un temps merveilleux, on était jeune et l'horloge de la vie tournait si vite... Elle s'était approchée de lui et l'avait salué en souriant.

— Attendez, nous allons nous mettre à l'abri sous ces arbres là-bas. Nous y serons mieux pour démêler tout ce fil. Il fait une chaleur torride ici !

Elle l'avait suivi docilement jusqu'au bosquet de hauts noisetiers, et là, ils s'étaient assis. A leurs pieds coulait la rivière dans un frais clapotis, l'herbe était douce et embaumée, le ciel bleu et infini. Jenny avait ressenti un bonheur merveilleux et avait fermé les yeux pour le goûter plus pleinement encore. L'innocente et pure enfant ne savait pas que, pour un Guy Tancred, cela faisait partie du jeu et représentait justement le signal convenu... Combien de fois déjà d'habiles et charmantes partenaires n'avaient-elles pas fermé les yeux pour mieux offrir leurs bouches !... Il s'était penché, et après avoir enlacé Jenny, il l'avait embrassée violemment. Trop surprise pour réagir, la jeune fille avait répondu malgré elle à cette étreinte passionnée, et quand il l'avait enfin libérée, elle s'était redressée, encore haletante de ce baiser et avait murmuré d'une voix contenue :

— Ainsi vous m'aimez ! Oh ! Guy... C'est merveilleux, car moi je vous aime passionnément !

Le jeune capitaine avait reculé, horrifié. La voix lui manquait...

— Mais, petite folle, je...

— Chut ! avait interrompu Jenny doucement. Ne me dites rien de plus. Votre baiser a parlé pour vous. Je vous aime depuis le premier jour, depuis cet instant où je vous ai découvert ici même... Le jour du Roc des Druides, j'ai cru que vous vous étiez moqué de moi, mais maintenant je ne peux plus douter... Oh ! Guy...

Cette fois, Tancred ne riait plus du tout.

— Ne faites pas la sotte, Jenny ! dit-il froidement. Qui vous parle d'amour ? Ce n'est qu'un flirt, rien d'autre. Vous savez très bien quel type d'homme je suis...

La jeune fille était figée.

— Non, je ne sais pas, articula-t-elle péniblement. Alors, dites-le moi ! Quel type d'homme êtes-vous donc ?

Tancred la regarda longuement, et ce fut plus doucement qu'il répondit :

— Je suis un célibataire endurci, Jenny. J'aime les femmes et ne sais pas résister à une jolie fille, surtout quand elle me fait des avances...

— Mais, je ne vous ai pas fait d'avances ! cria la jeune fille d'une voix étranglée.

— C'est exact, mais je viens seulement de m'en rendre compte. Vous êtes une chic fille, Jenny. Une fille sincère et vous ne devriez pas fréquenter des hommes tels que moi.

— Alors, vous ne m'aimez pas ? bredouilla Jenny refoulant courageusement ses larmes.

— Je n'aime personne, répondit Guy durement.

— Pas même ma sœur Margaret ? demanda-t-elle encore ironiquement.

— Pas même Margaret.

Sa réponse avait été nette, incisive. Pourtant si

Jenny avait pu lire en lui, elle aurait été étonnée. Pour la première fois de sa vie, Guy Tancred était ému. Emu de cet amour sincère, spontané et violent, que lui avait offert la jeune fille et pour la première fois aussi, il faisait connaissance avec le remords. Remords de l'avoir déçue, de l'avoir blessée.

Jenny s'était reprise et avait retrouvé tout son sang-froid. Comme le jeune homme avançait la main pour l'aider à sortir du bosquet, elle l'avait repoussé violemment, et le regardant droit dans les yeux, elle avait déclaré d'une voix blanche.

— Capitaine Tancred, je vous méprise et je suis bien aise de ne plus vous revoir, car je pars pour Londres lundi. Au revoir, monsieur.

Puis sans se retourner, elle avait repris le chemin d'Eskton, de cette démarche souple et fière qui lui était si particulière.

Tancred avait écouté décroître ses pas, puis lentement il était retourné à sa ligne, le front barré d'un pli profond. Il était bien obligé de reconnaître qu'il avait été vaincu et qu'il ne s'en tirait pas à son avantage. Cela lui apprendrait à jouer avec des gamines de l'âge de Jenny... Jenny ! Il voulait à tout prix chasser son image de sa pensée. Alors, il s'était mis à songer à Margaret. Bien sûr ! C'était une excellente idée ! Meg lui servirait de revanche, et ma foi, elle promettait d'être une revanche fort agréable... Ayant retrouvé son entrain, il retourna jeter sa ligne à l'eau.

Jenny était montée directement à sa chambre. Les joues brûlantes et les mains glacées, elle s'était jetée sur son lit, encore trop bouleversée pour pleurer à son aise. La tête enfouie dans son édredon, elle tremblait de tous ses membres. Soudain, elle entendit des pas précipités traverser le palier et la voix de sa sœur Elisabeth qui l'appelait :

— Jenny ! Jenny ! Mademoiselle Bonner t'attend pour un essayage... Ah ! Tu es là ! dit-elle en passant sa tête par la porte entrouverte. Je suis venue te dire que la couturière vient de terminer ta jupe en serge et tes corsages, ainsi que ta robe neuve. Tu vas pouvoir commencer à faire tes valises. Est-ce que je peux t'aider ? Mais qu'as-tu ? Qu'est-ce qui se passe ?

Jenny s'était levée d'un bond en entendant sa sœur approcher et se tenait près de la fenêtre le dos tourné pour cacher l'expression de son visage.

— Rien, répondit-elle brièvement.

Elisabeth hésita un instant. Elle voyait bien que Jenny lui cachait quelque chose, mais discrète de nature, elle n'insista pas et pensa que l'humeur de sa sœur était due à son prochain départ pour Londres. Elle essaya de la distraire de ses sombres pensées.

— Allez, ma vieille, ne t'en fais pas trop ! Tu verras, ça passera vite et ce sera probablement beaucoup plus agréable que tu ne le crois ! Tu vas voir, la chère mademoiselle Bonner s'est surpassée, ajouta-t-elle en riant... Descends plutôt constater par toi-même !...

Mademoiselle Bonner s'était en effet surpassée... Depuis dix jours, elle avait travaillé sans relâche au trousseau de Jenny, en vue de son prochain départ pour la capitale. Seule couturière à Eskton, elle avait une façon très personnelle de concevoir la mode et des idées très précises sur ce qu'il était convenable pour une jeune fille de porter ou de ne pas porter. Katy, consultée par Nell, avait en vain conseillé de la moire, du taffetas ou de l'organdi... Mademoiselle Bonner avait réussi à convaincre Nell que de tels tissus donnaient mauvais genre et la mère de Jenny avait fini par s'en remettre au jugement de la couturière.

Le résultat en était désastreux. La jupe en serge, d'un gris triste, était beaucoup trop longue ; les corsages, sous prétexte de cacher les avantages de la jeune fille, étaient d'une ampleur ridicule ; quant à la robe habillée que Jenny était censée porter aux réceptions et aux bals, c'était la pire de toutes. D'un brun fade, elle était faite d'un tissu mou qui pendait lamentablement à l'arrière. Margaret qui avait suivi les opérations, s'était bien rendu compte des erreurs de Mlle Bonner, mais n'avait rien dit. Après tout, avait-elle pensé non sans une certaine méchanceté, cela ne la concernait pas, Jenny n'avait qu'à y veiller elle-même...

Si elle tenait absolument à ressembler à un épouvan-
tail, libre à elle !... Quant à la pauvre Jenny, elle ne
s'était pas occupée de cet aspect de la question ; l'idée
de son séjour à Londres lui était déjà assez pénible
pour qu'elle n'ait pas en plus la corvée du choix de sa
garde-robe. Elle s'en était entièrement remise à sa mère
et à Mlle Bonner.

Pourtant, quand elle vit robe, jupes et corsages,
elle ne put réprimer un mouvement de recul, tant tout
cela était laid, vieux et démodé... Mais, elle ne dit
rien. Que lui importait maintenant, d'être jolie, élégante ou ridicule... Elle n'avait plus à plaire à personne et ces vêtements tels qu'ils étaient, feraient tout
aussi bien l'affaire...

Le dernier jour arriva. C'était un dimanche. Son
père devait l'accompagner le lendemain à Londres et
repartir le mercredi pour York où il assisterait à une
conférence diocésaine. Le dimanche était toujours une
journée morne, car toute activité était arrêtée, mais
celui-ci battait vraiment tous les records... Il tombait
une petite pluie fine et contenue qui flétrissait les roses
à peine écloses et remplissait toute la maison d'humi-
dité. Les humeurs s'en ressentaient et l'ambiance
n'était pas à la gaieté. Il faisait si sombre à l'église
qu'on avait dû allumer les lampes pour pouvoir lire
les psaumes du service, qui comme un fait exprès
étaient plus lugubres les uns que les autres...

— Si je ne me retenais pas, je me mettrais à hurler à la mort, comme les chiens, murmura Jenny à
l'oreille de sa sœur Elisabeth. Celle-ci pouffa de rire
et désigna du doigt à Jenny l'hymne suivant :

« Quand finiront les pleurs ?
« Quand viendra donc le dernier jour ?...

Ce fut au tour de Jenny d'être prise de fou rire.
Margaret, qui était assise à sa droite, la pinça pour la
faire taire et sa sœur ne put retenir une grimace de
douleur. Margaret, quand elle vous pinçait, tournait la
peau entre ses ongles et la victime en gardait souvent
la trace pendant plusieurs jours...

Maintenant, le comte remontait la nef pour lire la

Bible. Un peu plus en avant, Katy, vêtue d'un ravissant ensemble lavande, écoutait attentivement les textes saints, heureuse d'être là, assise au milieu de cette famille dont elle était maintenant un membre à part entière. Elle regardait de temps en temps son mari avec fierté, en lui souriant. Mais la pensée de Dick n'était pas là. Il entendait à peine les prières et les psaumes et ne voyait rien de ce qui se passait autour de lui. Il songeait avec humeur à l'entrevue qu'il devait avoir l'après-midi même avec Guy Tancred à l'Auberge du *Grand Cerf*. C'était une épreuve qu'il redoutait, mais à laquelle il ne pouvait échapper.

Il trouva Tancred assis dans une petite salle. Il lisait un journal français tout en buvant du café. Le capitaine en offrit une tasse à Dick qui refusa et s'assit en face de lui, en attaquant sans préambule.

— Quand comptes-tu partir ? demanda-t-il sèchement.

— Partir ? reprit Tancred en levant un sourcil étonné. Mais je ne songe nullement à partir, mon vieux ! Je me plais beaucoup trop ici pour cela ! ajouta-t-il en se renversant tranquillement en arrière. La pêche est fructueuse, les filles jolies et madame Hodgson, une cuisinière hors ligne ! Que demander de plus ?

Le visage de Dick se durcit. Il se pencha un peu plus en avant.

— Tancred, reprit-il, tu sais parfaitement que ta présence ici est plus que gênante pour Katy et pour moi...

L'officier releva légèrement le menton.

— Vraiment ? Crois bien que j'en suis vraiment désolé.

— Cesse cette comédie ! s'écria alors Dick, hors de lui. Non seulement tu n'en es pas désolé, mais tu fais tout pour aggraver la situation... Et Dieu sait pourquoi ? Tu t'es arrangé pour dire au comte que Katy

connaissait intimement Durnsford, laissant le soin à
sir Filey d'apprécier le sous-entendu...

Tancred ricana.

— Et alors ? lança-t-il comme un défi.

— Et alors, tu sais parfaitement que je dépends de
lui financièrement et que, s'il cessait de me verser ma
pension, Katy et moi n'aurions plus un sou vaillant...
Ce qui signifierait, entre autres choses, que je serais
dans l'impossibilité de te rembourser la somme que je
te dois encore...

— Cent cinquante livres ! Pour être précis, ajouta
Tancred avec un méchant sourire.

Le visage de Dick se crispa.

— Ecoute, je t'ai déjà remboursé cinquante livres,
n'est-ce pas ? Et j'essaie d'économiser le plus possible pour m'acquitter de ma dette entière, le plus
rapidement possible. Pourquoi crois-tu que nous res-
tons ici, Katy et moi, abusant de l'hospitalité de ma
famille depuis des semaines, sinon pour dépenser le
moins possible ? Katy voulait même retourner au
music-hall, George Edwards lui ayant proposé de
faire partie de son prochain show, mais je n'y tiens
pas...

— Je te comprends, approuva le capitaine avec
un sourire sardonique, ce serait trop dangereux !...

Les yeux de Dick lancèrent des éclairs.

— Parce que tu crois sans doute que je ne lui
fais pas confiance ?

— Bah ! Dame... Souviens-toi de Dunsford !

Dick fit un pas en avant les poings serrés.

— Surveille tes paroles, Tancred, siffla-t-il entre
ses dents, ne me pousse pas à bout... Pourquoi cher-
ches-tu à nous faire tout ce mal ?

Tancred regarda distraitement ses ongles et haussa
les épaules avec une feinte nonchalance.

— Je n'en sais trop rien, à dire vrai ! Probablement, parce que ça m'amuse, tout simplement ! Il
est assez enivrant de tenir le sort des autres dans le
creux de sa main...

Dick était livide et sa mâchoire tremblait. Il était

maintenant, tout près de Tancred qui continuait à boire son café avec désinvolture.

— Je ne sais pas ce qui me retient de te casser la figure, marmonna-t-il d'une voix rauque.

— Moi, je le sais, reprit Tancred avec un petit rire méprisant. Tu as bien trop peur que j'aille raconter à tes respectables parents ce que je sais sur Katy et toi. Que je leur dise par exemple que pendant un an, elle s'est fait entretenir par Dunsford à Peshawar, jusqu'à ce qu'elle tombe amoureuse de toi et qu'elle quitte son riche protecteur pour vivre avec toi pendant six mois, jusqu'à ce que tu la ramènes en Angleterre après m'avoir emprunté de quoi payer son voyage et que tu en fasses enfin officiellement madame Richard Paget... C'est une fort jolie histoire et je suis sûr qu'elle intéresserait beaucoup tes parents !...

La colère de Dick était tombée maintenant. Il s'était laissé choir sur une chaise, et les épaules affaissées, il regardait le sol. Il paraissait soudain beaucoup plus que ses vingt-quatre ans.

— Ma version des faits est quelque peu différente, murmura-t-il avec amertume. Dunsford traitait Katy comme la dernière des filles des rues, et quand la situation est devenue par trop intolérable, elle s'est tournée vers moi. Cela faisait des mois que je l'aimais et elle le savait, sans pour autant répondre à mon amour. S'il n'avait dépendu que de moi, je l'aurais épousée immédiatement, mais je savais que le colonel me l'interdirait. Je n'avais donc pas d'autre solution que d'attendre mon retour en Angleterre. Ce que j'ai fait. Pendant ce temps, Katy s'est mise à m'aimer et je n'ai pas honte de dire qu'elle me rend le plus heureux des hommes. C'est une fille merveilleuse, termina le jeune homme avec chaleur en redressant la tête. Alors, pourquoi vouloir tout abîmer ? Il est tout à fait vrai que je ne tiens pas à ce que mes parents apprennent la vérité, qui les blesserait inutilement et risquerait de détruire l'affection qu'ils commencent à avoir pour Katy. Et je continue à ne pas comprendre pourquoi tu cherches tellement à saccager notre bonheur ?...

— Mais, protesta Tancred d'un ton innocent, je ne cherche nullement à saccager quoi que ce soit ! Tout ce que je désire est seulement de retrouver mon argent, c'est tout !

— C'est faux ! Je le sais, je le sens ! répliqua Dick, la voix vibrante. Il y a chez toi une sorte de perversion...

— Sottises ! répondit sèchement l'officier en se levant brusquement à son tour. Tu me dois de l'argent, j'attends que tu t'acquittes de ta dette, et je n'ai pas l'intention d'attendre plus longtemps ! Car je vais bientôt manquer moi-même d'argent. Auquel cas, je me verrais forcé de te laisser payer ma note d'auberge ici, par-dessus le marché, ajouta-t-il d'un ton moqueur.

Dick le regarda longuement, non plus cette fois avec haine ou crainte, mais seulement avec mépris.

— Tu auras bientôt ton argent, sois tranquille ! laissa-t-il tomber froidement.

Et sans ajouter un mot, il quitta la pièce.

⁂

Comme toujours lorsqu'il devait partir en voyage, le pasteur faisait preuve d'une grande nervosité. Il houspillait tout le monde, perdait tantôt ses billets de train, tantôt ses lunettes, quand ce n'était pas les deux à la fois. Pour l'heure, il pressait Jenny d'avaler son petit déjeuner.

— Je ne peux aller plus vite, gémit la jeune fille, j'ai déjà bien du mal à avaler et je sens que je vais être malade.

Son estomac contracté se révoltait dangereusement contre les œufs au bacon...

— Nous allons manquer le train ! gémit son père en tirant sa montre pour la vingtième fois. Ah ! Elisabeth ! ajouta-t-il en se retournant vers la benjamine, je te confie Poussy. Tu iras chercher tous les jours sa viande chez le boucher et tu n'oublieras pas non plus de lui donner tous les soirs un peu de lait tiédi. Tu entends ? Ni trop chaud, ni trop froid, juste tiède !

— Madame Linsey vous a préparé quantité de sandwiches, annonça Nell en faisant discrètement signe à sa fille de laisser œufs et bacon. Vous n'aurez qu'à les manger dans le train, vous serez plus détendus et cela vous fera passer du temps... Au revoir, ma chérie, dit-elle en embrassant tendrement Jenny, écris-nous souvent et fais-nous honneur. Dis-toi que c'est pour ton bien que nous t'envoyons là-bas...

« Pour ton bien... Pour ton bien... », pensait tristement Jenny en faisant un dernier adieu de la main à toute la famille rassemblée sous le porche pour les voir partir, c'est une façon de voir les choses, mais ce n'est pas du tout la mienne...

Elle les voyait à peine à travers le rideau de larmes qui obscurcissait ses yeux, et bientôt ils disparurent complètement à sa vue. Il n'y eut plus sur la route poussiéreuse que la vieille carriole, tirée par la brave Pinky que conduisait Jim, le sacristain, tout heureux de l'aubaine qui s'offrait à lui. Ce n'était pas tous les jours qu'il avait l'occasion d'aller à la ville et il se promettait du bon temps en compagnie de quelques vieux amis, avant de reprendre le chemin d'Eskton.

CHAPITRE VI

La soirée était déjà bien avancée quand Jenny et son père arrivèrent à Londres. Le pasteur, refusant obstinément les services de tout engin à moteur, héla un vieux fiacre qui les bringuebala à travers les rues de la capitale jusqu'au 36, Leander Gardens, où habitait Nora. D'emblée, l'air sembla irrespirable à Jenny. Il faisait une chaleur suffocante à laquelle s'ajoutaient les vapeurs d'huile lourde des tuyaux d'échappement et l'odeur âcre et fétide du crottin des chevaux. C'était exactement ce qu'elle avait redouté. Jamais, elle ne parviendrait à s'habituer à cette ville, après les solitudes embaumées de ses landes natales... Le pasteur jeta un coup d'œil à sa fille et vit ses traits tirés et son air de détresse. Il soupira... Décidément, que de soucis vous apportaient les enfants !...

Ils arrivèrent enfin à destination. Le fiacre s'arrêta devant un ravissant hôtel particulier à la façade gris pâle et à la lourde porte noire, surmontée d'un portique aux élégantes colonnes. On accédait à l'entrée par un perron de quelques marches, à droite duquel poussait un laurier-rose.

Pendant que son père payait le cocher, Jenny inspecta discrètement les environs et son angoisse se relâcha un peu. La demeure de sa tante faisait partie d'une suite de maisons à peu près toutes semblables. Elles ne différaient guère que par la couleur de leurs portes et la sorte de fleurs qui s'épanouissaient dans les jardi-

nières des fenêtres : pétunias pourpres ou violets, géra-
niums corail ou incarnat, pélargoniums panachés, riva-
lisaient d'éclat et de fraîcheur. De l'autre côté de la
rue, s'étendait un grand parc, entouré de grilles, der-
rières lesquelles se dressaient d'immenses arbres vénérables au milieu de vastes pelouses amoureusement
tondues. Ici, le tintamarre de la circulation n'était plus
qu'un lointain grondement et la nature reprenait ses
droits. Les oiseaux jacassaient gaiement, et une forte
odeur d'humus et de feuilles vint chatouiller agréable-
ment les narines frémissantes de la jeune fille. Elle
ferma un instant les yeux. Allons ! Son séjour dans la
capitale serait au moins adouci par la présence de ce
parc, et elle franchit bravement les cinq marches du
perron, accrochée au bras de son père, ravi de cette
soudaine docilité.

Ce fut un maître d'hôtel en pantalon noir et gilet
rayé qui les reçut. Il s'inclina non sans une certaine
condescendance, et leur déclara d'une voix ouatée que
lady O'Brian n'était pas encore rentrée, pas plus que
mademoiselle Celia, mais qu'elles n'allaient pas tarder.
Il les invita à entrer dans le boudoir et à s'asseoir.

— La femme de chambre va s'occuper de vos bagages, ajouta-t-il, et je vais prévenir monsieur Christopher
que vous êtes arrivés.

Jenny, malgré son aplomb naturel, était fort impres-
sionnée par cet accueil cérémonieux et par la somptuo-
sité de la pièce où le valet les avait introduits. En fait
de boudoir, c'était une sorte de salon. deux fois plus
grand que celui de sir Wilfred à Eskton, de taille
pourtant déjà respectable, puisqu'il pouvait contenir
toute une suite des portraits de ses valeureux ancêtres,
une impressionnante collection d'armes, d'innombrables étagères remplies de livres, un piano à queue et
bon nombre de fauteuils... Ici, le cadre était tout différent : les murs étaient tapissés de gravures anciennes et
de miroirs dorés qui reflétaient les lourdes tentures de
velours. Des petites tables en bois précieux étaient disséminées çà et là, entourées chacune de fauteuils et
de causeuses ; des statues, des ivoires, d'épais tapis

finissaient de donner à la pièce un caractère à la fois luxueux, précieux et imposant. Jusque là, Jenny avait toujours associé le mot « boudoir » à une certaine impression de repos, de détente, d'intimité... Elle devait bien s'avouer que celui-ci ne répondait nullement à cette définition...

Elle en était là de ses réflexions quand la porte s'ouvrit brusquement et un jeune homme entra. Il se dirigea à grands pas vers le pasteur dont il serra cordialement la main.

— Bonsoir monsieur, dit-il en souriant, je suis désolé que ma tante ne soit pas encore rentrée ! Je suis Christopher O'Brian.

— Ravi de vous voir, murmura le père de Jenny un peu décontenancé. Je ne crois pas avoir jamais eu le plaisir de vous rencontrer...

— En effet, confirma le jeune homme. Je suis le neveu de sir O'Brian, le fils de son frère pour être précis. Mes parents sont morts, il y a cinq ans, et je suis venu habiter chez mon oncle.

Puis se tournant vers Jenny, il la salua amicalement.

— On m'appelle Chris en général... Et puisque vous êtes ma cousine, en quelque sorte, me permettez-vous de vous appeler Jenny ? Je vais demander à la femme de chambre de vous montrer vos appartements. Le dîner est à huit heures et demie, ce qui vous laisse grandement le temps de vous reposer et de vous rafraîchir.

La chambre qu'on avait assignée à Jenny était petite, assez sombre et située au troisième étage. Elle n'avait rien de spécialement attrayant, ni de spécialement confortable, mais Nora O'Brian avait déclaré que pour une jeune fille de dix-neuf ans, venue seulement pour un court séjour, c'était bien suffisant. Le sol était recouvert d'un linoléum verdâtre, avec seulement une carpette usagée au pied du lit. Les murs étaient tapissés d'un papier peint tout aussi verdâtre, qu'égayaient à peine deux gravures représentant une chasse à courre. Devant la fenêtre, une table en bois et une chaise en rotin, complétaient le mobilier. La fenêtre petite et

étroite donnait sur l'arrière de la maison, seulement
occupé par une cour et une sorte d'appentis. On avait
tiré les rideaux, faits du même reps vert foncé que le
dessus de lit. Sur la table de chevet, trois ou quatre
livres, complètement démodés...

Jenny s'assit sur le pied du lit. Elle songeait avec
nostalgie à la vaste chambre qu'elle avait toujours
partagée avec Elisabeth, à ses deux grandes fenêtres
par lesquelles le soleil entrait à flots, à la cretonne
fleurie de leurs rideaux et de leurs dessus de lit, à tous
les bibelots qui avaient entouré leur enfance... Mais
surtout elle se rappelait la vue qu'on découvrait de ces
fenêtres... Au loin, la ligne bleutée de la mer, le mou-
tonnement des landes où, à l'automne, fleurissait la
bruyère, et les courbes gracieuses de la rivière argen-
tée... Plus près, la pelouse et son vieux cèdre, les fleurs
du jardin que sa mère soignait avec tant d'amour et
un peu en retrait, la vieille église, familière et rassu-
rante...

Mais il ne fallait pas songer à tout ce qu'elle avait
laissé derrière elle, sinon elle n'aurait jamais le courage de rester dans cette maison hautaine et froide.
Elle se leva en soupirant et versa un peu d'eau dans
la cuvette de faïence. Elle s'en aspergea vigoureuse-
ment le visage et se sentit mieux. Puis, comme elle
l'avait promis à sa mère, elle se mit en devoir de relever ses cheveux en un chignon strict et sage. Enfin,
elle se décida à échanger son costume de voyage contre
une jupe et un chemisier plus habillés pour le dîner.
Elle se permit alors un coup d'œil à la glace qui sur-
montait la table de toilette... et fut horrifiée. C'était
encore pire que ce qu'elle avait cru. La pensée occupée
par la tristesse de son prochain départ, elle n'avait pas
réalisé à Eskton, lors des essayages de Mlle Bonner,
la laideur et le ridicule des vêtements qu'on lui préparait... Mais ici, à Londres, dans cette maison dont le
boudoir lui avait révélé le goût de ses habitants, elle
pouvait juger de toute l'étendue du désastre... Et ce
chignon ! Elle ressemblait à une gouvernante sortie
tout droit des livres de Dickens...

Que faire ? Ne voyant aucune solution possible, elle se résigna à sortir de sa chambre et à gagner le palier. Là, elle s'arrêta un instant, hésitant à descendre. Peut-être devait-elle attendre qu'on l'appelât ? Elle hésitait toujours, quand du hall en bas, lui parvint une voix aiguë et autoritaire qui appelait : — Louise ! Louise !

Soudain prise de panique, la jeune fille recula prête à regagner l'abri précaire de sa chambre. Comme elle aurait voulu que sa mère fût là pour lui dire comment se conduire !... C'est alors qu'une main effleura son épaule, tandis qu'une voix douce murmurait : — Bonjour !

Jenny se retourna vivement et se trouva face à face avec une jeune fille à peu près de son âge, petite et ravissante. Son visage d'une très grande finesse était encadré de magnifiques cheveux bruns qui tombaient en vagues souples sur ses épaules. Ses grands yeux noirs vous regardaient dans une sorte de rêve, tandis qu'un sourire très doux entrouvrait deux lèvres bien dessinées.

— Je suis Celia ! déclara-t-elle à mi-voix.

— Oh ! répondit Jenny ravie. Je suis Jenny !

Elles continuèrent de se regarder en silence. Jenny ne se lassait pas de contempler sa cousine dont la beauté la stupéfiait. Son type très marqué, digne d'une Espagnole, aurait volontiers suggéré un tempérament vif et passionné, mais il n'en était rien. Celia était la plus douce et la plus effacée des créatures et si, au physique, elle avait l'aspect d'une jeune fille, il n'en allait pas de même mentalement, car la pauvre petite en était restée psychiquement à l'âge de huit ou dix ans. Se décidant soudain, elle sauta au cou de sa cousine et l'embrassa.

— Viens, Jenny ! dit-elle en souriant. Il faut que je te présente ma famille.

Et prenant la jeune fille par la main, elle l'entraîna vers sa chambre qui donnait sur les jardins et était située au premier étage. Celia referma soigneusement la porte et saisissant dans ses bras quatre ours en peluche qui attendaient couchés au pied de son lit, elle les montra à sa cousine.

— Voici Teddy ! dit-elle en lui désignant le plus gros. Et ce blanc là, c'est Olly ! Il est très gentil et beaucoup plus obéissant que Teddy... Quant à ces deux-ci ils sont jumeaux et s'appellent Lily et Elly...

Jenny écoutait et regardait en silence, le cœur serré. Elle comprenait maintenant ce que sa mère avait voulu dire, quand elle avait parlé de Celia comme d'une jeune fille douce et mignonne, mais si fragile, si vulnérable... Elle se sentit submergée d'un sentiment fait à la fois de pitié et de tendresse protectrice. Elle lui sourit et caressa la tête d'un de ses ours.

— Ils sont adorables ! déclara Jenny d'un ton convaincu.

— Ah ! s'écria Celia ravie. Je suis tellement heureuse que tu les aimes... Maman dit que je suis une petite sotte de jouer avec mes ours, mais elle ne comprends pas... Tandis que toi, tu me comprends, n'est-ce pas ? Je suis bien contente que tu sois là et qu'on t'ait chargée de veiller sur moi. C'est maman qui me l'a dit... Chris s'occupe aussi de moi et, souvent, il me raconte des histoires pour m'aider à m'endormir, mais il n'est pas toujours là, et j'ai souvent très peur... Surtout quand je suis forcée de voir des gens que je ne connais pas. Maman m'a dit, il y a quelques jours, qu'il allait falloir que je sois très gentille avec tout le monde, parce que j'étais arrivée à l'âge où on devait me montrer à tout Londres... C'est horrible ! Je suis morte de peur... Il paraît que c'est pour me trouver un mari qui m'aimera et veillera sur moi... Mais je ne veux pas quitter mes ours ! Que deviendraient-ils ?

Jenny ne répondit pas. Comment sa tante Nora pouvait-elle seulement envisager le mariage pour sa fille ? Probablement comptait-elle sur la beauté de Celia pour attirer les prétendants et sur l'argent dont elle était l'héritière pour les retenir !... Décidément le monde des adultes pouvait être bien infâme, mais ce qui la déconcertait et l'écœurait le plus était de décou-

vrir que même une mère pouvait se livrer à d'aussi vils
calculs.

— Oh ! s'écria soudain Celia, j'entends le premier
coup du gong. Nous n'avons plus qu'un quart d'heure
pour nous changer avant le dîner. Quelle robe vas-tu
mettre ? demanda-t-elle à Jenny.

Cette dernière n'osa pas avouer à sa jeune cousine
qu'elle venait justement de se changer pour le dîner.
Elle contourna la difficulté :

— Et toi, Celia, quelle robe vas-tu choisir ?

Pour toute réponse, Celia courut vers sa garde-
robe qu'elle ouvrit toute grande, devant les yeux ébahis
de Jenny, qui vit apparaître une interminable rangée
de robes de tous tissus et de toutes couleurs. Celia
hésita quelques secondes puis se décida pour une robe
légère en taffetas couleur mandarine.

— Je crois que je vais mettre celle-ci !...

Jenny se mordit les lèvres. la situation devenait
catastrophique pour elle. Il ne lui restait plus qu'une
solution : passer la robe que Mlle Bonner avait destinée aux grandes réceptions. Elle remonta à sa chambre
et sortit la merveille ! Elle la défroissa du mieux qu'elle
put, mais eut beau faire, cette nouvelle toilette, n'était
en rien un progrès sur la précédente ! Pourquoi sa
mère n'avait-elle pas exigé de Mlle Bonner qu'elle choi-
sît d'autres couleurs que ces teintes ternes et horribles ?
Mais, Nell avait toujours soutenu que la toilette importait peu et que tout le charme d'une femme venait de
la façon dont elle la portait...

Jenny tapota un peu son chignon qui avait une
fâcheuse tendance à s'ébouriffer, puis avec un profond
soupir elle descendit cette fois les trois étages et se
dirigea vers la vaste salle à manger dont les portes à
double battants étaient grandes ouvertes.

Sa tante l'avait vue descendre et son œil aigu avait
immédiatement remarqué l'horrible toilette.

« Seigneur ! avait-elle songé, où Nell est-elle allée
dénicher cette robe ? C'est à peine croyable, on croirait
que la pauvre petite est déguisée... »

Quand Jenny ne fut plus qu'à quelques pas d'elle,

Nora se précipita vers sa nièce avec un large geste du bras.

— Voici notre Jenny ! s'écria-t-elle avec un enjouement affecté. Le moins qu'on puisse dire est que tu es bien la fille de ta mère ! C'est fantastique ce que tu peux lui ressembler ! Les mêmes yeux et il faut bien le dire la même beauté ! Quand je pense que la dernière fois que je t'ai vue, tu avais à peine six ans !... Bien, maintenant, mes enfants, ajouta-t-elle d'un ton décidé, passons à table. Charles n'est pas encore arrivé, mais il ne va sûrement pas tarder.

— Je suis là ! cria alors une voix profonde à l'autre bout du hall et Charles apparut, grand, mince, distingué. Son visage aux traits sévères, était pour l'instant adouci d'un sourire cordial de bienvenue.

— Comment allez-vous, Arthur ? dit-il au pasteur en lui serrant la main. Je suis très heureux de vous revoir. Et voici Jenny ! Quelle grande jeune fille maintenant ! C'est à peine si j'ose t'embrasser ! ajouta-t-il, taquin, en déposant un baiser léger sur la joue fraîche de la jeune fille.

Jenny avait un peu peur de l'oncle Charles. Il l'intimidait beaucoup. Elle savait par ses parents que c'était un magistrat important et qu'il s'était taillé une réputation de sévérité et d'intransigeance, à tel point qu'il était connu sous le surnom « d'O'Brian l'implacable ! »... Tout cela n'était pas fait pour mettre la pauvre Jenny à l'aise.

— Pardonnez-moi, reprit le juge, mais je n'ai pas eu le temps de me changer, et j'ai entendu que le dîner était servi... Allons-y !

Quand ils furent tous à table, Jenny profita de l'animation générale, pour observer plus attentivement son oncle et sa tante, chez qui elle allait devoir passer de longues semaines. Il n'était pas difficile de deviner la personnalité de Nora. Belle, mais d'une beauté plus banale que celle de sa fille, élégante, autoritaire, elle semblait très satisfaite d'elle-même et encore plus du rang social qu'elle avait acquis par son mariage avec sir Charles O'Brian. Elle ne cessait pas de parler, s'adressant tantôt à l'un, tantôt à l'autre, entrecoupant ses bavardages d'ordres brefs et précis donnés à mi-voix au maître d'hôtel. On avait l'impression qu'elle surveillait chacun de ses gestes, de ses rires ou chacune des expressions de son visage, un peu comme une actrice consommée dans un rôle de composition. Elle y réussit fort bien, mais Jenny ne put s'empêcher de songer qu'elle aurait beaucoup gagné, même en classe et en distinction, si elle avait été plus discrète et plus naturelle.

Plus difficile était d'étudier le visage et la personnalité de l'oncle Charles. Les yeux gris acier, profondément enfoncés dans les orbites et abrités sous d'épais sourcils broussailleux, le nez aquilin, le menton carré et fortement charpenté, révélaient évidemment, la force, l'autorité, voire la dureté et on comprenait facilement la terreur qu'il devait inspirer comme juge... Pourtant une lueur fugace dans ses yeux gris, une certaine courbe des lèvres charnues, et le demi sourire qui les détendait parfois, laissaient deviner une certaine douceur, une certaine tendresse... Et la jeune fille se sentit rassurée et même attirée par cet oncle imposant, mais sûrement sensible et juste.

Elle reporta alors son attention sur le jeune Christopher, le neveu de l'oncle Charles. Il ne devait guère avoir plus de vingt et un ou vingt-deux ans et avait la tranquille assurance de ceux qui, depuis leur plus jeune âge, sont rompus aux us et coutumes de la haute société. Il semblait également parfaitement à l'aise au foyer de son oncle et de sa tante qui le traitaient, le premier exactement comme s'il avait été son fils, lui parlant avec affection et autorité, la seconde avec une sorte de coquetterie indulgente, presque provocante parfois. Christopher acceptait l'une et l'autre attitude avec la même bonne humeur et le même naturel.

Physiquement, c'était indiscutablement un beau garçon. Ses yeux gris étaient très semblables à ceux de son oncle, mais il y brillait en permanence une lueur moqueuse et gaie. Son nez assez large, mais bien proportionné et sa bouche sensuelle laissaient penser que le jeune homme était d'un tempérament vigoureux et sensible aux plaisirs que lui offrait la vie. Mais ce qui frappait le plus Jenny, chez ce cousin inconnu, était la gentillesse et la bonté avec lesquelles il s'occupait de Celia. Sans ostentation, ni pitié. Et cela alla droit au cœur de la jeune fille.

Christopher était peut-être un joyeux luron, mais il cachait certainement au fond de lui, de grandes qualités de cœur. On ne pouvait en dire autant de tante Nora qui ne savait parler à sa fille sans lui faire une remarque acerbe, ni la regarder sans manifester plus ou moins ouvertement de l'impatience et de la rancune.

Cependant, tandis que Jenny se livrait à ces observations sur ses hôtes, il ne lui vint pas à l'esprit que ceux-ci pouvaient en faire autant en ce qui la concernait... L'oncle Charles songeait que sa nièce avait des yeux magnifiques qui reflétaient une loyauté foncière et une très grande sincérité, ce qui pour lui étaient deux qualités primordiales. Il était bien placé, étant donné ses fonctions, pour en juger... Quant à Nora, elle se désespérait du ridicule des vêtements de Jenny. Cela la gênait, même vis-à-vis des domestiques qui devaient se demander d'où elle sortait. Il fallait faire d'urgence quelque chose à ce sujet. Il n'était évidemment pas question de demander au pasteur un peu d'argent pour habiller sa fille ; elle savait bien que le pauvre Arthur n'avait pas un sou vaillant. Il lui faudrait donc demander un chèque à son mari, en essayant de lui faire comprendre combien il était important que Jenny fût bien habillée pour escorter Celia dans le monde, où elle devait faire son entrée durant cette saison. Heureusement, Charles avait bien des défauts, mais il avait la main large.

Celia, de son côté, mangeait tranquillement, ravie de l'arrivée de cette cousine si gentille et qui semblait si bien la comprendre. Après dîner, elle lui demanderait de jouer avec elle aux cartes, peut-être à la bataille !

Mais Christopher ne songeait même pas à observer

Jenny. Son cœur et son esprit étaient tout pleins d'une autre personne, de la plus jolie femme de Londres : Edith Mountchesney... Il s'aperçut soudain, au milieu de sa rêverie, que le pasteur lui parlait :

— Vous destinez-vous aussi au barreau, demanda Arthur Paget comme votre oncle distingué ?

Le jeune homme fit une curieuse petite grimace avant de répondre.

— C'était effectivement mon intention, monsieur, mais à dire vrai, ma carrière a été malencontreusement et temporairement interrompue...

Le juge leva les yeux de son assiette en fronçant les sourcils.

— Ce jeune homme est en disgrâce, expliqua-t-il. Il a été renvoyé de Cambridge pour un trimestre !

— Oh ! s'écria le pasteur, désolé d'avoir fait une gaffe. Pardonnez-moi ! Et pourquoi, mon Dieu, cette disgrâce ?

Chris regarda son oncle qui se taisait maintenant les lèvres serrées :

— J'ai envoyé une souris crevée à la tête du Premier Ministre...

Jenny ne put s'empêcher d'éclater de rire. Le juge, son oncle, la foudroya du regard, et elle se tut un peu honteuse, mais toujours secouée par le fou rire.

— Il faut vous expliquer, Arthur, que Chris est un contestataire convaincu et qu'il se laisse un peu trop emporter par ses sentiments... Or, il a oublié de vous dire que la fameuse souris était dans un état très avancé de décomposition et qu'il l'a lancée dans la voiture de sir Asquith, alors qu'il traversait Cambridge au printemps dernier.

— C'est un vieil imbécile ! Et...

— Chris ! interrompit sévèrement le juge.

— Excusez-moi, mon oncle, murmura le jeune homme avec respect, mais reconnaissez qu'il a fait voter des lois tout à fait inadmissibles. Par exemple, il a donné l'ordre d'arrêter toutes les suffragettes et de les jeter en prison. Si elles y tombent malades, on les

envoie à l'hôpital et dès qu'elles vont mieux, on les
rejette en prison ! Vous trouvez cela acceptable ? Et
ces filles ne sont guère plus âgées que Celia...

— Tu ne sais pas de quoi tu parles, répondit
froidement sir O'Brian. Tu ne comprends rien à tout
cela !

— Pardon, mon oncle, reprit avec feu Christopher,
je sais parfaitement ce que je dis ! Et je dis que de
tels usages sont un déshonneur et une infâmie dans un
pays que l'on dit civilisé... Quant à Asquith et à sa
bande, nous finirons bien par les renverser !

Le jeune homme avait parlé d'un ton convaincu et
ses yeux lançaient des éclairs. Il n'avait plus rien du
jeune mondain, courtois et raffiné ! On sentait en lui
une passion et une ardeur que rien ne pourrait fléchir.

— Cela suffit, Christopher, ordonna son oncle
d'une voix rude. Parlons d'autre chose... Nora, sonnez
je vous prie pour le café. Nous le prendrons dans le
salon.

**

Guy Tancred et Margaret avaient passé la journée
à Bensford, en compagnie d'Elisabeth promue au rôle
de chaperon, bien malgré elle du reste. Ils s'y étaient
rendus dans le cabriolet qu'une fois pour toutes le
capitaine avait loué à l'auberge pendant la durée de
son séjour à Eskton. Une fois arrivés, ils avaient visité
la petite ville qui pour eux était le centre commer-
cial le plus proche. Ils avaient vu sa vieille église, son
château, et son collège où Elisabeth aurait tant voulu
aller. Puis, ils avaient somptueusement déjeuné à la
meilleure auberge de la ville, s'offrant même le luxe
d'une bonne bouteille de vin. Maintenant, Guy et Margaret se promenaient tranquillement sur le chemin de
halage le long de la rivière, tandis qu'Elisabeth, à
quelques pas derrière eux, musait avec les fleurs et les
papillons, tout en se demandant comment faire pour
aller enfin au collège.

L'air alangui de sa sœur et les attentions que lui

prodiguait le jeune officier, agaçaient prodigieusement Elisabeth, ainsi que les fréquents arrêts qu'ils faisaient soit pour bavarder, soit pour se reposer sous un des tilleuls qui bordaient le chemin. A la fin, la jeune fille n'y tint plus et sortit de sa poche l'*Enéide* qu'elle avait emmenée à tout hasard. Elle lisait maintenant aussi couramment en latin qu'en anglais et son rêve était de pouvoir traduire un jour l'œuvre admirable de Virgile. Les vers du poète lui semblaient particulièrement bien adaptés à cette merveilleuse journée de mai, où l'air pur et limpide semblait distiller naturellement de la poésie...

— Ne faites pas cela, je vous en prie, roucoula Margaret, Elisabeth va nous voir.

— Aucun risque ! répliqua en riant Tancred. Elle est plongée dans sa lecture et, par-dessus le marché, le tilleul nous cache à sa vue...

— Vous ne devriez pas m'embrasser ! protesta faiblement Meg, dont le cœur battait à grands coups, maintenant qu'était enfin arrivé ce moment qu'elle avait tant attendu et souhaité.

Elle ferma les yeux et leva son visage aux traits parfaits. Tancred ne put s'empêcher de sourire. La conquête n'avait pas été difficile. Il se pencha et l'embrassa longuement... Pourquoi fallait-il qu'à cet instant précis le visage passionné et sincère de Jenny vînt s'interposer entre celui de Meg et le sien ? Il revoyait la dernière scène qu'il avait eue avec elle, au bord de la rivière d'Eskton, et il entendait la voix bouleversée et déçue lui demander : « — Quel genre d'homme êtes-vous donc, capitaine Tancred ? »... Etait-ce une idée ou son cœur se serrait-il à ce souvenir ?

— Je vous aime ! murmura-t-il à l'oreille de Meg sans cesser de penser à Jenny et, troublé, il serra la jeune fille contre lui.

Un sourire d'extase entrouvrit les lèvres de Margaret : — Guy !... souffla-t-elle.

L'officier la regarda, ébahi, comme s'il sortait d'un rêve. Certes, Meg était charmante, mais ce n'était pas Jenny ! Trop habitué aux femmes faciles, il n'avait pas

su reconnaître à temps le sentiment qui, à son insu,
s'était installé en lui. Pour la première fois, il ressentait
une véritable passion, mais Jenny était partie et il
n'avait que sa sœur pour la lui rappeler.

— Guy, reprit Meg amoureusement, rentrons à la
maison... J'ai tellement hâte d'annoncer la bonne nouvelle à maman !

Tancred sursauta violemment et relâcha Margaret.
Avait-il bien entendu ?

— Vous comprenez, ce seront les premières fiançailles à la maison, et pour maman cela va être un
événement ! Je suis tellement heureuse ! Oh ! Guy !
Mon amour...

Intriguée de ne pas obtenir de réponse, elle leva la
tête vers le jeune homme. Son visage était de pierre et
ses yeux sans expression... Le choc avait été trop rude !
Il venait seulement de comprendre son erreur ! Son
irrémédiable erreur ! Avant qu'il ait eu le temps de l'en
empêcher, la jeune fille avait appelé sa sœur et lui
annonçait à grand renfort de rire et d'exclamations,
« l'heureuse nouvelle ». Il les suivit comme un som-
nambule.

Meg était folle d'excitation.

— Guy chéri, il faudra attendre le retour de papa
pour faire votre demande officielle ! Mais n'ayez
aucune crainte, je suis sûre qu'il ne fera pas la moindre
difficulté. Vous lui êtes si sympathique !

Et rejetant son chapeau en arrière, avec une désinvolture si rare chez elle, elle lui prit la main et l'entraîna vers la voiture en courant. Il la suivit, pâle et
silencieux. Mais seule, Elisabeth s'en aperçut.

⁂

Il était très rare que lady O'Brian passe une soirée
chez elle. Et, confortablement assise dans une bergère
du salon, en train d'écouter, un sourire poli aux lèvres,
ce que lui disait le pasteur au sujet de la religion des
jeunes, elle s'admirait intérieurement d'avoir consenti
à sacrifier sa soirée, pour des gens si ennuyeux. La seule

chose qui la contrariait était la certitude que ni le pasteur ni Jenny n'appréciaient probablement son sacrifice à sa juste valeur.

Fort heureusement, son supplice ne dura pas trop longtemps. Le juge emmena le pasteur dans son bureau pour lui montrer une gravure qu'il avait acquise récemment, les jeunes s'esquivèrent avec Celia et elle put enfin échapper à ses devoirs d'hôtesse. Décidément, il faudrait que Charles se montrât très généreux, car il allait falloir acheter une garde-robe complète à Jenny. Il n'était pas question qu'elle présente sa nièce dans Londres, attifée comme une fille de ferme !... Elle bâilla longuement et tirant un calepin de sa poche, (elle en avait toujours un sur elle), ele inscrivit : aller chez Mme West, la couturière, pour robes, tailleurs, tenue d'après-midi, robe de bal, chaussures, et gants. Ne pas oublier les chapeaux.

Pendant ce temps, Celia avait entraîné Jenny et Chris dans sa chambre pour dire bonsoir à « ses enfants ». Prenant tour à tour chacun de ses ours, elle les présenta d'abord à sa cousine, puis à son cousin pour qu'ils les embrassent. Ensuite, elle les coucha soigneusement au pied de son lit, leur racontant des histoires de sa voix d'enfant. Chris échangea un regard avec Jenny, mais ni l'un ni l'autre n'avait envie de rire. Le cœur serré, tous deux contemplaient cette ravissante cousine, que le sort avait comblée tant physiquement que socialement, tout en la condamnant irrémédiablement à une vie d'infirme mentale...

Ils n'avaient pas besoin de mots pour se comprendre. Leur générosité naturelle les poussait tous deux à protéger Celia de l'indifférence et de la cruauté humaines, et dès ce premier soir, s'établit entre eux un courant de compréhension et de complicité qui les rapprocha, comme s'il s'étaient toujours connus.

CHAPITRE VII

Jenny s'était attendue à s'ennuyer mortellement à Londres, mais à sa grande surprise, elle n'en eut pas le temps. Les jours filaient comme le vent, et quand la fin de la première semaine arriva, elle fut stupéfaite de constater qu'en si peu de temps, elle avait pu faire tenir tant de choses.

Sa tante Nora qui n'apparaissait jamais avant onze heures du matin, — et encore ! — juste le temps de donner quelques ordres avant de courir vers l'un de ses innombrables rendez-vous en ville, l'avait appelée dès le lendemain de son arrivée.

— Jenny, cours mettre ton chapeau. Je t'emmène dans les magasins faire quelques emplettes indispensables. Tu ne peux pas rester dans cet état. Londres n'est pas la campagne ! Je suppose que tu n'as pas d'argent à toi ?

Le cœur de la jeune fille se serra. Elle pensa aux quelques souverains que lui avaient donnés le vieux comte Filey avant son départ. Son père en avait ajouté deux autres pour ses menues dépenses. Elle s'était promis de les garder pour acheter des cadeaux pour toute la famille quand elle repartirait chez elle.

— J'en ai quand même un peu ! répondit-elle à contrecœur, incapable de mentir.

Mais Nora se montra généreuse.

— Ça ne fait rien. Ton oncle Charles y pourvoira. Nous allons commencer par Selfridges où je vais

t'acheter une ou deux robes, en attendant que la couturière t'en fasse d'autres. Puis nous passerons chez
Harrod's pour des gants, des chaussures et des chapeaux. Nous terminerons enfin par madame West, la
couturière, pour qu'elle prenne tes mesures et nous
fasse choisir les derniers modèles.

Jenny pensa soudain à Mlle Bonner et à tout ce
qu'elle lui avait fait avant de partir. Peut-être, était-ce
du gâchis que de ne pas utiliser ces robes.

— La couturière d'Eskton m'a fait un certain
nombre de choses et...

— Mademoiselle Bonner ne devait pas être au courant de ce qui se porte à Londres, coupa précipitamment Nora, qui craignit soudain que sa nièce ne s'en-
têtât à porter ces horreurs...

Mais, elle n'avait rien à craindre, car Jenny soulagée de ne pas avoir à se séparer de ses quelques
souverains, l'était encore davantage à la pensée d'être
enfin habillée convenablement. Elle découvrait brusquement que la coquetterie n'est pas uniquement un défaut
et que, parfois, elle peut vous éviter bien des désa-
gréments.

— Louise ! Louise ! appela Nora.

Une forte femme aux cheveux gris arriva préci-
tamment. Après vingt ans passés au service de lady
O'Brian, elle avait appris à ne pas faire attendre sa
maîtresse. Nora lui demanda d'aller chercher Celia et
de dire au chauffeur qu'il devait préparer l'automobile
pour les conduire faire des courses dans Londres.
Cette automobile était une toute nouvelle acquisition et
Nora ne manquait pas une occasion de la faire admirer, bien que ce fût un engin bruyant et fort encom-
brant...

Madame West ne ressemblait en rien à Mlle Bonner.
Elle avait installé ses salons dans un des quartiers les
plus chics de la capitale et présidait avec une maestria
et une élégance indéniables au choix, puis aux essayages de ses clientes qu'elle confiait à une armée de
petites-mains, toutes plus habiles les unes que les
autres. Toute la bonne société londonienne se retrou-

vait ainsi dans ses salons où d'épais tapis cramoisis et de lourdes tentures lilas étouffaient jusqu'au moindre bruit.

Lorsqu'elle eut salué lady O'Brian et fait un petit signe amical à Jenny, elle présenta sa nouvelle collection pour que Nora puisse choisir. Toutefois, elle accompagnait chaque modèle d'un commentaire ou d'un conseil qui se révélait des plus judicieux.

— Voyez-vous, milady, dit-elle par exemple, je ne vous recommanderai pas ce modèle, qui serait plus adapté pour une jeune mariée. Pour une débutante, je verrais plutôt cette robe en ottoman bleu, avec toute sa rangée de petits boutons. Mademoiselle serait ravissante ! Tournez-vous un peu, Hilda, dit-elle au mannequin. Oui, décidément c'est exactement ce qui conviendrait à votre nièce, avec peut-être un peu plus d'ampleur à l'arrière...

Puis ce fut le tour des chapeaux. Là encore, Mme West guida le choix de son éminente cliente, et ce choix s'arrêta sur une sorte de petite toque ronde, garnie d'une minuscule plume blanche. Jenny apprit ainsi que les grands chapeaux qui faisaient encore fureur à Eskton étaient maintenant complètement démodés.

Chez Harrods, elles achetèrent deux jupes. L'une en toile et l'autre en serge fine. Jenny croyait rêver. Mais quand sa tante y eut ajouté deux autres robes de dîner, elle se crut transportée au pays des fées. Etonnée, ravie, elle contemplait ces merveilles et avait du mal à croire qu'elles lui étaient destinées.

Nora semblait satisfaite de leur choix, toutefois elle ajouta en quittant le magasin qu'il manquait encore à Jenny une ou deux tenues de voyage, mais qu'elle verrait cela dans quelques jours. Puis épuisée par tant d'efforts, elle entraîna les deux jeunes filles chez Gunter pour prendre un chocolat, avant de rentrer.

Juste au moment où elles gravissaient le perron, elles rencontrèrent Chris qui sortait.

— Où vas-tu ? lui demanda sa tante, étonnée, car il avait été décidé par sir O'Brian, qu'en raison de la disgrâce du jeune homme, il ne pourrait pas quitter la maison sans permission, et qu'il devrait travailler dans sa chambre la plus grande partie des journées. Mais Jenny, dont la chambre était voisine de celle de son cousin, savait qu'il passait plus de temps à son piano qu'à sa table de travail.

Il sourit à sa tante, et répondit d'un ton désinvolte :

— J'allais seulement chez Lock me commander un nouveau chapeau.

— Mais Chris, protesta Nora, il est l'heure de déjeuner ! Il est presque une heure !

— Bah ! fit le jeune homme avec insouciance, je mangerai une bricole en ville.

Et sans attendre la réponse de tante Nora, il dégringola les quelques marches du perron et s'éloigna à grands pas, sous le regard irrité de lady O'Brian qui n'était pas dupe. Tout comme Jenny, elle avait remarqué l'élégance du jeune homme qui n'allait certainement pas seulement chez Lock !

Une fois dans sa chambre, Jenny essaya une à une toutes ses merveilles, se tordant le cou pour mieux se voir dans le miroir ! Elle n'était vraiment plus la même !

« — Ah ! pensa-t-elle, si Guy Tancred pouvait me voir ainsi, peut-être ne me considérerait-il plus seulement comme une gamine sans importance, juste bonne à l'amuser. » Au souvenir du jeune capitaine, elle sentit son cœur se serrer. La blessure n'était pas encore refermée... Un jour peut-être, elle oublierait cette première déception. Mais pour l'instant, elle continuait à en souffrir. Elle souhaita violemment que le sort les mît en présence dans l'une de ces réceptions où sa tante Nora devait l'emmener. Quelle revanche pour son orgueil ! Ce serait au tour du beau capitaine de lui faire des avances qu'elle repousserait, du moins au début ! Avec la coquetterie, Jenny venait de découvrir la féminité et ses armes redoutables.

.
**

Celia fut présentée à la Cour, trois jours plus tard. Tandis qu'on l'habillait, Jenny la regardait émue et éblouie. Elle portait une somptueuse robe de satin blanc rehaussée de perles, et dans ses magnifiques cheveux noirs, ingénieusement coiffés, on avait planté trois fines plumes d'autruche.

— Tu es merveilleuse ! souffla Jenny, sincère.

— C'est sans aucun doute la plus jolie jeune fille que j'aie jamais eu à habiller ! déclara la première main de chez Reville, spécialement venue pour parer Celia.

Jusqu'à Nora qui, pour la première fois, regardait sa fille avec orgueil. Oui, ce soir, elle pourrait être fière d'elle. Elle s'approcha et lui posa une main parée d'une magnifique émeraude sur le bras.

— Maintenant, mon petit, souviens-toi de tout ce qu'on t'a dit ! (Et se tournant vers la femme de chambre, elle ajouta) : Dites à sir Charles que nous sommes prêtes.

Sir Charles faisait justement les cent pas dans le hall, la montre en main et l'air exaspéré. Si cela continuait, il était évident qu'ils seraient en retard...

— Nora ! appela-t-il pour la dixième fois. Pour l'amour du ciel, dépêchez-vous un peu ! ajouta-t-il en voyant apparaître en haut des escaliers sa femme et sa fille.

— De grâce, Charles ! répondit Nora d'un air digne. Vous n'avez aucune raison de vous affoler, nous ne sommes pas en retard.

Puis, se retournant vers Jenny, elle ajouta :

— Tu devrais en profiter, Jenny, pour te coucher de bonne heure et te faire un masque au concombre. C'est excellent pour le teint. Robson ! Robson ! appela-t-elle enfin d'une voix autoritaire, ayez l'obligeance de vous occuper de la traîne de Celia. Faites-y très attention, surtout ! Et vous, Charles, cela vous ennuierait-il de soulever la mienne ? Merci.

Puis, ils montèrent tous en voiture, et Jenny leur

fit signe de la main jusqu'à ce qu'ils aient disparu à sa vue. Après quoi, elle gagna lentement sa chambre. Elle rencontra Chris sur le palier, en tenue de soirée.

— Où allez-vous donc ? demanda-t-elle, les yeux écarquillés.

— Je dîne en ville avec un ami, répondit-il brusquement, tout en continuant à descendre l'escalier quatre à quatre.

Jenny l'entendit demander au maître d'hôtel de lui appeler un taxi. Elle hocha la tête. L'empressement du jeune homme, son élégance et l'embarras qu'il avait manifesté, laissaient facilement penser qu'il s'agissait plus certainement d'un rendez-vous galant que d'un simple dîner avec un camarade !

La jeune fille reprit en soupirant le chemin de sa chambre. En passant devant celle de Christopher, elle vit que la porte en était entrouverte. Incapable de résister à la curiosité, elle y risqua un œil, puis s'étant assurée une dernière fois que personne ne pouvait la voir, elle y entra complètement. La pièce dégageait une odeur de tabac, mélangée à celle de l'eau de toilette qu'employait Chris. Dans le coin le plus reculé, il y avait un piano, couvert de partitions dans un désordre indescriptible. Près de la fenêtre, elle vit un fauteuil sur le bras duquel attendait un livre. Elle en lut le titre : « La jeunesse révoltée... » Dans le coin gauche, à l'opposé du piano, était la table de travail du jeune homme. Mais apparemment, elle n'en avait que le nom. Jenny eut beau fouiller des yeux, elle ne vit pas un seul livre de droit, pas plus que de classeurs ou de notes diverses. Par contre, on y trouvait plusieurs cravates, des lettres, des pipes, et surtout, encadrée d'or et d'argent, la photo d'une très jolie femme. Le parfait ovale de son visage, ses longs cheveux blonds et ses immenses yeux pâles étaient vaguement familiers à Jenny. Où avait-elle bien pu la voir ? Peut-être était-ce seulement une actrice dont la photo avait paru dans les journaux. En se penchant un peu plus, la jeune fille vit que le portrait était dédicacé : « A Christopher, Edith. » Elle sourit. C'était sûrement « l'ami » avec qui devait dîner Chris... Après un dernier coup d'œil à la chambre dont l'intimité et le désordre lui étaient plutôt sympathiques, elle regagna la sienne. Une chose était certaine, le jeune Chris ne se surmenait pas !

Jenny était fatiguée et suivit avec plaisir le conseil que lui avait donné sa tante avant de partir. Elle commença à se déshabiller dans l'intention de se mettre tôt au lit. Elle était sortie les deux derniers soirs et s'était couchée fort tard. L'avant-veille, ils étaient allés voir au Lyceum, « *La Belle de New York* », après quoi, ils avaient soupé chez Romano, et la veille, ils s'étaient rendus à la réception de Mme Ormsby, où la jeune fille avait rencontré une foule de jeunes. Sa tante trouvant qu'on commençait à avoir un peu trop vu sa robe du soir bleu pâle, lui avait fait transformer par Louise deux robes de Celia, très jolies l'une et l'autre... Décidément ces soirées étaient enivrantes mais bien fatigantes. Pourtant, avant d'éteindre, Jenny prit son papier à lettres et écrivit une longue lettre chez elle, dans laquelle elle donnait toutes les nouvelles en détail.

Elle parla des promenades en voiture qu'elle faisait presque chaque jour en compagnie d'amis, de sa tante et de Celia avec lesquels elles prenaient le thé près du kiosque à musique où l'on jouait de la musique militaire, de toutes les toilettes qu'on lui avait offertes, du coiffeur où elle devrait se rendre avant le bal qu'allait donner Celia en juillet. Elle expliqua qu'elle devait aller la semaine suivante avec son oncle et sa tante, entendre Chaliapine au Théâtre Royal et qu'au moment même où elle leur écrivait, Celia était présentée à la Cour.

Elle ajouta que, malgré la crainte qu'elle avait eue de détester Londres, elle s'y plaisait et trouvait toutes choses très intéressantes, que son oncle et sa tante étaient vraiment très gentils pour elle, et Celia une délicieuse enfant. Avant de clore, elle ne put résister au désir de demander si le capitaine Tancred était encore à l'auberge du *Grand Cerf*...

Elle fut réveillée sur le coup d'une heure du matin,

par une Celia surexcitée, qui vint s'asseoir sur le pied
de son lit, pour lui raconter sa soirée.

— Oh ! Jenny ! s'écria la jeune fille, comme j'aurais voulu que tu sois là ! C'était merveilleux, exactement comme dans un conte de fées ! Il y avait d'immenses lustres qui étincelaient et des tas d'uniformes,
tous plus beaux les uns que les autres... Maman m'a
dit que je m'étais très bien comportée et que j'avais
fort bien réussi mes deux révérences !

Elle était très fière d'elle, un peu comme un enfant
qui aurait bien su sa leçon à l'école.

— Mais, ajouta-t-elle après avoir repris son souffle, il s'est passé quelque chose de très bizarre...

Jenny se redressa un peu, les yeux encore pleins de
sommeil. Comme Celia était jolie, ainsi animée ! Ses
yeux brillaient comme deux escarboucles, et ses joues,
roses d'excitation, avaient l'aspect velouté d'un beau
fruit. Il ne faisait aucun doute qu'elle avait dû être une
des plus jolies jeunes filles, ce soir au Palais.

— Ah ! Oui ? releva gentiment Jenny. Et que s'est-
il passé ?

— Eh bien, une des jeunes filles s'est brusquement
interrompue au milieu de sa révérence en criant quelque chose comme...

Elle plissa le front dans son effort de réflexion : ...
comme « Arrêtez vos injustices », reprit-elle. Ah !
Non ! Je me souviens maintenant ! Elle a dit exactement : « Par pitié, Votre Majesté, dites à vos flics d'arrêter leurs injustices ! »... C'est drôle, tu ne trouves pas ?
Le roi avait l'air furieux. Alors deux hommes en uniforme noir sont venus et ont emmené la jeune fille.
Je me demande comment elle a osé faire une chose
pareille, conclut Celia d'un air effaré.

Jenny trouvait en effet qu'il avait fallu bien du
courage à cette jeune fille pour agir de la sorte, mais
elle garda ses réflexions pour elle et, après avoir
embrassé Celia, elle la félicita encore et lui conseilla
d'aller vite prendre un peu de repos. Une fois seule,
elle se prit à sourire. Elle connaissait quelqu'un à qui
cet incident allait faire bien plaisir. C'était Chris !

Elle allait enfin se rendormir, quand un bruit curieux la fit sursauter. C'était une sorte de grattement contre l'un des carreaux de sa fenêtre. La jeune fille d'abord un peu inquiète, se dressa sur son lit et écouta. Mais, il n'y avait aucun doute : on frappait à la vitre ! Alors, sautant du lit, elle enfila prestement sa robe de chambre et écarta le rideau. A sa grande stupéfaction, elle vit apparaître le visage de Christopher. Etonnée et secouée par le rire tout à la fois, elle ouvrit la fenêtre pour laisser entrer le jeune homme.

— Merci, Jenny ! marmonna-t-il, conscient du ridicule de sa situation.

— Mais comment se fait-il... ? commença la jeune fille en reprenant avec difficulté son sérieux.

— J'allais rentrer, expliqua Chris, quand je vis mon oncle et ma tante tourner le coin de la rue en voiture. J'ai eu juste le temps de me dissimuler derrière un arbre. Mais quand j'ai voulu à mon tour rentrer, les portes avant et arrière étaient toutes deux fermées... Je n'avais donc plus d'autre solution que d'emprunter l'échelle de secours qui passe contre votre fenêtre... Voilà !

Et après quelques mots d'excuse, il gagna sa chambre à pas de loup, non sans s'être assuré au préalable que la voie était libre.

Alors, pour la troisième fois, Jenny essaya de se rendormir. Elle songeait à Chris et à ses sorties clandestines... Le juge, son oncle, ne s'en doutait sûrement pas, car il ne faisait aucun doute qu'il aurait réagi violemment. Pourtant, on ne pouvait en vouloir au jeune homme de désirer sortir et mener une vie de son âge, surtout qu'il était plein d'entrain et séduisant ! Et puis, pour une femme telle que cette Edith, il devait être prêt à tenter n'importe quoi !...

⁂

Ce fut le lendemain matin, qu'arriva la lettre de sa mère. Jenny s'était levée, lasse et triste. Il faisait déjà une chaleur lourde qui promettait de l'orage. Celia dor-

mait encore, aussi prit-elle son petit déjeuner en la
seule compagnie du journal et ne prêtant aucune attention à ce qui se passait autour d'elle. Chris échangea
un clin d'œil complice avec Jenny, et tout en lui demandant le pot de marmelade d'oranges, il murmura très
bas : « Merci encore ! »

A cet instant précis, Robson entra, un plateau d'argent à la main. Il le présenta au juge.

— Le courrier, sir !

Le juge grogna un vague merci et regarda les
lettres.

— Il y en a une pour toi, Jenny ! dit-il en tendant
une enveloppe à la jeune fille.

Puis, fronçant les sourcils, il s'adressa à Chris
cette fois.

— Que signifie cette facture, Christopher ? Tu t'es
fait faire un nouveau costume ?

Tandis que Chris, embarrassé, s'agitait sur sa
chaise, Jenny avait ouvert l'enveloppe d'un coup sec,
impatiente de lire les nouvelles de sa famille. Elle par-
courut avidement la lettre et, soudain, poussa un
gémissement :

— Oh ! Non...

Puis, à la grande stupéfaction des deux hommes,
elle éclata en sanglots et quitta la table précipitamment.

Ils l'entendirent monter l'escalier en courant et
claquer la porte de sa chambre. Puis tout retomba
dans le silence.

— Qu'est-ce qui lui prend ? bougonna le juge,
contrarié de cet incident.

Chris se leva.

— Je vous prie de m'excuser, mon oncle, mais je
crois qu'il vaut mieux aller voir s'il n'y a rien de grave !

Et sans attendre la réponse de sir Charles, il s'éclipsa
à son tour, échappant par la même occasion aux très
embarrassantes questions de son oncle sur cette histoire de costume neuf.

Il frappa doucement à la porte de Jenny, et comme
il n'obtenait pas de réponse, il entra. La jeune fille était

écroulée sur son lit et pleurait silencieusement. Il s'agenouilla près d'elle et chercha à voir son visage.

— Voyons, Jenny, gronda-t-il gentiment comme l'aurait fait un frère aîné, cessez de pleurer ainsi, sinon vos yeux vont être tout gonflés et votre visage tuméfié !...

Il pensait innocemment que cette seule perspective suffirait pour arrêter les larmes de la jeune fille. Mais il n'en fut rien, bien au contraire, les sanglots de Jenny redoublèrent. Alors, Chris s'inquiéta sérieusement.

— Est-il arrivé quelque chose de grave ? murmura-t-il. Il ne s'agit pas de vos parents au moins ?

— C'est... c'est Margaret ! hoqueta-t-elle. Elle me l'a volé !

Et s'essuyant les yeux du revers de sa manche, elle se redressa un peu, le visage bouleversé. Elle avait une peine réelle, car Guy Tancred avait été son premier amour. Et un premier amour quand on est une jeune fille innocente et passionnée, ça compte ! Elle ne se rendait pas compte que ce qu'elle avait pris pour de l'amour, n'était rien d'autre qu'une simple attirance physique sans lendemain... Il avait suffi qu'il apparaisse, beau, galant, plein d'expérience, pour que sa vie de jeune fille, calme et monotone, en fût bouleversée.

— ... ils vont se marier en septembre ! ajouta-t-elle avec un nouveau sanglot.

— Du diable, si je comprends un traître mot de ce que vous me dites ! maugréa le jeune homme. Mais, arrêtez donc de pleurer, vous allez irrémédiablement abîmer votre robe ! Tenez, prenez ce mouchoir ! ajouta-t-il en lui présentant son propre mouchoir qu'il venait de tirer de sa poche.

— Merci ! balbutia-t-elle. Oh ! Chris ! C'est tellement cruel ! ajouta-t-elle en se mouchant.

— Enfin, allez-vous me dire clairement de quoi il s'agit ? demanda Chris avec une légère impatience.

— Il s'agit de Guy Tancred, l'ami de mon frère Richard, expliqua Jenny qui avait un peu retrouvé son calme. Ma mère m'écrit que lui et ma sœur Margaret viennent de se fiancer et qu'ils vont faire publier la nouvelle dans le *Morning Post* et tout le reste... Seulement, voilà, c'était mon ami à moi ! C'était moi qui l'avais trouvé...

— C'est la vie ! conclut Chris sans s'émouvoir outre mesure. Je suppose que vous avez cru aimer ce méchant garçon ?

— Mais, il m'a embrassée ! Maman m'a même fait une terrible scène et c'est une des raisons pour lesquelles on m'a envoyée ici... Seulement, on le laisse épouser Margaret ! C'est trop injuste !

— C'est probablement parce qu'il l'aime !

Mais Jenny n'en croyait rien. Elle se rappelait trop bien comment il avait écarté son amour à elle, comme pris de panique, à l'idée qu'elle pouvait croire qu'il désirait l'épouser. Avait-il raconté leur idylle à Meg ? Sûrement pas. Jamais, elle ne pourrait se retrouver en face d'eux... Pourquoi, alors, l'avait-il embrassée avec tant de passion ? Décidément, elle ne comprendrait jamais rien à la vie. Elle secoua tristement la tête. Jamais plus, elle ne pourrait aimer un homme !

Chris qui semblait suivre ses pensées, sourit.

— Ma chère Jenny, je ne voudrais pas vous sembler cynique, mais la vie n'est pas un conte pour enfants ! Il arrive parfois qu'elle vous blesse cruellement et que les plaies mettent longtemps à se cicatriser. Je ne crois pas qu'il existe beaucoup d'amours heureuses !, ajouta-t-il, sombre.

Il hésita un instant. Une sorte de pudeur virile l'empêchait de se confier à la jeune fille, mais il la vit si bouleversée, si désemparée, qu'il en fut touché.

— Moi aussi, j'ai mes problèmes, avoua-t-il d'une voix sourde. Je suis amoureux d'une femme qui est déjà mariée. C'est sans espoir ! Et je sais que je ne me marierai jamais à personne d'autre...

Jenny se redressa tout à fait, en rejetant ses cheveux en arrière.

— Il s'agit de cette femme qui s'appelle Edith, n'est-ce pas ? demanda-t-elle dans un souffle. J'ai vu sa photographie dans votre chambre, un jour où vous étiez absent, expliqua-t-elle en toute franchise. Comme elle est belle !

Chris ne parut nullement contrarié qu'elle fût entrée dans sa chambre.

— Oui, répondit-il avec fierté, il s'agit d'Edith Mountchesney ! C'est en effet la plus belle femme de Londres !

Jenny comprenait maintenant pourquoi le visage de cette femme lui était familier. Edith Mountchesney... Il ne se passait pas de semaine sans qu'un ou plusieurs journaux ne parlent d'elle et publient sa photo : lady Mountchesney et ses enfants, lady Mountchesney à une vente de charité, lady Mountchesney inaugurant une exposition...

— Mais, murmura Jenny sans se rendre immédiatement compte de sa gaffe, elle est vieille ! Je veux dire, reprit-elle vivement en rougissant, qu'elle a déjà de grands enfants !

Chris fronça les sourcils.

— C'était une toute jeune fille quand elle a épousé le vieux lord Mountchesney, dit-il un peu sèchement.

Mais Jenny n'était pas dupe. Elle savait que l'aîné de ses enfants avait une vingtaine d'années... Pauvre Chris ! pensait-elle.

— Est-ce avec elle que vous êtes sorti hier soir ? demanda-t-elle au jeune homme, perdu dans ses pensées.

— Oui, reconnut-il. Je l'ai emmenée dîner au Rule.

Il y avait même laissé la totalité de la maigre pension que lui avait donnée son oncle pour le mois de juin. Car depuis qu'il était en disgrâce, le juge avait trouvé bon de réduire considérablement la somme qu'il lui accordait chaque mois comme argent de poche. Il avait tout juste de quoi faire face aux dépenses courantes, pensait amèrement Chris. Quant à l'héritage qui lui venait de ses parents, il ne pourrait pas y toucher avant ses vingt-cinq ans... Et Edith était habituée à la grande vie ! Non qu'elle fût intéressée. Il était sûr qu'elle aussi l'aimait, mais il aurait voulu pouvoir lui offrir toutes ces petites folies qui plaisent tant aux femmes. Mais, ce dîner de la veille était une date importante pour lui, car elle l'avait laissé l'embrasser...

— Mais son mari, Chris ! reprit Jenny avec inquiétude. Il finira par savoir la vérité si vous vous montrez ainsi en public ensemble !

— Ça m'est égal ! répondit durement le jeune homme.

On entendit soudain des pas monter l'escalier.

— C'est l'oncle Charles ! souffla Chris. Il doit se demander où je suis passé ! Vous devriez descendre finir votre breakfast ! conseilla-t-il.

— Non, merci. Je n'ai plus faim, répondit Jenny en secouant tristement la tête.

— Comme vous voudrez ! Moi, les émotions me creusent toujours... Aussi, vais-je aller me chercher quelques toasts avec de la marmelade, déclara le jeune homme en ouvrant la porte.

La jeune fille sourit. C'était bien de lui !

— Merci d'être venu me consoler, Chris ! murmura-t-elle, alors qu'il était déjà dans le couloir. Vous avez été si gentil !

Chris haussa les épaules avec désinvolture.

— Il n'y a pas de quoi ! C'est tout à fait normal..., répliqua-t-il en s'en allant.

Jenny referma la porte derrière lui et s'assit. Elle était très lasse, comme quand on a beaucoup pleuré. Pourtant, il lui fallait bien se résigner !... Tout était bien fini entre elle et Guy Tancred ! Elle l'avait perdu avant même de l'avoir conquis ! Et il allait devenir son beau-frère ! De nouveau, des larmes brûlantes lui montèrent aux yeux qu'elle essuya avec le mouchoir de Chris.

Elle resta ainsi prostrée une bonne demi-heure, puis elle eut honte de sa faiblesse et, se redressant enfin, elle mit un peu d'ordre dans sa toilette. Elle se bassina le visage et les yeux, se recoiffa et quand elle se jugea à peu près présentable, elle décida de descendre voir si sa tante n'avait pas besoin d'elle. En passant devant la porte de Chris, elle l'entendit remuer dans sa chambre, puis jouer quelques notes de piano, comme machinalement... Quand elle fut sur le palier, elle hésita encore un peu, cherchant ce qu'elle allait pouvoir dire à son oncle et à sa tante sur la raison de ses larmes... Ce fut à ce moment précis qu'elle entendit Robson ouvrir la porte du boudoir, tout en disant avec respect :

— Je vais voir si lady O'Brian peut vous recevoir, madame...

— Dites-lui bien combien je suis désolée de la déranger d'aussi bonne heure, mais il s'agit d'un cas d'une urgence extrême ? Voulez-vous ? demanda une voix de femme d'un contralto magnifique, où Jenny crut découvrir pourtant une note d'anxiété.

Du coup, la jeune fille n'osa plus bouger, car Robson avait laissé la porte du boudoir ouverte. En se penchant un peu par-dessus la rampe, elle put entrevoir la visiteuse... Elle était grande et mince, habillée avec une rare élégance. Son tailleur vert foncé, auquel était assorti le chapeau, mettait en valeur la blondeur dorée de ses cheveux. Toute son attitude exprimait de l'inquiétude mêlée d'impatience. Elle allait et venait de la fenêtre à la porte, regardant de temps à autre une montre minuscule qu'elle tirait de sa pochette. Tante Nora apparut enfin et Jenny se recula un peu plus pour ne pas être vue. Elle savait qu'elle aurait dû, par discrétion, retourner dans sa chambre, en attendant que la visiteuse fût partie, mais la curiosité était la plus forte. Cette femme élégante l'intriguait et, bien qu'elle n'ait pu voir son visage, sa silhouette seule lui était comme familière... Elle écouta donc avec encore plus d'attention et fut fort déçue de voir sa tante repousser la porte, cependant elle ne l'avait pas tout à fait fermée, et comme il n'y avait aucun autre bruit dans la maison, la jeune fille n'eut aucun mal à entendre ce qui se disait.

— Lady Mountchesney ! s'écria la voix aiguë de Nora. Si je m'attendais à votre visite ! mais je vous en prie, asseyez-vous !

Jenny crut avoir mal entendu... Ainsi, c'était la

belle Edith Mountchesney ! La femme dont Chris était tellement amoureux !

— D'abord, commença lady Mountchesney, laissez-moi m'excuser de venir à cette heure, mais il fallait que je vous voie à tout prix... A dire la vérité, je suis dans un grand embarras...

— Vraiment ? s'étonna tante Nora non sans une petite pointe d'ironie dans la voix.

— Oui. Peut-être ne le savez-vous pas, mais je suis très amie avec votre neveu... Avec Chris !

Il y eut un petit silence, puis Nora répondit :

— La rumeur publique me l'avait laissé entendre... Mais la rumeur publique dit tant de choses !

Il n'y avait aucune sympathie dans la voix de lady O'Brian.

La belle Edith eut un rire bref et amer.

— Oui, elle dit en effet beaucoup de choses et elle a la dent dure pour ceux qui défrayent la chronique ! C'est justement pour cela que je viens vous voir. Hier soir, Chris m'a emmenée dîner au Rule... Oui, je sais que je n'aurais jamais dû accepter. C'était une folie, mais Chris sait m'amuser, il est tellement charmant ! Or ce matin, il fallait s'y attendre, mon mari en a été informé dès la première heure par quelqu'un qui désirait se venger de moi. Il est entré dans une colère terrible et m'a menacé de divorcer...

— Vous plaisantez, j'espère ! (Cette fois la voix de tante Nora n'exprimait plus ni l'indifférence, ni l'antipathie, mais la colère.) C'est complètement ridicule ! Chris est un tout jeune homme, encore un étudiant ! De plus, pareil scandale risque de ruiner définitivement sa carrière ! Le barreau ne plaisante pas avec ce genre d'histoires... Vous rendez-vous compte où tout cela peut le mener ?

— Et vous ? reprit plus sèchement lady Mountchesney. Vous rendez-vous compte où cela peut me mener, moi ? Je n'ai nullement l'intention de me laisser traîner dans une sombre histoire de divorce, je vous assure ! Donc, je crois que le mieux est encore de rester calmes et de considérer toute l'affaire avec sagesse et sang-froid.

Pour commencer, j'ai promis à mon mari de ne plus jamais revoir Chris. Mais, je sais que cela ne va pas être facile, et c'est pour cela que je suis venue vous demander de m'aider... Si vous pouviez parler à Chris, lui expliquer qu'il ne doit pas chercher à me revoir, ni même à me téléphoner... Ah ! Autre chose ! Pour apaiser mon mari, je lui ai dit que Christopher était fiancé et allait se marier, et qu'il ne m'avait emmenée dîner hier soir que pour m'apprendre la nouvelle et me faire ses adieux... Je sais que je vous demande beaucoup, ajouta lady Mountchesney presque avec humilité, mais c'est le seul moyen de nous en sortir...

— Je trouve, en effet, je ne vous le cache pas, répliqua Nora sans aménité, que vous allez un peu fort. Non seulement, je dois me mêler d'une affaire dans laquelle je n'ai rien à faire, mais de plus je vais devoir demander à Christopher de jouer la comédie des soit-disant fiançailles ! Croyez-vous qu'il va accepter cela facilement ? Et ne trouvez-vous pas que c'est lui faire payer un peu cher le prix de votre propre folie ?

— Mais ne comprenez-vous pas, reprit lady Mount-chesney, que je cherche à sauver Chris autant que moi ? Tenez-vous à le voir compromis dans un pro-cès ? Je vous assure que mon mari n'a pas l'habitude de plaisanter et qu'il tient ce qu'il promet ! Or, si je n'étouffe pas le scandale dès maintenant, il apprendra que j'ai vu Chris toute cette saison et...

— Non seulement cette saison mais tout l'hiver dernier aussi ! interrompit Nora froidement. Me pre-nez-vous pour une idiote ? demanda-t-elle ironique-ment. Nous fréquentons la même société et je ne suis pas aveugle. Seulement Chris est encore un gamin par bien des côtés et de telles folies sont excusables. Il n'en va pas de même pour vous. Une femme de votre âge devrait réfléchir davantage aux conséquences de ses passades !

— Je n'ai que trente-deux ans ! protesta avec véhémence la belle Edith ; et je ne les parais même pas ! De plus comme je vous le disais tout à l'heure, Chris est très séduisant et nous avons beaucoup de goûts

communs. Je sais parfaitement que c'était une folie,
mais ne pouvez-vous essayer de comprendre et faire
preuve d'un peu de pitié ? Je me suis mariée très jeune
à un homme tellement plus âgé que moi ! (La voix de la
jeune femme se brisa sur ces dernières paroles). Je
vous en prie, lady O'Brian, ne croyez pas que je cherche
à vous fléchir, mais je suis vraiment en peine...

— Peut-être, êtes-vous malheureuse en ce moment,
mais cela ne durera pas longtemps ! maugréa Nora. Et
avez-vous pensé à vos enfants ? Aux conséquences que
cela peut avoir pour eux ?

— Mais allez-vous comprendre enfin, reprit lady
Mountchesney avec violence à son tour, que je cherche
à réparer cette folie et à en minimiser les conséquences ? Mais, je crois qu'il est inutile d'insister auprès de
vous, ajouta-t-elle sur un ton glacial cette fois. Je vais
prendre congé. Ayez seulement l'obligeance de dire à
Chris de ne pas chercher à me revoir. Qu'à partir d'aujourd'hui, je ne serai plus jamais là pour lui... Au revoir,
lady O'Brian, et encore toutes mes excuses de vous
avoir ainsi dérangée...

Jenny n'eut que le temps de se rejeter en arrière,
sa tante ouvrait la porte du boudoir et raccompagnait
la visiteuse sans un mot. La porte du hall claqua... Elle
était partie.

La jeune fille avait le cœur serré de la conversation qu'elle venait de surprendre. Pauvre Chris !
Comme il allait souffrir !

CHAPITRE VIII

Absorbée par ses pensées, Jenny n'avait pas remarqué que sa tante, ayant levé la tête, l'avait aperçue sur le palier, aussi sursauta-t-elle violemment quand Nora l'appela :

— Jenny ! Y a-t-il longtemps que tu es là ?

La jeune fille resta un instant interloquée. Mais sa nature droite n'avait pas l'habitude de fuir les difficultés, surtout quand c'était elle qui les avait créées...

— Oui, murmura-t-elle. J'ai tout entendu !

Nora la regarda un instant, tandis qu'elle descendait les escaliers à la rencontre de sa tante.

— J'aime ta franchise, dit enfin cette dernière, et je sais que je peux te faire confiance. En tout cas, ne répète rien. Ton oncle va être furieux ! Décidément, Chris est vraiment une source perpétuelle de soucis. Mais à sa décharge, il faut dire qu'il n'a que vingt-deux ans ! Tandis que cette lady Mountchesney est une femme mûre ! Quel monstre d'égoïsme, quand même ! Elle ne pense qu'à elle, en réalité. Et cette façon d'annoncer partout que Chris est fiancé simplement pour se tirer d'affaire. Pas un instant, elle n'a pensé qu'en agissant ainsi, elle le rejetait dans l'ombre. C'est odieux !

Soudain, Nora s'aperçut que sa nièce avait les yeux rouges.

— Que se passe-t-il, Jenny, tu as pleuré ? Et ton oncle m'a dit que tu les avais quittés au beau milieu

du breakfast... J'espère qu'il n'y a rien de grave ! Je
t'avoue que mes nerfs ont eu leur compte pour ce
matin, ajouta-t-elle en portant sa main à son front.

— Louise ! Louise ! appela-t-elle et comme la
femme de chambre surgissait très vite : Apportez-moi
un cachet contre la migraine, voulez-vous ? Je n'en
peux plus... (Et se tournant à nouveau vers Jenny,
elle ajouta :) — Je ne sais pas ce que vous avez,
vous, les jeunes, mais vous compliquez toujours tout à
plaisir et notre vie en particulier !... C'est comme cette
fille, la nuit dernière, qui s'est permis d'insulter le
roi en revendiquant je ne sais quoi, au beau milieu de
sa révérence... Une vraie dévergondée ! Enfin ! J'espère qu'elle va le payer cher ! Alors, Louise, ce cachet ?

Louise revenait tout essoufflée.

— Il n'y en a plus, Milady, annonça-t-elle d'un
air effaré.

— Il ne manquait plus que cela ! s'écria Nora d'un
ton exaspéré. Bon, tant pis ! Je vais monter me reposer. Quant à toi Jenny, ne m'en veux pas de t'avoir
un peu rabrouée mais tu comprendras facilement que
je sois un peu nerveuse... Que vas-tu faire, maintenant ?

Jenny sauta sur l'occasion.

— Si vous le permettez, ma tante, je vais aller vous
chercher des cachets. La pharmacie est à deux pas d'ici.
Je ne serai pas longue.

Elle avait besoin de prendre l'air et voyait là le
plus sûr moyen d'échapper à d'autres éventuelles questions de la part de sa tante. Il serait bien temps, dans
la journée, d'annoncer d'un air détaché les fiançailles
de sa sœur Margaret. Tante Nora aurait alors complètement oublié les larmes de sa nièce et ne ferait
aucun rapprochement de cause à effet.

— Vraiment ? demanda Nora en regardant sa nièce
avec affection. C'est très gentil à toi ! J'ai une telle
migraine...

❖

Le soir arriva. Jenny se changeait pour le dîner, quand elle entendit le juge monter l'escalier et s'arrêter devant la porte de Chris. Elle reconnaissait facilement son pas, un peu raide, bien martelé.

— Christopher ! appela-t-il. Es-tu là ? Je voudrais te parler.

A travers la cloison, la jeune fille entendit un remue-ménage et, malgré les émotions de la journée, elle fut prise de fou rire. Elle imaginait Chris, sautant du fauteuil où il devait être confortablement installé avec un bon livre, rangeant en hâte, cravates, vêtements, photos, pour les remplacer par des livres de droit, tirés de quelque tiroir oublié... Elle entendit enfin la porte s'ouvrir, et de nouveau, la voix du juge s'éleva, sévère et froide. Jenny frémit d'angoisse pour son cousin.

— Dis-moi, Christopher, es-tu devenu complètement fou ? As-tu décidé de ruiner définitivement tes chances de réussite ? Si ton pauvre père vivait...

Mais cette fois, Jenny n'en entendit pas davantage. Elle termina à la hâte de boutonner sa robe et quittant sa chambre, elle descendit au rez-de-chaussée. Elle jugeait que son indiscrétion du matin suffisait et que, par amitié pour Chris, elle ne devait pas être témoin des reproches que n'allait pas manquer de lui faire son oncle... Il était tellement pénible de voir les autres plonger dans votre vie privée ! Et du même coup, elle décida que personne, pas même sa mère, ne devrait jamais savoir les sentiments qu'elle avait éprouvés pour Guy Tancred.

❖

Le lendemain soir, Chris accompagna sa tante, sa cousine Celia et Jenny à une réception. Jenny n'avait pas revu le jeune homme depuis la veille, aussi profita-t-elle d'un instant où personne ne pouvait les entendre pour lui glisser à l'oreille :

— Chris, venez dès que vous le pourrez dans le jardin, j'ai quelque chose à vous dire...

Chris eut un léger mouvement d'impatience.

— Je vous avoue, Jenny, que je n'ai guère le courage, ce soir, de vous remonter le moral. Je...

— Cela n'a rien à voir avec moi, coupa Jenny.

— Bon ! soupira Christopher. Alors, si vous y tenez, allons-y maintenant. C'est le moment, personne ne nous regarde.

Elle posa tout naturellement sa main sur le bras du jeune homme, et ensemble, ils sortirent dans le jardin par l'une des immenses portes-fenêtres. Les pelouses étaient éclairées par des lanternes qui donnaient à la scène une allure féerique. Des parterres d'œillets se dégageait un parfum lourd et langoureux, tandis que l'orchestre jouait en sourdine « Destinée », la mélodie à la mode cet été-là.

— Quel merveilleux jardin ! ne put s'empêcher de s'écrier Jenny, sensible au charme du spectacle qui s'offrait à elle.

Chris la regarda et ne put retenir un sourire. Pour une jeune fille qui disait avoir le cœur brisé, elle semblait apprécier à sa juste valeur les plaisirs de cette soirée. Son visage était rose d'animation et ses yeux brillaient de joie.

— Alors, demanda-t-il plus doucement, que vouliez-vous donc me dire ?

Jenny pressa un peu plus le bras qu'elle tenait toujours.

— Chris, commença-t-elle, je sais que vous avez des ennuis...

— Des ennuis ? demanda-t-il en relevant le menton d'un coup sec.

— Oui, ne niez pas. Vous n'avez pas à faire semblant avec moi... Et puis, j'étais là ce matin, quand lady Mountchesney est venue voir tante Nora et j'ai tout entendu...

— Qu'est-ce que vous dites ? demanda âprement le jeune homme en lâchant la main de Jenny.

— La vérité. Je dis la vérité... Je sais que je

n'aurais pas dû écouter, mais je n'ai pas pu m'en empêcher, avoua la jeune fille, à la fois sincère et confuse.

— C'est complet ! marmonna Chris furieux. Si ça continue, tout Londres ne va pas tarder à le savoir.

Ce fut au tour de Jenny de se sentir outragée.

— Pour qui me prenez-vous ? s'insurgea-t-elle. Vous n'avez rien à craindre, je n'en soufflerai mot à personne... De plus, c'est pour vous aider que je fais tout cela, car il m'est venu une idée...

— Oui ? Et quelle idée ? questionna Chris sans beaucoup d'enthousiasme.

— Eh bien ! puisque le seul moyen de vous sauver, vous et lady Mountchesney, est de faire croire que vous êtes fiancé, j'ai pensé que vous pourriez dire que vous êtes fiancé avec moi...

— Avez-vous perdu la tête ? s'exclama le jeune homme hors de lui.

Elle rougit. Elle était blessée de la réaction de Chris. Etait-elle tellement indigne de lui ? Mais la question n'était pas là. Bravement, elle s'expliqua :

— Non, je n'ai pas perdu la tête, répliqua-t-elle froidement. Mais puisqu'il s'agit seulement de sauver la face de votre bien-aimée Edith et de vous tirer d'un mauvais pas, il vaut mieux annoncer vos fiançailles avec quelqu'un que vous ne risquez pas d'épouser... Et par la même occasion, cela me vengera de Guy Tancred et de Meg !

C'en était trop. Cette fois, Christopher éclata de rire. Il en pleurait presque.

— Ah ! Je comprends ! s'exclama-t-il. Ce n'est pas complètement désintéressé ! Vous êtes pleine d'imprévu, dit-il toujours riant.

Un peu décontenancée, Jenny insista.

— Et pourquoi pas ? Nous ferions ainsi d'une pierre deux coups, comme l'on dit ! Alors, vous êtes d'accord ?

Mais Chris avait repris son sérieux.

— Non, je ne suis pas d'accord. Vous ne vous rendez pas compte des complications que cela entraî-

nerait à la fois pour vous et pour moi. Imaginez un
peu ! Vos parents, notre oncle... Non ! Ce n'est pas
possible. On ne sait pas où cela nous mènerait...

— Certainement pas à l'autel, en tout cas ! Je peux
vous l'assurer, déclara froidement la jeune fille, morti-
fiée du peu de cas que Chris faisait d'elle et de ses
offres.

Christopher vit qu'il l'avait blessée et il se radoucit.

— Ne m'en veuillez pas, dit-il gentiment en posant
sa main sur l'épaule de Jenny, je suis très sensible à
votre désir de m'aider. Seulement, n'ayant pas eu de
sœurs, je ne devine pas toujours la puissance d'imagination des jeunes filles... Ce que j'ai voulu dire est que
je me sens incapable de jouer la comédie : quand
j'aime quelqu'un, ça se voit !

Jenny gardait la tête baissée. Sans trop savoir pourquoi, elle avait envie de pleurer. Chris devina sa peine
et, se penchant un peu plus, il l'embrassa doucement
sur la joue.

— Vous êtes délicieuse, Jenny ! murmurat-il. Et
j'envie l'homme dont vous ferez le bonheur !...

Pourquoi fallut-il qu'il gâchât tout en ajoutant :

— Mais vous n'avez aucune expérience et il vous
est difficile de comprendre...

A cet instant, Celia passa tout près d'eux accom-
pagnée d'un beau garçon qui lui servait de chevalier
servant.

— Allons voir s'il n'y aurait pas de fées dans ce
jardin ! Il me semble enchanté...

Le garçon se mit à rire. Il trouvait Celia une délicieuse créature, surtout quand elle jouait ainsi les fem-
mes-enfants...

— D'accord, allons à la rencontre des fées,
répondit-il, en entrant dans ce qu'il prenait pour un
jeu, mais j'ai déjà trouvé, en vous rencontrant, la plus
jolie des fées ! ajouta-t-il en suivant Celia.

Jenny et Chris se regardèrent.

— C'est James Brace, dit le jeune homme en
hochant la tête, un des jeunes héritiers les plus connus

de Londres. Tante Nora s'est arrangée pour lui faire rencontrer sa fille. Jenny, je suis inquiet pour Celia... Nous savons, nous, qu'elle n'a réellement pas plus de dix ans de raison ! Comment tout cela finira-t-il ? Sa mère l'a lancée dans le monde cette année, comme si elle était normale. Elle figure dans le « *Tatler* » comme une des débutantes les plus séduisantes et, en effet, sa beauté attire les hommes comme des mouches et son rang social lui permet d'espérer un mariage magnifique. Mais que se passera-t-il quand on s'apercevra qu'elle n'est pas normale ? Car elle n'est pas comme les autres... Quand je suis revenu des Indes, elle avait huit ans et jouait avec les mêmes petits ours en peluche qu'aujourd'hui. Depuis, elle s'est physiquement transformée en une splendide jeune fille, mais mentalement, elle n'a pas avancé d'un iota...

— De toute façon, répondit Jenny songeuse et inquiète, il est évident qu'on s'apercevra bientôt de la vérité, bien avant qu'elle ait eu le temps de se fiancer.

— Ce n'est pas certain. Vous avez entendu comme moi, à l'instant les paroles de James Brace. Ils croient tous que ses manières enfantines et sa naïveté sont une comédie qu'elle joue pour se rendre encore plus séduisante, plus délicieusement vulnérable... Parfois, je maudis tante Nora et sa monstrueuse ambition. Ce n'est pas une mère digne de ce nom...

⁂

Juin passa très vite. Ce ne fut qu'une suite de bals, de réceptions, de soirées à l'Opéra et d'après-midi à Ascot. Puis arriva la fameuse course de la Coupe d'Or, qui donna enfin l'occasion à Jenny de voir le roi et la reine. Ils arrivèrent dans un superbe carrosse, tiré par quatre chevaux bais et flanqués d'une escorte de cavaliers, vêtus de pourpre et d'or. La jeune fille était éblouie par la beauté du spectacle qui s'offrait à ses yeux : le vert vif et uni de l'immense pelouse, sur laquelle se détachait la palette multicolore des fleurs et des robes, la beauté des chevaux dans le paddock, l'élégance de cette réunion unique en son genre... Jenny avait l'impression de vivre un rêve.

Ce fut au moment où elle traversait la pelouse au pied de la tribune royale, en compagnie de Chris d'un côté et de Celia de l'autre, qu'elle vit venir les Mountchesney. Le visage d'Edith avait beau être à moitié caché par son immense chapeau orné de plumes d'autruche, sa silhouette et son allure étaient facilement reconnaissables. Jenny sentit que Chris hésitait. Mais arrivé à leur hauteur, il souleva son chapeau courtoisement sans qu'une ligne de son visage ne bronchât. Lord et lady Mountchesney répondirent par un petit signe de tête et la belle Edith s'empressa d'attirer l'attention de son mari sur un superbe cheval qu'un jockey flattait amicalement.

Maintenant, Chris avançait, les lèvres serrées, mais il ne résista pas au désir de se retourner sur les Mountchesney...

— Ne vous retournez pas, murmura Jenny entre ses dents. On vous regarde ! Courage, Chris ! Votre plaie s'est rouverte, mais elle ne tardera pas à se cicatriser complètement...

Chris regarda sa compagne avec étonnement. Il ne pensait pas qu'elle était capable à la fois de tant d'intuition et de tant de sagesse... Mais quand ils furent assis à leur tribune, Jenny vit que les mains de Chris, qui tenaient le programme, tremblaient, et elle en éprouva une affectueuse compassion.

Et les réjouissances continuèrent... Chaque nuit les entraînait au son du *Beau Danube bleu* et de *Destiny*, les deux airs les plus à la mode, cet été-là...

Jenny était heureuse, elle devait bien se l'avouer. Elle avait oublié Guy Tancred et se sentait de nouveau tout à fait libre. Un mois à Londres avait suffi à effacer de sa mémoire le jeune officier et les sentiments qu'elle avait cru éprouver pour lui. Sa mère ne s'était pas trompée...

Quant à Chris, malgré l'indifférence et le détachement apparents qu'il manifestait, Jenny sentait qu'il n'avait pas perdu tout espoir en ce qui concernait lady

Mountchesney. La jeune fille découvrit ainsi que les plus romantiques n'étaient pas les femmes, comme on le disait communément, mais bien les hommes, et elle se montra d'une grande indulgence envers son cousin, dont les mouvements d'humeur étaient fréquents. Nora O'Brian trouvait tout cela trop compliqué et reprochait souvent à son neveu son manque d'entrain et sa tête d'enterrement. Jenny, au contraire, faisait tout son possible pour redonner à Chris toute sa gaieté naturelle, en essayant de lui communiquer son propre enthousiasme et son dynamisme infatigable. Comme elle fut heureuse, ce matin où, pour la première fois depuis des semaines, elle l'entendit rejouer du piano ! Il était sur la voie de la guérison... Et elle redoubla d'efforts.

Un jour, à quelque temps de là, à sa grande surprise, Chris l'invita à une matinée au théâtre.

— Ai-je bien entendu, Chris ? Parlez-vous sérieusement ? demanda-t-elle, ne pouvant y croire.

Le jeune homme sembla impatienté.

— Je ne vois pas ce que cela a d'extraordinaire ! répondit-il un peu sèchement. J'ai réussi à me procurer deux places pour *le Colisée*... Je ne sais d'ailleurs pas exactement ce qu'on y joue...

Ce fut une amère déception pour Jenny et son visage le laissa clairement deviner.

— Je comprends maintenant..., reprit-elle avec amertume. J'ai lu il y a quelques jours dans le *Tatler* que cette matinée du *Colisée*, était organisée par lady Mountchesney au profit des orphelins ! C'est donc pour la revoir !

Chris baissa la tête, il était très pâle. Quand il la releva, ce fut presque avec humilité qu'il demanda à la jeune fille :

— Acceptez-vous quand même de m'y accompagner ?

— Mais tout le plaisir est pour moi ! répondit-elle ironiquement, plus blessée qu'elle ne désirait le paraître. Le temps de prévenir tante Nora, de m'habiller et je suis à vous...

Chris avait retenu deux places dans une loge, d'où l'on pouvait voir facilement le parterre. Ses yeux ne quittaient pas la première place à gauche où était assise Edith Mountchesney. Jenny devait bien reconnaître que c'était vraiment une femme magnifique, douée d'un charme et d'une allure incomparables. Elle lança un regard de biais au jeune homme. Son visage exprimait une tension et une tristesse qui lui firent mal. Se délivrerait-il jamais de son amour pour cette femme ? Elle commençait à en douter et soudain toute sa gaieté des jours précédents tomba. Sans trop savoir pourquoi, elle désira subitement se retrouver à Eskton, au milieu de ses chères landes, vêtue seulement d'une jupe de coton délavé et d'un chemisier blanc aux manches retroussées. Elle étouffait à Londres... Toutes ces mondanités lui paraissaient tout à coup inutiles et sans intérêt... Elle fut heureuse de voir l'entracte arriver. Chris l'entraîna au bar prendre une glace. C'était la coutume. On y retrouvait ainsi tous ceux qu'il fallait avoir vus. Le grand hall était déjà plein de monde quand ils l'atteignirent et Jenny vit Chris chercher anxieusement parmi la foule, celle qui occupait toutes ses pensées. Il la découvrit enfin. Alors, prenant la jeune fille par le bras, il se fraya un passage jusqu'à lady Mountchesney...

— Edith ! murmura-t-il, quand il fut à sa hauteur.

La jeune femme rougit légèrement et sembla hésiter. Elle était vêtue d'une ravissante robe d'après-midi en soie verte, et coiffée d'une toque de plumes. Mais, elle se reprit très vite, et de sa voix la plus mondaine, elle dit tout haut :

— Que c'est gentil d'être venu à ma matinée ! Georges ! ajouta-t-elle en touchant légèrement la manche d'un homme qui lui tournait le dos, laissez-moi vous présenter Christopher O'Brian.

L'homme se retourna. C'était lord Mountchesney.

Jenny vit Chris pâlir et lut de la panique dans ses yeux ; alors, poussée par une impulsion qu'elle ne chercha pas à approfondir, elle s'avança et déclara aimablement :

— Présentez-moi, Chris voulez-vous ?... Je suis la fiancée de Christopher.

Elle crut un instant que le jeune homme avait perdu la voix, mais se reprenant à temps, il s'inclina.

— Oui, excusez-moi, prononça-t-il rapidement. Miss Jenny Paget, lady Mountchesney, lord Mountchesney.

— Ravie de vous avoir rencontrée, murmura la première en souriant vaguement. Rappelez-moi, voulez-vous au bon souvenir de lady O'Brian.

— Très heureux, mademoiselle Paget, déclara le second en s'inclinant devant la jeune fille.

Ses yeux qui, l'instant d'avant, s'étaient fixés sur Chris avec une dureté soupçonneuse, n'exprimaient plus rien maintenant qu'une indifférence mondaine et ennuyée. Prenant sa femme par le bras, il la guida vers un autre groupe d'amis, un peu plus loin dans le hall...

Le visage de Chris était d'une pâleur mortelle. Sans prendre la peine de demander son avis à Jenny, il réclama le vestiaire et appela un taxi. Il n'était pas question de rester pour le second acte.

Une fois dans le taxi, Jenny se tourna vers son compagnon. Son profil dur, ses lèvres serrées, son regard fixe, n'avaient rien de rassurant... Après s'être raclé la gorge, la jeune fille, prenant son courage à deux mains, essaya de détendre l'atmosphère.

— Oh ! Chris ! dit-elle avec un petit rire contraint. Ne faites pas cette tête ! Je n'ai dit cela que pour vous sauver et j'y ai réussi... C'est le principal.

— Taisez-vous ! lança Chris brutalement. Vous avez seulement réussi à me rendre ridicule... Et dans deux heures, tout Londres sera au courant.

— Qu'est-ce que ça peut faire ? reprit âprement Jenny qui n'appréciait pas la réaction du jeune homme. Je vous ai tiré du guêpier où votre inconscience vous avait fourré. Peut-être parleriez-vous autrement si vous aviez surpris le regard que vous a lancé lord Mountchesney avant que je n'entre en scène ! C'est maintenant que vous vous rendez ridicule ! ajouta-t-elle sèchement.

— Enfin, reprit Chris avec agacement, vous rendez-vous compte qu'aux yeux de tous, je suis fiancé, maintenant ? Vous avez peut-être vu le regard de Mountchesney, mais vous n'avez pas remarqué, par contre, que derrière son dos se trouvaient les reporters du *Tatler*. Et à l'heure qu'il est, une bonne partie de la gentry connait la nouvelle ! Comment vais-je me sortir de là, maintenant ?

Jenny ne répondit pas tout de suite. Elle était profondément blessée ; non pas tellement par le ton de Christopher, mais par l'horreur qu'il avait exprimée à la seule pensée qu'on puisse croire à ses fiançailles avec elle. Il se sentait ridicule. Pensez donc, Christopher O'Brian fiancé à cette petite provinciale dont personne ne connaissait seulement le nom...Quelle mésalliance ! De nouveau, elle sentit les larmes lui monter aux yeux et elle attendit quelques instants avant de parler. Quand elle le fit, ce fut d'une voix neutre. Une voix qu'elle ne se connaissait pas.

— Ne craignez rien, Christopher, dit-elle, à partir de maintenant, je n'interviendrai jamais plus dans vos affaires, ni ne vous accompagnerai nulle part. Et si l'on m'interroge sur nos « fiançailles », je dirai que c'est faux.

Ce fut au tour du jeune homme d'être surpris par le ton de Jenny. Il la regarda de biais et fut ému de la peine réelle qui se lisait sur son fin visage sensible. Il s'était conduit comme une brute, mais son orgueil lui interdisait de lui faire des excuses. Aussi arrivèrent-ils en silence à la maison. D'un commun accord, aucun d'eux ne mentionna l'incident. Ils étaient prêts à tout

nier si le sujet faisait surface. Fort heureusement pour
eux, Nora ne leur prêta aucune attention. Elle avait
passé l'après-midi avec Celia et se déclara épuisée, et à
bout de patience.

— Cette enfant est plus entêtée qu'une mule !
s'écria-t-elle. A trois jours du premier bal qu'elle doit
donner, elle s'obstine à ne pas vouloir recevoir ses
invités. Nous avons tous essayé de la convaincre. Son
père, Louise, moi... En vain. Elle ne veut voir personne et a décrété que, ce soir-là, elle s'enfermerait à
clé dans sa chambre. C'est à en devenir fou ! Croyant
la faire fléchir, j'ai même menacé d'annuler le bal lui-
même. Tout ce qu'elle a trouvé à dire a été : — Oh !
Merci, maman !

Nora marchait nerveusement dans le grand hall,
s'adressant tantôt à Christopher tantôt à Jenny, tantôt
à elle-même.

— C'est tout de même un peu fort ! Après ce que
j'ai fait pour elle depuis le début de la saison ! conti-
nuait-elle. Elle va nous couvrir de ridicule ! Il y a un
an qu'on a retenu les salons de l'hôtel Coburg pour
cette occasion, les fleurs ont été commandées, les invi-
tations lancées... Non, non, non ! acheva-t-elle au bord
des larmes, c'est trop affreux ! Quelle sale petite
égoïste !

Jenny restait silencieuse. Elle comprenait le refus de
la jeune fille de recevoir elle-même ses invités. Instinc-
tivement, elle ne s'en sentait pas capable et mourait
de terreur à cette seule perspective. Mais d'un autre
côté, il était certain que pour les O'Brian, c'était un
coup dur, car dans la société qui était la leur, ce
genre d'incident prend des proportions de scandale et
rejaillit à tous les niveaux. Aussi, profitant de ce que
sa tante parlait à Louise elle s'éclipsa et alla rejoindre
Celia dans sa chambre. A sa vue, le visage de sa cousine s'éclaira. Jenny lui entoura les épaules de son bras.
Elle savait qu'avant tout, Celia avait besoin de se sentir
protégée.

— Celia, je sais par tante Nora que tu as refusé

de recevoir tes invités au bal que tu dois donner à la
fin de la semaine. Je comprends ce que tu ressens : tu
as peur et rien que l'idée d'être seule en face de tous
ces gens te rend malade... C'est bien cela, n'est-ce pas ?

Celia s'appuya contre Jenny. Les coups précipités de
son cœur s'étaient un peu calmés et elle savait qu'elle
pouvait avoir confiance en sa cousine.

— Ecoute, j'ai une proposition à te faire. Accepte-
rais-tu de recevoir tes invités, si j'étais à côté de toi ?
Je te soufflerai tout ce qu'il faut faire et t'aiderai pour
toutes choses. Qu'en penses-tu ?

La réponse de Celia ne se fit pas attendre.

— Si tu es là, alors je veux bien.

Elles se levèrent ensemble et allèrent trouver Nora
qui continuait à se lamenter dans le boudoir. Jenny lui
fit part de son idée et de l'acceptation de Celia.

— Jenny, tu viens de nous sauver ! s'écria sa tante
passant des larmes au rire avec la même emphase.

*

Ils se tenaient au pied du grand escalier. La chaleur était suffocante en ce début de juillet. On voyait
la sueur perler au front des hommes et les dames
regardaient sans cesse le bout de leur nez, craignant
qu'il ne se mît à briller. L'énorme gerbe de roses
jaunes et blanches, près de laquelle attendaient Celia et
ses parents exhalait un parfum si violent que Jenny,
discrètement embusquée derrière le dos de sa cousine,
en avait mal à la tête. Quant à Celia, elle semblait très
à l'aise malgré la chaleur. Elle se tournait de temps en
temps vers Jenny, lui adressant de petits sourires
complices, puis de nouveau tendait avec élégance et
naturel, sa main gantée de blanc à quelque nouvel
invité. Elle était particulièrement ravissante dans sa
robe de satin blanc et argent, tellement ravissante que
pratiquement personne ne s'aperçut de son silence.

— Votre fille est une beauté, ma chère ! s'exclama lady Ormby. Elles le sont toutes les deux, du reste, ajouta-t-elle en regardant Jenny, qui se faisait pourtant aussi petite qu'elle le pouvait.

— Oui, elles sont toutes les deux jolies, répondit Nora hâtivement, mais c'est la soirée de Celia !

— Bien sûr ! Bien sur ! approuva lady Ormby. Et puis, ajouta-t-elle, d'un ton suave, votre nièce est fiancée maintenant ! Quelle joie pour toute la famille ! Je m'en réjouis bien sincèrement...

Et sur ces mots aimables, la vieille comtesse s'éloigna vers le centre des salons. Nora et son mari échangèrent un regard de compréhension. Lady Ormby était une charmante vieille dame, mais décidément son esprit faiblissait. Elle confondait tout... Les invités se succédaient, tous aussi aimablement accueillis par Celia. Lord et lady Bishop, les Cunnit, M. Barr, Mme Milfred... Et à la grande stupeur de Charles et Nora O'Brian, tous les félicitèrent chaleureusement des fiançailles de leur neveu et nièce. Soudain, le visage de Nora s'éclaira. Elle avait compris.

— Ils confondent Jenny avec Margaret, sa sœur, dont ils ont dû apprendre les fiançailles par le *Tatler* ! murmura-t-elle à l'oreille de son mari soulagé.

Jenny comprenait trop bien. Qu'allait dire Chris quand il apprendrait les félicitations dont il faisait l'objet ? Justement, il s'avançait vers elle.

— Jenny, m'accorderez-vous cette danse ? demanda-t-il cérémonieusement.

Elle s'inclina avec un sourire et posa sa main sur le bras du jeune homme, mais son cœur battait très vite... Ils n'avaient pas fait deux tours de valse qu'ils virent toute l'équipe des reporters du *Tatler* s'avancer vers eux, appareils et crayons à la main.

— Mademoiselle Paget, monsieur O'Brian ! demanda le plus âgé de tous, pouvez-vous nous donner quelques informations sur vos fiançailles, sur la date prévue de votre mariage ?

Jenny se sentit défaillir.

— Nous n'avons rien à dire, finit-elle par bredouiller. C'est... Ce n'est pas encore officiel et...

— Nous ne vous ferons aucune déclaration, coupa sèchement Chris en entraînant sa cavalière au rythme de la valse.

Quand ils se furent un peu éloignés de l'équipe des journalistes déconfits, Chris regarda Jenny qui n'osait lever la tête.

— Qu'est-ce que je vous avais dit ? siffla-t-il entre ses dents. J'avais espéré un moment que l'incident du Colisée était passé inaperçu, mais il n'en était rien. Il fallait s'y attendre. Vous êtes satisfaite ? Vous avez eu votre petit succès ? demanda-t-il à la jeune fille sur un ton d'une cinglante ironie.

Cette fois, Jenny n'eut pas le courage de répondre. L'énormité de sa gaffe, la fureur hostile de Chris, et une déception qu'elle ne comprenait pas, la rendaient malade. Elle s'excusa auprès du jeune homme d'un pauvre sourire et le quitta au beau milieu de la danse, pour aller se réfugier dans le coin le plus éloigné de l'immense salle, sous le regard curieux des invités.

Chris la regarda s'éloigner et de nouveau connut les affres du remords. Une fois de plus, il comprenait qu'il avait cruellement blessé la jeune fille. Mais aussi pourquoi avait-il fallu qu'elle se mêlât de ses affaires ? Son histoire avec lady Mountchesney lui avait suffisamment causé de soucis sans qu'elle en ajoutât d'autres ! A son tour il quitta le centre du salon et gagna une des grandes fenêtres derrière laquelle, il pouvait voir Londres scintiller doucement dans la nuit... Il en avait assez de toutes ces complications dues aux femmes. Qu'elles soient jeunes, comme Jenny ou moins jeunes comme Edith !... Edith ! Son souvenir commençait à le faire moins souffrir... Sa pensée revint à Jenny. Comme elle était spontanée, fraîche, sincère ! Oui, mais quelle histoire, elle lui avait mise sur les bras ! Il souhaita un moment tout quitter et partir au fin fond de l'Afrique, loin de tous ces gens sophistiqués et bavards, loin de toute mondanité. Enfin libre, enfin maître de lui !...

CHAPITRE IX

Juillet battait son plein et l'atmosphère de Londres devenait, de jour en jour, plus suffocante de chaleur et de poussière. Le bal de Celia avait été un succès complet, et maintenant que la grande saison était passée, lady O'Brian n'avait plus qu'une envie : quitter la capitale britannique pour la France, où elle avait retenu un appartement dans un des grands hôtels de Dinard.

— Tu verras, dit-elle à Jenny, je suis sûre que tu t'y plairas !

— Mais, tante Nora, avait objecté la jeune fille, vous savez bien que je dois retourner à la maison à la fin du mois !...

— Il n'en est pas question ! Il faut que tu viennes en France avec nous ! déclara lady O'Brian d'un ton péremptoire. Tu nous as dit toi-même, hier soir, que tu n'y étais jamais allée...

L'insistance de tante Nora n'était pas tout à fait désintéressée... Elle avait en effet pu juger de l'influence bénéfique que Jenny avait sur sa cousine. Car, à ses heures, Celia pouvait être très difficile : capricieuse, obstinée, nerveuse... Et au contact de Jenny, elle devenait plus douce, plus ouverte, mieux équilibrée. Aussi était-il primordial aux yeux de Nora, que la jeune fille prolongeât le plus possible son séjour chez eux.

— De toute façon, tout est arrangé, reprit Nora en

ouvrant son ombrelle, car elles venaient de quitter l'abri des grands arbres du parc où, comme chaque jour, elles se promenaient. Ton oncle est en train de s'occuper de ton passeport et nous devons partir à la fin du mois. Je meurs d'envie de me retrouver au bord de la mer !...

Jenny marchait à son côté, légèrement en retrait, en tenant gentiment Celia par la main. Elle réfléchissait. Certes, sa tante s'était montrée très bonne à son égard, et grâce à elle, son séjour à Londres avait été un enchantement, ce dont la jeune fille lui était très reconnaissante. Mais, maintenant, elle avait hâte de retourner chez elle à Eskton. La froideur de Chris à son égard, la rancune qu'elle lui en gardait, la rendaient malheureuse. Elle savait bien qu'elle n'aurait pas dû attacher autant d'importance à toute cette affaire. Certes, elle avait eu tort de se mêler aussi étourdiment des problèmes du jeune homme, mais elle ne l'avait fait que pour lui venir en aide. Il aurait dû le comprendre et ne pas se montrer vis-à-vis d'elle aussi grossier et hostile. D'autant plus que, grâce à elle, le scandale avait pu être évité et lady Mountchesney était complètement sortie de la vie de Chris. Celui-ci, du reste, ne semblait plus tellement en souffrir.

D'autre part, son frère Archie devait bientôt revenir avec son bateau, *le Cobra*, après un an d'absence. Nell avait écrit à Jenny qu'ils attendaient le jeune homme d'un jour à l'autre, dès que le roi aurait passé la Flotte en revue. Aussi, la jeune fille désirait-elle être de retour chez elle pour cette heureuse réunion de famille, la première au grand complet depuis plus de quatre ans !

Il n'était pas loin de cinq heures, quand Nora et les deux cousines revinrent de promenade. Louise annonça qu'une visiteuse attendait mademoiselle Jenny dans le boudoir. Intriguée, la jeune fille ouvrit la porte et se trouva en face de Katy. Une Katy très élégante dans son ensemble d'après-midi gris perle. Elle s'embrassèrent spontanément.

— Nous sommes arrivés hier à Londres, déclara

la jeune femme à sa belle-sœur, ce qui vous explique pourquoi nous ne vous avons pas fait signe plus tôt.

— Mais, je croyais que Dick devait rester à Camberley jusqu'en septembre ? s'étonna Jenny. Vous n'allez pas être là-bas, lors du retour d'Archie alors ?

Lady O'Brian entra à cet instant. Elle écarta un peu sa nièce et s'avança vers Katy.

— Ainsi donc, voici la jeune femme de Richard ! s'exclama-t-elle en détaillant Katy sans vergogne. Mais, celle-ci ne s'en émut pas outre mesure. Elle avait l'habitude d'être regardée et attendait tranquillement, le sourire aux lèvres, que Nora ait terminé son examen.

— Mais où donc est Richard ? demanda cette dernière apparemment satisfaite de cette nièce qui lui tombait du ciel. Ah ! Je devine, poursuivit-elle d'un ton légèrement narquois, il vous a envoyée en émissaire ! Toujours aussi diplomate à ce que je vois...

— Ma foi non ! répondit Katy avec un naturel parfait. C'est moi qui suis venue de mon propre chef, tandis que Dick allait voir je ne sais quelle voiture. J'avais très envie de savoir comment allait Jenny, ajouta-t-elle en regardant affectueusement la jeune fille. Je vois avec plaisir qu'elle est en pleine forme ! Plus jolie que jamais, avec un je ne sais quoi de plus... de plus mûr !

Nora écoutait Katy les sourcils froncés. Au premier abord, elle avait trouvé un certain chic à la jeune femme et une assurance de bon aloi... Mais, malheureusement, sa façon de parler venait tout gâcher !

« — Où Dick a-t-il bien pu la dénicher ? pensait lady O'Brian. Elle ne fait pas longtemps illusion ! enfin, Arthur et Nell ne doivent même pas s'en apercevoir, les pauvres ! Ils sont tellement candides ! » Je vais me changer, ajouta-t-elle à haute voix. Ne sois pas trop longue, Jenny, n'oublie pas que nous allons ce soir à l'Opéra.

Puis tendant une main condescendante à Katy, elle murmura d'un ton détaché :

— Mon affection à Dick ! Je vous prie de m'excuser, mais je n'ai que le temps de m'habiller...

— Je vous promets de ne pas retenir Jenny trop longtemps, répondit Katy en souriant.

La porte se referma sur lady O'Brian et la jeune femme de Dick se mit à rire tout bas.

— Très grande dame, mais pas commode, hein ?

— C'est sa façon d'être, répondit Jenny avec indulgence, mais au fond, elle est bonne et généreuse.

— Peut-être ! concéda Katy peu convaincue. Mais ce n'est pas la même bonté que celle de votre mère !

— Donnez-moi vite des nouvelles de tout le monde, demanda alors Jenny en posant la main sur le bras de sa belle-sœur. Maman m'écrit régulièrement, mais toujours hâtivement... Meg est-elle... heureuse ?

Katy s'assit sur le bord du canapé, les lèvres serrées.

— Jenny ! dit-elle enfin avec un soupir. Je vais vous dire la vérité... Cela n'aurait jamais dû arriver ! Il l'aura rendue malheureuse avant un an ! Et je sais de quoi je parle ! Je le connais...

Elle hésita un peu avant de poursuivre, le regard fixé sur le visage de Jenny, dont les grands yeux gris exprimaient la surprise et la peine... Non ! Il était impossible de dire toute la vérité à la jeune fille. Elle n'était pas prête encore à recevoir de tels aveux. Sa jeunesse propre et sincère ne les comprendrait pas. Comment lui expliquer sans la troubler, ni blesser sa pudeur, que Guy Tancred avait non seulement une, mais plusieurs liaisons aux Indes et que lui et Durnsford faisaient une fameuse paire de viveurs sans moralité, ni conscience. Comment lui dire qu'elle savait tout cela mieux que personne, ayant vécu de longs mois avec Durnsford avant d'épouser Dick ?... Non, décidément, elle ne le pouvait pas.

— Dick et moi, expliqua-t-elle seulement, nous avons dû emprunter de l'argent à Tancred...

— Depuis que vous êtes mariés ? s'étonna Jenny.

— Non, avant. Alors que nous étions encore aux Indes. Je tenais à rentrer en Angleterre et n'avais pas assez d'argent pour payer mon voyage. Aussi Dick a-t-il décidé d'emprunter la somme nécessaire à Tancred...

La franchise de la jeune femme émouvait Jenny. Il lui fallait certainement beaucoup de courage et de confiance pour raconter tout cela à une jeune fille comme elle...

— Nous avons réussi à lui en rembourser une partie, continua Katy, mais il exige maintenant que nous nous acquittions du reste de notre dette sans délai...

Elle s'interrompit. Elle ne pouvait pas dire à Jenny que Tancred leur faisait subir un affreux chantage.

— Oh ! Katy ! C'est terrible ! s'écria la jeune fille. Qu'allez-vous faire ? Je suppose que Dick n'a pas osé en parler à papa ?

— Non, bien sûr ! répondit Katy d'une voix étouffée, en baissant la tête. Quand elle la releva, Jenny fut tout étonnée de voir briller des larmes dans ses yeux.

— Le comte Filey s'est montré d'une bonté et d'une compréhension admirables, expliqua-t-elle. Dick ne voulait rien lui demander. Alors, j'y suis allée en secret et lui ai tout raconté. Il n'a pas hésité un seul instant et tout est arrangé. Nous avons remboursé Tancred et l'excellent comte, non content de nous avoir tirés d'affaire, a augmenté la pension qu'il verse chaque mois à Dick, si bien que nous n'avons plus aucun problème...

Elle souriait largement maintenant, encore tout émue, au souvenir de la bonté du vieil aristocrate.

— Je sais, dit-elle encore à Jenny d'un ton empreint d'une réelle affection, que vos parents nous auraient volontiers aidés, s'ils l'avaient pu, mais nous savions qu'ils ne le pouvaient pas et il était inutile de les troubler avec cette sombre histoire. En tout cas, je garde une reconnaissance sans borne à Wilfred Filey. C'est un ami sûr et sincère. Un vrai !

— Je crois qu'il faut informer Meg de tout cela, déclara alors Jenny d'un ton pensif. Elle ne peut épouser un homme aussi vil, un homme qui s'est plu à tourmenter notre propre frère et sa femme ! D'autre part, j'ai parfaitement compris en vous écoutant et en lisant dans vos yeux ce que vous en pensiez vous-même ; il ne pourra jamais être un bon mari, un mari loyal. C'est un homme à femmes, c'est tout.

Katy regarda sa jeune belle-sœur avec stupéfaction. Elle avait donc compris à demi-mots... Décidément, son séjour à Londres l'avait considérablement mûrie !

— J'ai essayé de convaincre Meg ! reprit-elle avec un soupir désabusé. Mais c'est à peine si elle m'a écoutée. Elle s'est contentée de sourire d'un petit air supérieur ! Je me demande même si elle ne s'est pas imaginé que j'avais un petit faible pour Tancred ! Grands dieux ! Avec elle, tout est possible... Vos parents non plus ne voient pas ce mariage d'un bon œil, mais que peuvent-ils faire ? Meg est majeure, ils ne peuvent donc pas s'opposer à son mariage. Et même s'ils le pouvaient, elle les prendrait en grippe et ne voudrait paus les revoir. Elle parle de se marier en septembre. J'en ai touché deux mots à Tancred, pour savoir où il voulait en venir exactement, mais lui aussi s'est contenté de me rire au nez. Il nous a suivis à Camberley et y a repris sa vie mouvementée de célibataire. Je suis à peu près sûre qu'il n'épousera jamais Meg.

Elle se leva et alla à la fenêtre.

— Ah ! Voilà Dick ! s'écria-t-elle. Et en voiture ! Il n'a pas résisté à cet achat dont il rêve depuis des mois...

— Comment ? s'écria Jenny stupéfaite. Il a acheté une voiture, mais je croyais que...

— Le principal est que Dick soit heureux, coupa Katy avec indulgence. Pour le reste, nous nous arrangerons toujours. Regardez, il est fou de joie ! Exactement comme un gosse !

Toutes deux coururent à la porte et se précipitèrent au-devant de Dick.

— Je ne peux pas descendre, leur cria-t-il du haut de son siège. J'ai eu toutes les peines du monde à mettre cet engin en route et je n'ai pas envie de l'arrêter !

— Tu ne veux pas venir dire bonjour à tante Nora ? lui demanda Jenny. Elle t'attendait presque...

— Pas question, répondit-il, je te dis que je n'ai pas le temps !

Puis regardant sa sœur plus attentivement, il s'écria avec un sifflement d'admiration :

— Dis donc, Jenny ! Tu es magnifique. Tu as grandi et quelle allure ! Une vraie princesse ! Bon, en route Katy, grimpe ! A un de ces jours, Jenny, nous viendrons te revoir avant que tu ne partes...

Jenny les regarda partir, en leur faisant signe de la main, puis elle rentra, songeuse. Elle ne s'était donc pas trompée sur Tancred ! Et dire qu'elle avait failli l'aimer pour de bon ! Katy avait parlé à mots couverts, mais il n'était pas difficile de deviner le reste. Il ne fallait à aucun prix que Meg l'épousât ! Mais comment l'en empêcher ? Sous sa fausse douceur, Meg était d'une obstination sans égale. Elle avait trouvé un fiancé, et un fiancé séduisant, elle voudrait le garder à tout prix.

Elle monta à sa chambre et commença à se changer. Quand elle eut enlevé son ensemble d'après-midi, elle dénoua ses cheveux et se regarda dans la glace. Avait-elle tellement changé durant ces deux mois ? Elle dut bien le reconnaître. Les traits de son visage s'étaient à la fois affinés et adoucis. Son regard avait perdu un peu de son éclat sauvage, mais avait beaucoup gagné en profondeur et en maturité. Elle était passée sans s'en apercevoir d'une adolescence turbulente et insouciante à l'état de grande jeune fille, dans tout l'épanouissement de sa beauté et de sa féminité.

Elle sourit, heureuse et délivrée. Non, elle n'avait jamais aimé Guy Tancred. Il avait seulement marqué la fin de cette adolescence aveugle.

⁎⁎

Mais une terrible menace vint soudain peser sur un ciel sans nuages de ce mois de juillet : l'Europe était secouée par une grave crise politique qui risquait de toucher l'Angleterre, aussi bizarre que cela pût paraître. La cause en était l'assassinat de cet archiduc le mois précédent. L'événement avait mis le feu aux poudres, et l'Europe entière redoutait maintenant la guerre.

A la surprise générale, toutes les permissions avaient été suspendues après la revue de la Flotte, et le juge revint à la fin de la semaine, en annonçant que les unités de la Flotte avaient rallié leurs points de combat... Jenny songea aussitôt à la déception de sa mère et de toute la famille. Ils ne verraient pas Archie ! Et aussitôt, elle désira rentrer chez elle. Elle l'annonça à son oncle et à sa tante.

Une fois encore, sa tante s'y opposa péremptoirement.

— Mais non, mais non ! s'écria-t-elle. Il faut que tu viennes avec nous à Dinard. D'ailleurs, ta place est déjà retenue.

Le juge leva les yeux de son journal et s'éclaircit la voix.

— Je crains fort, ma chère Nora, dit-il un peu nerveusement, que nous devions annuler ce voyage !

Il y eut un silence tendu, puis lady O'Brian se leva et s'approcha de son mari.

— Parlez-vous sérieusement ? demanda-t-elle d'une voix altérée.

Pour toute réponse, il lui tendit le *Times* : « L'Amiral Callaghan a mis la Flotte en état d'alerte et suspendu toutes les permissions... »

— Oncle Charles, questionna doucement Jenny, pensez-vous que nous ayons la guerre ?

— Je ne crois pas que nous en arrivions là, répondit le juge l'air préoccupé, mais de toute façon ce n'est pas le moment de quitter l'Angleterre.

— Charles est toujours pessimiste, déclara Nora quand son mari eut quitté la pièce. Je me souviens d'une fois, où nous devions aller en Suisse...

— Je crois qu'il a raison, interrompit Chris d'une voix grave. La France ne pourra pas rester en dehors de tout cela si la Russie intervient. L'Allemagne est trop menaçante...

— J'ai toujours pensé que ces gens-là menaient une politique stupide, décréta Nora d'un ton entendu. Mais j'espère bien que notre Premier Ministre ne s'en mêlera pas. Nous avons déjà bien assez de problèmes chez nous avec ce soulèvement en Ulster ! Le monde a décidément perdu la tête ! Pourquoi tant d'histoires ? Moi, je n'ai aucune envie de changer la face des choses. Je les trouve bien telles qu'elles sont ! Celia ! intervint-elle sèchement, je t'ai déjà dit de ne pas apporter à table ces ours ridicules. J'ai bien envie de les mettre à la poubelle !

Et elle quitta la pièce à son tour.

Celia ne broncha pas, faisant comme si elle n'avait pas entendu. Elle continua à faire semblant de donner à manger à l'un de ses ours en peluche. Jenny la regardait avec une affection apitoyée. Chris aussi. Leurs regards se rencontrèrent.

— Tante Nora ne devrait pas la traiter ainsi ! murmura-t-elle. J'espère qu'elle ne mettra pas sa menace à exécution ! Vous devriez lui en parler, Chris ! Elle vous écoute toujours. Si elle faisait une chose pareille, Celia en serait profondément traumatisée.

— Je le sais bien, répondit-il. J'essaierai de la persuader. Comptez-vous bientôt repartir dans le Yorkshire ?

Jenny fut très surprise de l'intérêt soudain qu'il lui manifestait. Pourtant, il ne s'était guère montré amical, ces derniers temps.

— Je le voudrais bien ! soupira-t-elle. Mais je ne sais pas si tante Nora y consentira. Ma mère m'a écrit pour me dire de faire ce que voudra ma tante, qu'elle a été très bonne pour moi et que je dois me montrer reconnaissante en continuant à m'occuper de Celia, si tel est son désir, mais...

— J'ai remarqué combien vous étiez gentille pour Celia, fit doucement remarquer le jeune homme.

Jenny rougit.

— Je l'aime beaucoup, répondit-elle plus bas. D'ailleurs, comment ne pas l'aimer ? Je voudrais tant que sa mère l'accepte telle qu'elle est ! Parfois, j'ai peur pour notre pauvre petite cousine... Peur qu'on ne la force à se marier ! Ce serait tellement affreux !

— Avec un James Brace, par exemple ! murmura Chris avec une grimace. Tante Nora espère pourtant bien qu'il profitera d'une permission pour demander sa fille en mariage.

— Oh ! Non, Chris ! s'exclama Jenny. Il faut absolument lui parler et empêcher cela !

Le jeune homme ne répondit pas. Il regardait Celia qui leur souriait d'un air confiant. Comme elle était jolie ! Seuls, et à condition qu'on la connût bien, la fixité et le vide de son regard révélaient son drame secret.

Quant à Nora, elle ne cachait pas son irritation. Elle en voulait terriblement à cet archiduc hongrois qui avait trouvé le moyen de se faire assassiner au moment des vacances, la forçant ainsi à annuler son séjour en France ! Juillet touchait à sa fin et elle voyait tous ses projets s'effondrer ! Non seulement ceux concernant les vacances, mais chose plus grave, ceux aussi concernant le mariage de Celia. Cette petite était décidément d'une stupidité rare. Le jeune Brace s'était déclaré et avait commencé à lui faire sa cour. Et cette petite sotte s'était obstinée à ne pas vouloir entendre parler de lui, ni même à le revoir. Elle avait déclaré qu'elle n'aimait pas James Brace, pas plus que tous ceux qu'on lui avait présentés et qu'ils lui semblaient tous plus ennuyeux les uns que les autres. Qu'elle désirait seulement continuer à vivre près de son père, de sa mère,

et de ses chers petits ours. Nora avait tout
essayé : la tendresse, la persuasion, la violence, les
reproches, les promesses, mais rien n'y avait fait. Celia
avait refusé catégoriquement James Brace.

C'était plus que n'en pouvait supporter sa mère.
Perdre ainsi un tel parti, après tous les efforts qu'elle
avait faits pour sa fille, toute cette saison en pure
perte... Quant à ces bruits de guerre, elle refusait d'y
prêter attention.

— Qu'on ne me parle plus de cette Belgique, avait-
elle lancé un jour à son mari, d'un ton exaspéré, alors
que ce dernier lisait à haute voix un article sur les
derniers événements politiques et militaires. Je me
demande bien pourquoi on interviendrait pour elle ? Si
c'était le contraire elle ne lèverait même pas le petit
doigt pour nous aider !

Mais personne ne faisait attention à la colère ni
aux déclarations de tante Nora. L'heure était trop
grave. Le juge pensa qu'un changement ferait du bien
à sa femme et il retint pour elle et pour les deux jeunes
filles un appartement dans l'un des hôtels de Brighton.
Lui-même désirait rester à Londres, afin de suivre de
près la tournure qu'allaient prendre les événements.
Chris ne voulut pas partir non plus. Il pouvait être
appelé d'un moment à l'autre sous les drapeaux et rien
que cette idée le mettait dans un état de grande excitation. Il s'était d'ailleurs porté volontaire pour suivre
d'ores et déjà un entraînement intensif dans les rangs
du corps expéditionnaire.

Lady O'Brian, Celia et Jenny partirent donc seules
pour Brighton, la veille de *Bank Holiday*. Le juge leur
permit de prendre la voiture et elles y montèrent toutes trois à l'arrière, tandis que Louise s'asseyait devant,
à côté du chauffeur.

Jenny, en voyant défiler sous ses yeux les champs
et les bois, découvrit soudain combien la campagne lui
avait manqué. Là, au moins, on trouvait d'autres
oiseaux que les pigeons et les hirondelles. Les haies
embaumaient le chèvrefeuille et les arbres des taillis

avaient gardé toute leur fraîcheur. La jeune fille ne perdait rien du paysage. Elle regardait avec bonheur les toits rouges des vieilles maisons, disséminées dans la campagne. Dans les champs, on moissonnait déjà. Les hommes travaillaient dur, aidés de leurs femmes et des aînés de leurs enfants, tandis que les plus jeunes faisaient la sieste à l'abri des haies de noisetiers. L'air était léger et parfumé et rappela à Jenny ses landes natales.

La voiture approchait de l'hôtel. Soudain, au détour d'une rue, le titre d'un journal que vendait à la criée un jeune garçon, leur sauta aux yeux : LA GUERRE EST IMMINENTE — LA BOURSE FERME SES PORTES.

L'hôtel était plein à craquer. Les gens, en dépit des nouvelles alarmantes, étaient bien décidés à profiter au maximum de leur *Bank Holiday*. Quand elles eurent défait leurs bagages et dîné, Nora emmena les deux jeunes filles sur la jetée entendre un concert en plein air. Mais, au moment de partir, une violente dispute opposa Celia et sa mère au sujet des ours en peluche.

— Je t'interdis d'emmener ces jouets ridicules, avait déclaré Nora hors d'elle. D'ailleurs, c'est décidé, je vais les brûler, ainsi on n'en parlera plus ! avait-elle ajouté en guise de conclusion. Il est temps que tu deviennes adulte, Celia !

Tout en marchant vers la jetée, Celia, le cœur serré et les yeux agrandis par la terreur qu'avait fait naître en elle la menace de sa mère, s'était approchée de sa cousine.

— Jenny, avait-elle murmuré à son oreille, crois-tu que maman les brûle vraiment ? Si elle le fait, j'en mourrai...

— Bien sûr que non ! répondit Jenny d'un ton qu'elle voulait rassurant. Elle a dit cela dans un mouvement de colère. Mais je crois, Celia que tu ferais mieux de ne pas trop y jouer devant ta mère...

En dépit de ses paroles consolantes, Jenny était

inquiète, car elle avait remarqué que, depuis quelques jours, Celia allait moins bien. Elle était retombée dans ses enfantillages et devenait de plus en plus nerveuse. Sa mère ne semblait pas s'en être aperçue.

Sur la jetée, lady O'Brian rencontra plusieurs relations avec lesquelles elle se lança dans un interminable bavardage. Les jeunes filles en profitèrent pour se promener au pied du phare d'où leur parvenait le goût salé des embruns. Des mouettes étincelantes planaient dans le ciel pur, tandis que le ressac frappait les galets à une cadence régulière. La nature ignorait tout de la menace qui pesait sur les hommes...

Le samedi matin, il faisait toujours un temps magnifique. Les deux cousines allèrent se baigner, puis ensemble, elles gagnèrent les petites rues commerçantes, inspectant avec ravissement toutes les vitrines. Jenny fit quelques emplettes pour sa famille qu'elle paya sur ses précieux souverains : une gravure ancienne représentant le vieux Brighton pour son père, des gants très fins pour sa mère et des éventails pour ses sœurs. L'après-midi, le ciel se couvrit brusquement et la mer devint houleuse. Nora trouva plus raisonnable d'annuler la promenade en bateau prévue initialement. A la place, elles allèrent toutes les trois se promener dans les jardins où elles retrouvèrent de nombreuses connaissances et en firent de nouvelles. Elles assistèrent à un spectacle de marionnettes tout à fait charmant, puis goûtèrent dans une pâtisserie. La foule continuait à vouloir ignorer les lourds nuages noirs qui s'amoncelaient, non seulement dans le ciel de Brighton, mais dans celui de l'Europe entière...

Quand, le lendemain matin, elles se rendirent au service du dimanche, il pleuvait à torrents. On pria beaucoup pour la paix, chacun recommandant plus particulièrement ceux qui lui étaient chers. Jenny pria avec ferveur pour ses frères, tous deux sous les dra-

peaux, puis elle se surprit à murmurer : « Mon Dieu,
protégez Chris aussi ! » Quand elle s'en aperçut, elle
rougit violemment et cacha son visage derrière sa main
gantée. Qu'est-ce qui lui prenait ? Pourquoi cette ferveur soudaine en ce qui concernait Chris ? Elle se
souvint du sentiment passager qu'elle avait éprouvé
pour Guy Tancred et qu'elle avait pris pour de l'amour...
Allait-elle recommencer avec Chris ? Elle se traita intérieurement de folle et décida de se conduire cette fois
avec plus de raison. D'ailleurs, Chris se moquait éperdument d'elle. Il n'aimait que les femmes mûres et
expérimentées comme cette lady Mountchesney et ne la
considérait que comme une cousine de plus, ni plus ni
moins. Elle se souvenait trop bien de sa fureur quand
pour le sauver d'un faux pas, elle avait prétendu être
sa fiancée...

Pourtant, tout en s'agenouillant pour chanter avec
les autres l'*Hymne aux marins*, elle savait déjà que
le sentiment qu'elle éprouvait pour Chris n'avait rien
à voir avec l'amour qu'elle avait cru ressentir pour
Guy Tancred. Il était inutile de se cacher la vérité : elle
aimait Chris. Mais elle se jura qu'il n'en saurait jamais
rien.

Alors qu'après l'office, elles retournaient toutes
trois à leur hôtel, un spectacle étrange et inquiétant
s'offrit à leur vue. De l'autre côté de la rue, avançant
en une ligne ininterrompue, une longue colonne d'hommes se dirigeait vers la gare. Quelques-uns étaient
chargés de bagages, et accompagnés de leurs femmes et
de leurs enfants en pleurs. Nora se renseigna. On lui
expliqua que ces hommes étaient des réservistes de la
Marine et qu'ils partaient rejoindre leurs bateaux.
Jenny sentit son cœur se serrer. Cette fois, la guerre
était inévitable et elle songea avec angoisse à son
frère Archie, qui à seize ans, risquait d'y être engagé à
fond.

En arrivant à l'hôtel, un vieil ami de lady O'Brian,
s'avança vers elle et souleva son chapeau.

— Je viens d'apprendre, lui dit-il grave, que

les troupes allemandes ont franchi la frontière française... Cette fois, nous allons bien être obligés de tenir nos engagements.

— C'est absurde ! s'écria Nora avec violence. Et en plein week-end de *Bank Holiday,* en plus !

Toute sa vie, Jenny devait se rappeler ce lundi matin, qui (bien qu'on ne s'en aperçût que fort longtemps après) devait marquer la fin d'une longue période de sécurité.

Lundi 4 août 1914. Le ciel d'un bleu opalin, moucheté de-ci de-là de quelques nuages d'un blanc vaporeux. La mer avait retrouvé son calme et les enfants avaient repris leurs ébats sur la plage. En somme, tout aurait pu faire croire à une belle journée de vacances, paisible et lumineuse. Tout, si ce n'est le murmure frémissant et inquiet qui allait de bouche en bouche, assombrissant les regards et creusant sur les fronts un profond pli d'angoisse.

Jenny avait passé une partie de la matinée allongée sur une chaise longue, après avoir pris un long bain en compagnie de Celia. Elle avait repoussé son chapeau et offrait son visage à la brûlante caresse du soleil.

— As-tu envie de ressembler à un garçon de ferme ? lui demanda sa tante d'un ton irrité. Tu vas être à nouveau couverte de taches de rousseur ! Mets ton chapeau ou prends une ombrelle...

Soudain, elles entendirent les galets craquer et rouler sous un pas rapide et une voix bien connue les fit sursauter. Elles se retournèrent toutes les trois ensemble et reconnurent Chris.

— Mon Dieu ! s'exclama lady O'Brian en portant la main à son cœur, d'un geste théâtral, Charles a dû avoir une attaque cardiaque ! C'est cela, Chris, n'est-ce pas ?

— Bien sûr que non, tante Nora ! répondit Chris

d'un ton apaisant. Puis avisant les deux jeunes filles, il les taquina gentiment. Vous allez ressembler à des betteraves rouges, si vous continuez à vous faire cuire ainsi !

— Méchant ! répondit en riant Celia, ravie de revoir son cousin.

Jenny ne disait rien, trop occupée à cacher son émotion.

— Qu'est-ce qui nous vaut ta visite alors ? questionna tante Nora qui avait retrouvé tout son calme.

Chris s'assit sur les galets et regarda la pointe de ses chaussures.

— Oncle Charles désire que vous rentriez aujourd'hui même. Ce soir, la guerre sera déclarée et la voiture réquisitionnée. De plus, le chauffeur est réserviste. Je viens de le voir et de lui parler et Louise a commencé à faire les bagages. Il faut partir dès maintenant, car dans quelques heures, les routes seront encombrées et impraticables. Nous déjeunerons en route.

— Voilà ce que je craignais ! gémit tante Nora. Ils ont réussi à gâcher mes vacances ! Chris ! Crois-tu réellement à la guerre ? Voici bientôt cent ans que l'Europe vit en paix ou à peu près...

— Non seulement j'y crois, mais je la désire, tante Nora ! répondit gravement Chris. Nous n'allons tout de même pas laisser envahir la Belgique sans intervenir ! Et notre honneur alors ? Qu'en faites-vous ?

— Notre honneur ! bougonna Nora avec un haussement d'épaules, tout en ramassant leurs affaires dispersées un peu partout. Les hommes n'ont que ce mot-là à la bouche ! C'est un bon prétexte pour se battre. Il n'y a qu'à te regarder, Chris ! Tu es tout excité à l'idée d'aller au combat ! N'est-ce pas vrai ?

Chris ne répondit pas, mais l'éclat de ses yeux, ses

gestes précis et décidés, l'expression, à la fois enthousiaste et volontaire de son visage parlaient pour lui.
Chris, comme des milliers d'autres jeunes hommes
à travers l'Europe, avait hâte de se battre et de vain-
cre...

CHAPITRE X

— Pourquoi crient-ils ainsi ? demanda Celia en se suspendant au bras de son cousin, le visage contracté par la peur.

Tout ce qui était inhabituel l'effrayait et le tableau qu'offrait, ce soir-là, Trafalgar Square, n'avait certes rien pour la rassurer.

— Ils sont contents parce que nous allons nous battre contre les Allemands, expliqua Chris tranquillement. Tu n'as rien à craindre ! ajouta-t-il en lui tapotant gentiment la main.

« Rien à craindre ! » Jenny lança un coup d'œil au jeune homme en hochant la tête. Elle ne comprenait pas la joie et l'impatience manifestées par ces milliers de jeunes gens, groupés au pied du grand Nelson, à l'idée de la mort et de la destruction. Car la guerre n'était rien d'autre à ses yeux. Certes, elle savait bien qu'elle réveillait en l'homme une sorte d'instinct primitif, mais les hommes n'étaient pas les seuls à manifester ce soir-là leur ferveur combative. Des centaines de femmes et de jeunes filles les accompagnaient, criant encore plus fort qu'eux, brandissant des pancartes et hurlant des slogans patriotiques. Pour Jenny, en ce jour fatidique, la guerre était seulement un effroyable fléau qui allait faire peser une une terrible menace sur trois hommes qu'elle chérissait : Dick, Archie et Chris !...

La place était maintenant couverte de monde. On attendait que le *Big Ben* sonnât onze heures. Car l'ultimatum britannique expirait à minuit, c'est-à-dire onze heures pour le méridien de Greenwich. A onze heures, la guerre serait déclarée. A travers l'Arche de l'Amirauté, on pouvait voir la foule affluer vers le Palais, en chantant à tue-tête des marches militaires ou les hymnes nationaux comme *la Marseillaise* ou *le Rule Britannia.*

La journée avait été éreintante et Jenny suivait péniblement Chris à travers la cohue. Son cœur et sa tête battaient douloureusement et ses lèvres desséchées n'arrivaient plus à sourire.

— Allons jusqu'à Whitehall ! lui cria Chris en se retournant vers elle. Nous attendrons que *Big Ben* ait sonné onze heures, puis je vous raccompagnerai à la maison.

Ils se frayèrent un chemin tant bien que mal à travers la foule compacte qui, la tête levée, le regard rivé sur le cadran de *Big Ben,* attendait l'heure fatidique. Au-dessus d'eux les étoiles scintillaient, plus lumineuses que jamais, dans un ciel d'un bleu intense. Jenny pensa à sa famille dans le Yorkshire. Peut-être étaient-ils couchés déjà, inconscients de l'heure cruciale que vivaient les habitants de Londres. Ils n'apprendraient la terrible nouvelle que le lendemain soir par la dernière édition des journaux.

— Ecoutez !

Il se fit soudain un silence impressionnant dans la foule. *Big Ben* égrena le premier coup de onze heures, puis les dix suivants. Alors, monta un hurlement hystérique, repris par des milliers de voix. Jenny se boucha les oreilles ; elle ne pouvait supporter la sauvagerie de ce cri, qui lui rappelait étrangement la meute du comte Wilfred Filey, quand elle avait réussi à enfermer le renard et s'apprêtait pour la curée...

— C'est la guerre ! cria Chris qui dans son exaltation, les embrassa toutes les deux. Venez ! Rentrons apprendre la nouvelle à tante Nora.

***

Il partit le lendemain, aussi heureux que s'il s'était rendu à un bal. Il espérait être basé à Salisbury quelques semaines, le temps de perfectionner son entraînement, puis aussitôt dirigé sur la France.

— Espérons seulement que la guerre ne sera pas finie quand j'y arriverai ! déclara-t-il au moment des adieux, sans même voir les visages tendus et angoissés qui se levaient vers lui. Jenny le regardait empaqueter les derniers objets qu'il avait oubliés : une pipe, un briquet.

« Il n'y a vraiment aucune raison de se réjouir ! » pensait Jenny, un peu choquée.

Le juge lui-même regardait son neveu d'un air embarrassé. Il essayait de cacher son inquiétude sous des attentions inhabituelles, glissant quelques billets supplémentaires dans les poches du jeune homme, le pressant de questions.

— Tu es sûr d'avoir assez d'argent sur toi ? As-tu pensé à prendre tes papiers ? A quelle heure dois-tu rejoindre ton régiment ?

Nora monologuait dans son coin.

— Je ne sais plus où j'en suis... Tous mes plans sont détruits, et je n'y comprends rien. Charles ! gémit-elle en se tournant vers son mari qui ne l'écoutait pas, que vais-je bien pouvoir faire ?

Celia ne quittait pas son cousin, lui répétant comme un leitmotiv : — Oh ! Chris, tu vas me manquer ! Promets-moi de m'envoyer ta photo en uniforme ! Promets... Promets ! »

Seule Jenny ne disait rien. Elle avait la gorge nouée et n'osait prononcer un seul mot de peur de se trahir. Le taxi allait arriver d'une minute à l'autre pour prendre Chris. Chris ! Le reverrait-elle un jour ? Ses yeux gonflés de larmes refoulées, lui faisaient mal. Immobile, la tête baissée, elle se raidissait de toutes ses forces pour tenir jusqu'au bout.

— Voici le taxi ! annonça le juge qui regardait par la fenêtre. Il est temps de se dire au revoir.

— Chris ! cria Nora. Embrasse ta vieille tante, mon cher petit !

— Allons, allons ! tenta de plaisanter Chris. Je pars pour un court séjour, c'est tout ! Il embrassa tendrement Celia, serra la main de son oncle trop ému pour parler, puis il s'approcha de Jenny :

— Ecrivez-moi de temps en temps ! demanda-t-il tout bas à la jeune fille, puis se penchant, il déposa un baiser rapide sur sa joue.

— Oui, oui..., murmura-t-elle, stupéfaite et bouleversée.

Elle le vit descendre le perron en deux enjambées et sauter dans le taxi. Puis il se retourna et une dernière fois, leur fit signe de la main, en cherchant Jenny du regard. Pourquoi n'était-elle pas à la porte avec les autres ? Soudain, il la vit, un peu en retrait. Il eut juste le temps de croiser son regard, puis le taxi tourna le coin de la rue.

***

Pendant ce temps, à Camberley, Dick se préparait à partir pour la France avec le Corps Expéditionnaire. Il était dans l'infanterie et avait passé la semaine à charger des trains de munitions. Lors de ses brefs instants de repos il songeait à Katy pour qui il s'inquiétait beaucoup. Peut-être pourrait-elle retourner dans le Yorkshire auprès de ses parents ? Plusieurs fois, il tenta d'aborder le sujet, mais Katy refusait de partager l'inquiétude de son mari. Elle arriverait toujours à se débrouiller ! Elle faisait preuve d'un courage remarquable, remontant sans cesse le moral de Dick, lui prodiguant tendresses et encouragements.

Le départ approchait. Dans les baraquements, on avait affiché des consignes et des avis.

Les officiers sont autorisés à venir au mess en tenue de combat.

Il est rappelé aux officiers qu'ils doivent payer leurs notes de mess avant de partir.

Dick y jeta un coup d'œil, et allait sortir quand il se heurta à Guy Tancred qui lui barrait le passage. Toutes ces dernières semaines, ils s'étaient soigneusement évités, et voilà que Tancred de sa voix la plus aimable l'interpellait :

— Ecoute, Dick, nous n'allons pas continuer ainsi. Après tout, je serai bientôt ton beau-frère !

Dick se raidit et son visage se colora dangereusement.

— Tu n'avais pas le droit de te fiancer à ma sœur ! Si mes parents savaient ce que tu es exactement et ce que tu vaux !

— Oui, mais ils ne le savent pas ! répliqua Tancred en ricanant. Et je pense que tu n'es pas tellement disposé à le leur dire, n'est-ce pas ? Et puis, ajouta-t-il d'un ton moqueur qui sait ? Peut-être que je vais finir par me transformer en mari modèle !

— Mais pourquoi, au nom du ciel, t'obstines-tu dans cette farce de mauvais goût ? demanda Dick au jeune officier. Margaret n'est pas le genre de femme que tu aimes et tu la feras souffrir pour rien. A quoi riment ces fiançailles stupides ?

— Et qui te dit que je ne lui trouve pas un charme spécial ? riposta Tancred, très sûr de lui. Puis changeant de ton, il demanda goguenard : — As-tu pu payer ta note de mess ?

Dick s'éloigna en jurant. L'obstinaton de sa sœur l'agaçait et le tourmentait. Sa conscience lui conseil-lait de révéler toute la vérité à ses parents, et de dire à Meg tout ce qu'il savait sur Tancred, sur ses innom-brables liaisons, ses enfants illégitimes, sa cruauté, son égoïsme et surtout sur sa vanité presque pathologique qui était à la base de tout et étouffait toutes les autres considérations. Si par malheur, Meg l'épousait, quelle vie d'enfer elle aurait !

Cette nuit-là, quand la fanfare du régiment vint jouer après dîner, le jeune homme alla s'asseoir un peu à l'écart. Il ne se sentait pas d'humeur à partager le chahut de ses camarades. Il rentra de bonne heure chez lui, dans le petit meublé qu'il avait réussi à trouver et où Katy l'attendait. Quand il entra, elle était assise sur le lit. Il s'assit près d'elle et l'entoura de ses bras, submergé par une vague de tendresse pour la jeune femme, qui avait su garder toute sa gaieté et son optimisme, malgré les nombreuses vicissitudes de leur courte vie commune.

— Qu'y a-t-il, mon chéri ? demanda-t-elle, car elle devinait aussitôt lorsque quelque chose tracassait son mari.

— J'ai rencontré Tancred, cet après-midi. Il s'entête à vouloir épouser Margaret !...

— Bah ! J'espère bien qu'il ne va pas la laisser tomber, maintenant que leurs fiançailles ont été rendues officielles. Ça tuerait Meg. Elle est tellement orgueilleuse !

Dick se leva et regarda Katy avec une certaine impatience.

— Il ne faut pas qu'il l'épouse... A aucun prix ! C'est un voyou de la pire espèce ! s'écria-t-il furieux...

Katy ne put réprimer un sourire.

— Tout à fait le genre d'homme qui convient à Margaret ! décréta-t-elle paisiblement. Elle consacrera toute sa vie à le réformer, et qui sait, peut-être finira-t-elle par y arriver ! A ta place, je ne m'en ferais pas outre-mesure... Le temps et la guerre risquent fort de résoudre le problème à ta place...

Dick lui tourna le dos. Les dernières paroles de la jeune femme l'avaient blessé au plus profond de lui-même.

« Si je suis tué dans cette guerre contre les Allemands, pensa-t-il, elle se consolera probablement assez vite ! Elle prend la vie comme elle vient et ne perd pas son temps en regrets inutiles ! Tant pis pour moi ! Car, moi, je l'aime... Je vais prendre un bain ! annonça-t-il alors à haute voix.

Puis il quitta la pièce, sans même la regarder.

Ce fut presqu'un soulagement quand l'ordre du départ arriva enfin. Dick fut trop occupé tout au long de la dernière journée, pour penser à sa femme, au chagrin qu'il avait de la quitter et à la douleur cruelle que soulevait en lui l'incertitude des sentiments qu'elle lui portait. Comme elle semblait gaie et insouciante ! Peut-être était-elle heureuse, au fond d'elle-même, d'être débarrassée de lui. Quel baume cela aurait été pour son cœur ulcéré de la voir pleurer...

Une dernière fois, ils partagèrent le grand lit en bois, une dernière fois, ils s'aimèrent. Il resta un long moment allongé contre elle, la serrant avec une tendresse jalouse. Il était assailli de doutes et de sombres pressentiments. S'il était tué, elle retournerait sans doute au music-hall et y retrouverait ses anciens admirateurs. Peut-être même en épouserait-elle un ! Elle l'oublierait vite. Et pour la première fois de sa vie, il regretta d'avoir choisi le métier des armes.

Quand, le lendemain après-midi, Katy l'accompagna à la gare, il faisait un temps radieux. Elle avait mis l'ensemble qu'il préférait et était plus jolie que jamais. Elle ne cessa de lui sourire et de tenter de le distraire par des remarques vives et spirituelles. Mais quand vint l'heure des adieux et qu'il la serra une dernière fois contre lui, il sentit le cœur de la jeune femme battre à grands coups désordonnés. Elle gardait un silence oppressé.

— Merci pour tout, mon amour ! Je t'aime...

Ce fut tout ce qu'elle parvint à articuler contre l'oreille de Dick.

Celui-ci leva vers elle un visage rayonnant.

— Oh ! Katy ! Ma chérie...

Le train s'ébranla. Ils se regardèrent aussi longtemps qu'ils le purent, puis il n'y eut plus rien...

Alors, Dick ouvrit le petit paquet qu'elle lui avait glissé dans la main, juste au moment de partir. C'était une jolie édition des œuvres de Shakespeare. Sur la page de garde elle avait tracé, de sa petite écriture enfantine et appliquée, ces quelques lignes :

« *Partout où tu iras, j'irai. Partout ma pensée t'accompagnera et te soutiendra. Car, ne l'oublie pas, je porte en moi ta chair et ton sang. Et pour mon profond bonheur, je suis liée à toi par delà la vie et la mort...* »

Dick se détourna pour cacher son émotion. C'était plus beau que tout ce qu'il avait jamais pu espérer. Toute la nuit il songea à Katy. Son amour pour elle était maintenant doublé d'une infinie reconnaissance.

Leur destination était Rouen. Ils firent la traversée sans encombre, et se retrouvèrent au petit matin sur le sol français. Une foule en délire les attendait, les accueillant avec des cris de joie et des chants. Les soldats anglais répondaient par des rires et des plaisanteries. A les voir, on aurait pu croire qu'ils débarquaient pour passer un mois de vacances et non pour aller se battre dans une guerre sans merci, dont la plupart n'allaient pas revenir.

Ils se mirent en route, le dos lourdement chargé de leur paquetage et de leurs armes. Du canon de leurs fusils sortaient des marguerites qu'ils s'étaient amusés à cueillir sur le bord de la route. A chaque fois qu'ils traversaient un village, ils étaient salués au cri de : « Vive les Anglais ! » La campagne resplendissait. Les champs de blé mûr succédaient à de magnifiques vergers dont les arbres croulaient sous les pommes et les prunes. De temps en temps, nichées au creux d'un vallon ou perchées au sommet d'une colline, apparaissaient des chaumières au toit de tuiles rouges ou des châteaux en ruines. Jamais la France n'avait été plus belle ! Et cette nuit-là, alors qu'ils continuaient à rouler pour rejoindre leur poste à la frontière franco-belge, la lune des moissonneurs se leva. Une lune énorme, ronde et rougeoyante qui baignait la campagne d'une lueur étrange et inquiétante.

Au petit matin le train avait atteint la Somme, traversé Amiens et Arras. Ils étaient tout près maintenant de la position qui leur avait été assignée. Ils débarquèrent, fatigués, tendus et mal rasés, et se mirent aussitôt en marche. Dick vit avec surprise Tancred venir vers lui.

— Tu vas sans doute penser, attaqua-t-il sans préambule, que ce n'est ni le moment ni l'endroit, mais tant pis ! J'ai longuement réfléchi... Tu as raison ! Je ne peux pas épouser ta sœur. Je n'en ai pas le droit. Elle vaut mille fois mieux que moi ! ajouta-t-il en reprenant un instant son ton railleur habituel.

Dick était trop surpris pour répondre. Il attendit la suite.

— Je vais le lui écrire, reprit Tancred. J'ai intérêt à ne pas trop tarder, car si j'étais tué avant d'avoir eu le temps de le faire, Meg est de ces femmes à rester fidèle à un souvenir tout une vie durant. Voilà ! J'ai voulu que tu le saches.

— Merci, répondit simplement Dick. Je crois que cela vaut mieux ainsi. Ça n'aurait jamais marché !

— A un de ces jours, mon vieux ! lança Tancred avec une grimace presque douloureuse. A propos, je ne sais pas si tu es au courant, mais je viens d'apprendre que les Allemands ont avancé. Ils ne sont plus qu'à cinq kilomètres d'ici !...

**

Le pasteur et Elisabeth étaient venus en carriole accueillir Jenny. Son voyage depuis Londres avait été long et fatigant. Le train avait été contraint de s'arrêter fréquemment pour laisser passer les convois militaires. Mais comme il était bon de se retrouver dans son pays ! De respirer à nouveau cet air vif et salin ! De revoir ces landes si chères ! Et pendant tout le temps que dura le trajet, oubliant angoisses et catastrophes, Jenny ne fut plus qu'à la joie du retour.

Il était déjà tard quand Pinky franchit la grille du presbytère. Nell les attendait sous le porche. En les apercevant, elle se précipita vers eux et prit Jenny dans ses bras.

— Ma chérie ! Ma petite Jenny ! Comme je suis heureuse de te retrouver ! Mais comme tu as grandi ! As-tu vu, Arthur ? Quelle grande fille nous avons !

— Oui. En effet ! approuva le pasteur en souriant. Mais, nous sommes fatigués et avons hâte de nous restaurer un peu ! avoua-t-il d'une voix lasse.

— Tout est prêt ! répondit Nell en souriant. Allez vite vous rafraîchir et passons à table. Meg ! Meg ! cria-t-elle au pied de l'escalier. Ils sont arrivés ! Jenny est là !

Meg apparut alors et descendit tranquillement, toujours aussi pâle, toujours tirée à quatre épingles. Elle embrassa sa sœur et dit d'une voix brève :

— Annie a tout préparé. Aussi vaut-il mieux que nous nous mettions tout de suite à table.

Jenny remarqua avec stupeur que c'était maintenant sa sœur qui donnait les ordres exactement comme si elle avait été la maîtresse de maison. Elle parlait à leur mère d'une voix sèche et autoritaire et personne ne songeait à protester...

— Je crois, objecta timidement Nell, que Jenny voudrait se laver les mains.

— Alors qu'elle fasse vite ! reprit Meg. Nous avons déjà assez attendu ! Vous semblez fatigué, papa ? Venez vous asseoir !

Jenny croisa le regard de sa mère. Ni l'une ni l'autre ne firent de commentaire, mais tandis qu'elles

montaient ensemble le grand escalier, Nell serra tendrement le bras de sa fille en murmurant :

— Cela me semble bon de l'avoir à nouveau près
de nous !

Elisabeth les rattrapa en deux enjambées.

— J'espère que tu n'es pas devenue aussi autoritaire que Meg ! maugréa-t-elle. Car deux sœurs comme
elle, ce serait nettement trop pour moi ! De grâce,
maman, laissez-la se marier ! Qu'elle s'en aille et nous
laisse en paix !

— Elisabeth, je t'en prie ! protesta Nell sans
conviction.

— Pourquoi ne s'est-elle pas mariée avant que
son fiancé ne parte à la guerre ? Comme l'a fait la
sœur d'Annie ! J'aurais pu avoir sa chambre et...

— Cela suffit, Lisbeth ! ordonna sa mère d'un ton
sans réplique cette fois. Tant que je pourrai l'éviter,
Meg ne se mariera pas...

Nell suivit Jenny dans sa chambre et s'assit sur le
bord du lit. Son front était barré d'un pli soucieux.
Elle poussa un profond soupir.

— Le capitaine Tancred ne fait pas partie du
même monde que le nôtre, expliqua-t-elle à Jenny. Ce
n'est pas du tout le mari qu'il faut à Meg. J'espère
qu'elle s'en apercevra à temps ! Mais elle est si obstinée ! Et pourtant, je sais qu'elle ne pourra jamais être
heureuse avec lui. Bien sûr, il lui a offert une bague et
s'est montré très prévenant à son égard. Cependant, je
ne le crois pas sincère. Il écrit très rarement, pour ne
pas dire jamais, alors qu'elle, la pauvre petite, lui écrit
chaque jour de longues lettres, tout en préparant acti-
vement son trousseau.

Les yeux de Nell exprimaient une réelle détresse,
tandis qu'elle ajoutait, en regardant ses deux plus
jeunes filles :

— Que Dieu me pardonne si je fais un jugement
téméraire, mais j'ai presque la certitude qu'il la lais-

sera tomber un jour ou l'autre. Et ma pauvre Meg, malgré ses grands airs, en aura le cœur brisé !

— Maman ! Nous vous attendons ! appela Meg d'un ton de reproche, en passant sa tête par la porte entrebâillée.

— Désolée, maman, mais j'ai entendu ce que vous disiez, ajouta-t-elle froidement. Vous faites erreur au sujet de Guy. S'il n'écrit pas, c'est simplement parce qu'il est trop occupé pour le faire, et je ne lui en veux pas. Après tout, puisque je suis destinée à être la femme d'un soldat, mieux vaut que j'apprenne à l'être dès maintenant ! Vous n'êtes pas de cet avis ?

Personne ne répondit, alors Meg redescendit sans rien ajouter. Quand elle eut tourné les talons, Nell échangea un regard avec ses deux autres filles. Elles n'avaient pas besoin de parler pour se comprendre. Puis, à leur tour, elles descendirent à la salle à manger. Jenny éprouvait une sorte de malaise. Il était clair que Meg régentait toute la famille, y compris sa mère qui semblait presque avoir peur d'elle. Que s'étaitil passé pendant son absence ? Est-ce le fait d'être fiancée à un officier qui avait fait croire à sa sœur qu'elle pouvait user de toutes ces prérogatives ? Ou alors, était-ce elle, Jenny, qui avait changé ?

Elle avait espéré, en revenant chez elle pouvoir se glisser dans sa vie d'autrefois comme on enfile un vieil habit, cher et familier. Mais il n'en était rien. Elle voyait toutes choses sous un jour nouveau. Elle eut beau courir les landes avec Elisabeth, vêtue comme auparavant d'une simple jupe en coton délavé et d'un corsage trop étroit pour elle, elle ne retrouva pas l'ambiance qu'elle avait tant aimée. Les sons, les couleurs, les sensations, tout était différent. Elle projetait sur tout ce monde sa nouvelle personnalité, ses pensées, ses doutes, son amour, son angoisse... Elle avait définitivement rompu avec son enfance et avec tout ce qui l'avait constituée. Il ne lui en restait plus qu'un souvenir à la fois doux et mélancolique. Les siens euxmêmes s'en aperçurent rapidement.

Un jour où elle mentionnait le nom de Chris d'un air détaché, Elisabeth la regarda avec un demi-sourire. Elle avait compris et une complicité toute nouvelle s'établit entre elle et Jenny, complicité tacite car elles n'abordèrent jamais le sujet. Le pasteur était à la fois surpris et ravi de la transformation qui s'était opérée en sa cadette. Il avait quitté une petite sauvageonne et il retrouvait une charmante jeune fille, affectueuse, gaie, épanouie véritable rayon de soleil dans leur foyer où planait l'inquiétude. Par contre, il semblait qu'une nouvelle barrière se fût dressée entre elle et Meg. Cette dernière manifestait à l'égard de sa sœur une froideur proche de l'hostilité. Pour tenter de faire fondre la glace entre elles, Jenny, un matin, alla frapper à la porte de Meg, un paquet de robes sur le bras.

— Tiens, Meg, lui dit-elle affectueusement en déposant son fardeau sur le lit, je t'ai apporté la plus grande partie des toilettes que je portais à Londres. Je n'en ai que faire ici, alors que toi, tu en auras besoin si... je veux dire quand tu épouseras Guy.

Meg ne put résister à la tentation. Elle s'approcha du lit et caressa du doigt deux ou trois robes.

— Qu'elles sont belles et quels merveilleux tissus ! murmura-t-elle avec un regard d'envie. Mais je ne peux pas les accepter, Jenny ! Elles sont à toi !

— Grande sotte ! répartit Jenny d'un ton affectueux. Est-ce que tu m'imagines avec ça sur le dos pour aller cueillir des mûres ou courir sur les grèves ? Tu les porteras à ravir et elles sont comme neuves. Tante Nora était un vrai dragon en ce qui concernait l'entretien des vêtements et Louise, la femme de chambre, les a toutes nettoyées et repassées avant mon départ. Tiens ! Essaie donc celle-ci, c'est ta couleur préférée et tu vas être merveilleuse avec !

Meg sembla touchée. Elle s'approcha de sa sœur et l'embrassa spontanément, ce qui émut encore davantage Jenny, car ce genre d'élan était plus que rare chez elle.

— C'est tellement gentil à toi de me donner toutes ces robes ! Jamais je n'aurais pu m'en offrir d'aussi belles ! La pauvreté n'est pas toujours facile à supporter ! soupira Meg en déboutonnant sa robe pour essayer celles que venait de lui offrir sa sœur.

Soudain, elles entendirent des pas précipités, et Elisabeth ouvrit la porte en coup de vent.

— David est là ! leur cria-t-elle. En uniforme ! Il est drôlement bien comme ça !

David Hepworth attendait en effet dans le hall. Son uniforme d'une coupe impeccable, mettait en valeur sa taille haute et ses larges épaules et il était conscient d'être à son avantage. Les jeunes filles lui firent compliment de son allure, ce dont il parut très satisfait. Elles ne l'avaient jamais vu aussi bien habillé et cela les rendait presque timides. Elles n'osaient plus taquiner « ce bon vieux David », comme elles avaient l'habitude de l'appeler jadis.

— Je suis venu vous dire au revoir, expliqua-t-il à Nell qui rentrait du village. Je pars pour la France à la fin de la semaine. Ils ont terriblement besoin de médecins et de chirurgiens là-bas !

— David ! soupira Nell avec un mélange d'affection et de tristesse. Vous allez nous manquer à tous ! Mais vous serez d'un grand secours sur le front... Vos parents doivent être fiers de vous !

— Je ferai mon devoir de mon mieux, répondit le jeune homme avec modestie. Puis se tournant vers Meg, il ajouta d'une voix mal assurée : j'ai appris vos fiançailles, Meg ! Je... Je vous souhaite d'être heureuse avec le capitaine Tancred. Oui, je vous le souhaite sincèrement ! C'est un veinard ! ne put-il s'empêcher d'ajouter.

— Merci ! répondit Meg d'un ton poli.

— Voulez-vous rester déjeuner avec nous, David ? demanda Nell pour dissiper la gêne qui planait entre eux.

Il sembla hésiter un instant.

— Non merci, répondit-il enfin. Je dois rentrer.

Elles le reconduisirent jusqu'à la grille. Toutes sauf Meg. Et Jenny remarqua l'air déçu du jeune homme quand il vit que celle qu'il aimait par-dessus tout, n'était même pas venu pour l'accompagner pour lui dire au revoir.

CHAPITRE XI

La guerre s'était maintenant installée dans la vie de chacun et les journées s'écoulaient à son rythme. Le pasteur et le comte Filey avaient acheté des cartes d'état-major qu'ils avaient épinglées sur les murs de leur bureau. Chaque jour, ils les mettaient à jour, en avançant ou en reculant des petits drapeaux à la couleur des différentes armées. Chaque soir, le comte allait à la gare, à l'arrivée du train de Londres, pour avoir le *Times* le plus tôt possible, ce qui n'empêchait pas qu'ils eussent les nouvelles toujours avec retard, tant les communications et les transports étaient difficiles en cette période troublée. Avec un fils dans la marine et l'autre dans l'infanterie, le pasteur avait de bonnes raisons d'être inquiet, mais il ne l'était pas plus que le comte qui aimait les deux garçons autant que s'ils avaient été ses propres fils.

Ils savaient par Katy, qui les tenait régulièrement au courant, que Dick était bien arrivé et qu'il était dans le 11e Régiment d'Infanterie, sous les ordres du général Smith-Dorrien. Liège était tombée le 7 août et leur bataillon avait pris position en face de la forteresse de Maubeuge, à environ trente kilomètres du front. Une dure bataille s'était engagée à Mons et le bruit courait que les armées française et britannique battaient en retraite. Le pasteur pensait à cette terrible rumeur, en recommandant chaque matin ses fils dans la fervente prière qu'ils faisaient tous en commun. Ils n'avaient

plus aucune nouvelle de Dick pas plus que d'Archie...
L'angoisse était devenue leur compagne quotidienne,
compagne de plus en plus difficile à supporter au fur
et à mesure que le temps passait. Nell avait beau s'ap-
pliquer à ses tâches domestiques, elle ne pouvait plus
maîtriser l'inquiétude qui la rongeait. Son visage
aminci se creusait maintenant de rides profondes. Quant
au pasteur, il était de plus en plus silencieux, dévoré
lui aussi par l'anxiété et torturé de ne rien pouvoir
faire.

Pour Meg, son inquiétude fraternelle était doublée
de l'angoisse qu'elle éprouvait au sujet de son fiancé,
dont elle n'avait aucune nouvelle non plus.

Un matin enfin, une lettre arriva pour elle. Elle s'en
saisit précipitamment et monta la lire aussitôt dans
sa chambre.

— Je me demande si c'est de Guy Tancred ? murmura Nell d'un air soucieux, alors qu'elle faisait les
lits aidée de Jenny. Je le voudrais bien, car Meg dépérit
de jour en jour. Elle ressemble à Ophélie !... Quel mal-
heureux jour que celui où ce garçon a mis les pieds
ici !

L'heure du déjeuner arriva sans que Meg ne se
manifestât. On envoya Elisabeth voir ce que faisait sa
sœur. Elle revint en disant que la porte de Meg était
fermée à clé et que celle-ci l'avait priée d'une voix
bouleversée de la laisser tranquille. Elle ne voulait pas
déjeuner. La famille se consulta du regard.

— Il a dû arriver quelque chose, murmura Nell.
Je vais monter voir...

— Laissez-la, maman ! conseilla doucement Jenny
en posant sa main sur le bras de sa mère. Elle demande
à rester seule... C'est qu'elle doit avoir ses raisons ! La
sollicitude de ceux qui vous aiment peut être parfois
bien gênante. Elle viendra nous dire ce qui se passe
quand elle le jugera bon...

— Jenny a raison ! approuva le pasteur d'une
voix ferme. (Puis se tournant vers sa femme, il demanda

avec un peu d'hésitation) : Pensez-vous qu'il ait pu arriver malheur à Tancred ?

Nell ne répondit pas mais sa main qui tenait la fourchette se mit à trembler. Elle avait suivi la pensée de son mari... Tancred et Dick étaient affectés au même régiment et si l'un était blessé ou pire, l'autre...

Ils repoussèrent tous leurs assiettes, incapables d'avaler une bouchée de plus. Ce fut le pasteur qui le premier reprit la parole. Il le fit d'un ton posé.

— Après tout, nous en aurions sans doute été avertis en même temps que Meg. Et puis, retraite n'est pas toujours synonyme de massacre ! Gardons l'espoir !

— Mais pourquoi ne vient-elle pas nous dire ce qui se passe ! s'écria alors Nell, à bout de nerfs.

Mais chacun d'eux savait bien qu'il n'était pas dans les habitudes de Meg de partager ses peines ou ses soucis avec les siens.

En fait, il était presque l'heure du thé, quand elle descendit enfin. Ses yeux étaient immenses et cerclés de rouge et son visage d'une pâleur mortelle. Mais comme de coutume, elle était habillée avec soin et elle conservait une tenue impeccable. Elle alla directement dans le bureau, où sa mère attendait, malade d'inquiétude.

— Vous êtes là, mère ? demanda Meg en poussant la porte. J'ai quelque chose à vous dire... Je n'épouserai pas Guy Tancred. Je suppose que vous allez en être pleinement satisfaite !

— Oh ! Meg ! protesta sa mère d'un ton de douloureux reproche. Je n'ai jamais désiré te voir malheureuse ! Mais que s'est-il passé ? Est-il blessé ou a-t-il été...

Le visage de la jeune fille était de pierre.

— Non, il n'a pas été tué, ni même blessé, répondit-elle d'un ton neutre. Il m'a rendu ma parole, c'est tout ! Il ne veut plus m'épouser.

Elle alla devant la glace placée au-dessus de la cheminée et se coiffa avec soin de son chapeau.

— Je ne pourrai plus jamais me marier, murmura-t-elle d'une voix étouffée où tremblait un sanglot. Je suis condamnée à rester vieille fille, sans foyer, sans enfants. Une typique fille de pasteur, en somme !

Puis elle gagna le hall d'un pas décidé.

— Je sors, déclara-t-elle à sa mère. Quand je reviendrai, je désire qu'on ne fasse même plus allusion à tout cela... Je vous en prie, maman, ajouta-t-elle d'une voix presque suppliante, dites-le à Père et à mes sœurs. Je ne veux plus en entendre parler !

Et elle s'en alla. Où ? Personne ne le sut jamais. Le pasteur reprocha violemment à sa femme de l'avoir laissée partir et, quand elle revint à l'heure du dîner, il était fou d'inquiétude, ayant redouté le pire. Elle enleva son manteau, son chapeau et monta à sa chambre sans dire un mot, ni donner la moindre explication.

Tard dans la nuit. Elisabeth l'entendit pleurer à travers la cloison. Elle s'assit dans son lit, ne sachant que faire. Elle aurait aimé la consoler, mais elle y renonça, sachant qu'elle ne lui ouvrirait même pas sa porte. Les sanglots diminuèrent peu à peu, puis cessèrent tout à fait. Mais l'aube pointait déjà quand Elisabeth put enfin se rendormir.

Le lendemain, Meg demanda la permission de prendre la carriole pour se rendre à Bensford. Jenny remarqua avec plaisir qu'elle portait une des robes qu'elle avait ramenées de Londres. Une robe bleu marine, très simple, mais très élégante grâce à sa coupe parfaite et au col de piqué blanc qui venait l'éclairer. Pas plus que la veille, elle ne précisa ses intentions ni le but de sa course. Elle revint au milieu de l'après-midi, l'air satisfait. Elle demanda où était son père et alla directement le rejoindre dans son bureau.

— Assieds-toi, ma chère petite ! lui dit tendrement le pasteur en la voyant entrer. Puis se levant, il lui prit les mains et l'obligea à prendre un fauteuil. Comme tu es pâle ! Laisse-moi appeler Annie pour qu'elle t'apporte quelque chose à manger. Je sais que ta maman t'a fait garder un peu de poulet.

Et sans attendre la réponse, il sonna la jeune bonne.

— Si tu savais comme nous nous sommes inquiétés pour toi, reprit le pasteur en caressant les cheveux de sa fille. Annie, apportez un peu de poulet et du café à Margaret. Elle n'a pas déjeuné.

Meg releva la tête et regarda son père bien en face.

— Père, j'ai passé toute ma journée à Bensford, expliqua-t-elle enfin, d'une voix à la fois calme et déterminée. Je suis allée voir la directrice du collège chez elle, car, comme vous le savez, ce sont encore les grandes vacances. Elle s'appelle mademoiselle Eames et c'est une amie intime de la mère de David. Je lui ai parlé d'Elisabeth et de son désir de faire des études... Elle a accepté de la prendre à la rentrée prochaine. Non, père ! Ne protestez pas... Elisabeth est très intelligente et ce serait un crime, surtout à notre époque, de ne pas lui donner sa chance. Je sais que ce qui vous tracasse, ce sont les frais que cela va entraîner. Vous n'avez pas à vous en soucier. J'ai vendu ma bague de fiançailles, Guy m'ayant précisé que je pouvais la garder, et le prix que j'en ai tiré couvre largement les frais du collège. Tout est arrangé, vous ne pouvez plus refuser.

Elle se tut enfin, tandis que de grosses larmes roulaient sur ses joues.

Son père lui entoura les épaules de son bras. Il aurait donné cher pour éviter à sa fille tout ce chagrin, cette souffrance. Mais, il se sentait impuissant à la consoler et ne pouvait répéter à mi-voix que : — Mon cher petit ! Mon petit !

Meg s'essuya les yeux. Elle n'avait pas fini.

— Je me suis aussi engagée comme infirmière à l'hôpital de Bensford. Ils reçoivent chaque jour des blessés rapatriés de France et sont à court de personnel. Ils ont accepté de me prendre comme auxiliaire. Je vivrai au Foyer... Oh ! Papa ! Comprenez-moi ! Il

fallait que je fasse quelque chose. Je ne pouvais pas
rester ainsi à ressasser mon chagrin...

— Oui, je comprends ! répondit le pasteur. Tu as eu
raison et tu as agi noblement...

Mais son cœur était lourd. Tous leurs enfants partaient les uns après les autres...

***

La joie d'Elisabeth n'avait d'égal que son remords.
Remords d'avoir souvent été dure et moqueuse avec sa
sœur, alors que, grâce à elle, elle allait pouvoir enfin
réaliser son rêve le plus cher... Mais la joie l'emporta
bientôt, et elle se mit à préparer la rentrée avec ardeur.

Meg ne disait pas grand-chose. Elle n'avait fourni
aucune explication sur sa rupture avec Guy Tancred.
Elle vaquait à ses occupations en attendant de prendre
son poste à l'hôpital de Bensford. Pâle, triste, elle évi-
tait de rencontrer ses anciennes relations pour ne pas
avoir à subir leur sympathie apitoyée.

Puis la rentrée arriva et Jenny se retrouva seule à
la maison. Tout naturellement, elle reprit à sa charge
les tâches que, jusqu'ici, sa sœur Meg avait assumées.
Petits travaux domestiques, entretien de l'église, caté-
chisme, courses diverses... Elle acceptait son nouveau
rôle de bon cœur, bien qu'il lui en coûtât parfois,
consciente de l'apaisement et de la consolation que sa
présence apportait à ses parents. Mais elle aurait bien
aimé aussi participer de façon plus active et plus directe
à cette guerre qui amenait chaque jour de nouveaux
drames.

Un matin, elle revenait de la ferme des Gibson, où
elle était allée chercher des œufs, quand elle rencontra
le vieux Turner, un télégramme à la main.

— Ah ! mademoiselle Jenny ! J'allais chez vous.
Mais puisque vous voilà, je vais vous donner ce télégramme... J'ai bien peur que ce soient de mauvaises
nouvelles... Portez-le vite à votre père...

Jenny sentit son cœur s'arrêter. Dick ou Archie ? Pendant un instant ses jambes lui refusèrent tout service, puis forçant son courage, elle partit comme une flèche vers le presbytère, serrant convulsivement la dépêche.

Ses parents l'avaient vue venir. Elle donna sans un mot le télégramme à son père qui l'ouvrit d'un coup sec, tandis que Nell, aussi pâle qu'une morte, s'appuya à une chaise. Le pasteur se racla la gorge et lut d'une seule traite : « *Avons le regret vous informer que midship Archie Paget a été blessé. Est soigné Grand Hôpital de Londres. Vous conseille de venir sans tarder. Signé : Commandant Blake.* »

Nell s'était redressée.

— Je pars immédiatement, dit-elle d'une voix blanche. Il faut que tu restes, Arthur. N'oublie pas que tu as l'enterrement de la pauvre vieille madame Carey et le mariage des Gibson. Jenny va m'accompagner.

Puis s'approchant de son mari, elle l'embrassa tendrement et resta un instant pressée contre lui.

— Il est vivant, murmura-t-elle, c'est le principal ! Nous devons garder la foi et l'espoir.

Jenny gagna la cuisine et s'abattit en sanglotant contre l'épaule de la brave Martha Linsey dont les joues ruisselaient de larmes.

— Archie ! Si jeune ! Et blessé dans cette horrible guerre ! Ce n'est pas juste !

On envoya Annie faire rapidement la valise de Nell et de Jenny et, une heure plus tard, le pasteur conduisait à la gare sa femme et sa fille. Cette fois, Jenny ne songea pas à regarder ce paysage qu'elle aimait tant ; elle ne pouvait détacher sa pensée de son frère blessé, peut-être mourant... Et puis, elle ne savait pas qu'il se passerait de longs mois avant qu'elle ne retrouvât les landes du Yorkshire.

**

Elles arrivèrent à Londres, tard dans la soirée. L'anxiété de Nell n'avait fait que croître tout au long du trajet et quand le train s'arrêta enfin, elle était pâle et exténuée.

— Ton oncle n'aura sûrement pas pu venir nous chercher, dit-elle à Jenny tout en gagnant la sortie.

Soudain, une haute silhouette se dressa devant elles.

— Jenny !

— Chris ! Oh ! Chris ! Comme je suis heureuse de vous retrouver !

La joie de Jenny était si manifeste, que sa mère la regarda avec surprise. Chris avait pris les mains de Jenny et ne se lassait pas de la regarder.

— Maman, je te présente Christopher O'Brian, le neveu de l'oncle Charles.

Le jeune homme plaisait à Nell. Il portait son uniforme d'officier avec élégance et fierté, et quand il s'inclina devant elle, la mère de Jenny trouva que les grands yeux gris révélaient de la franchise et de la volonté. Pour l'heure, ils ne quittaient guère le visage de Jenny. Comment se faisait-il que sa fille ne lui ait pas davantage parlé de ce Christopher ? Elle l'avait bien mentionné une ou deux fois dans la conversation, mais sans jamais insister. Pourtant, il était évident que ces deux-là étaient follement amoureux l'un de l'autre. Il n'y avait qu'à les regarder !

— C'est très gentil à vous d'être venu à notre rencontre ! dit-elle à Chris qui s'était emparé de la lourde valise.

— C'est tout à fait normal et j'étais tellement heureux de pouvoir le faire, répondit spontanément celui-ci. Je suis en permission pour quarante-huit heures ! Une voiture nous attend. Si vous le désirez nous pouvons passer par l'hôpital, avant de rentrer à la maison.

— Je veux bien, si cela ne vous ennuie pas, répondit-elle. J'ai tellement hâte de voir Archie et de savoir...

Il les fit asseoir dans la voiture et donna l'adresse de l'hôpital. Nell resta silencieuse tout au long du trajet. Elle avait le cœur dans un étau et priait intérieurement que Dieu lui donnât tout le courage dont elle aurait besoin.

L'hôpital Maritime avait été installé provisoirement à Regent's Park, dans une suite de magnifiques hôtels particuliers. Mais dès qu'on en avait franchi le seuil, une violente odeur de désinfectant et de teinture d'iode vous prenait à la gorge.

Par délicatesse, Chris resta à les attendre dans la voiture. Il comprenait qu'en un pareil moment, elles préféraient être seules. On les fit entrer dans une salle d'attente, petite et sombre, tandis qu'on allait chercher l'infirmière-major. Jenny s'assit sur l'extrême bord d'un canapé, en fixant obstinément le bout de ses chaussures. Elle n'osait regarder sa mère, de peur que celle-ci ne lût dans ses yeux le peu d'espoir qu'avait Jenny au sujet de son frère. Dans cet hôpital où la mort rôdait partout, elle désespérait de voir Archie lui échapper...

Mais Nell ne regardait pas sa fille. Debout, derrière une chaise dont elle avait agrippé le dossier à pleines mains, elle s'apprêtait à recevoir le coup qui n'allait pas manquer de la frapper...

— Madame Paget ?

Une forte femme aux cheveux gris venait de s'encadrer dans la porte. Son visage sévère et froid n'exprimait aucune sympathie particulière. Elle avait acquis au contact quotidien de la souffrance et de la mort une sorte d'indifférence glacée.

Nell serra de toutes ses forces le dossier de la chaise.

— Oui, c'est moi répondit-elle. Mon fils... Dites-moi vite...

— Il est grièvement blessé... Nous avons malheureusement dû l'amputer d'un bras, le gauche...

Jenny vit sa mère chanceler et elle se précipita pour la soutenir.

— Mais, rassurez-vous, il a très bien supporté l'opération. Ce sont ses yeux qui nous inquiètent le plus..., reprit l'infirmière de sa voix métallique.

— A-t-il... Est-il aveugle ? demanda Nell faiblement.

— Nous espérons que non, reprit l'infirmière plus doucement, mais il est encore trop tôt pour donner un diagnostic.

Nell se redressa en un suprême effort.

— Je voudrais le voir, demanda-t-elle.

— C'est qu'il est bien tard ! Il vaudrait mieux revenir demain. Les visites sont interdites après six heures du soir.

C'était dit poliment, mais sur un ton inflexible. Mais Nell, quand cela devenait nécessaire, savait aussi faire preuve d'autorité. Elle regarda l'infirmière et sa voix se fit incisive.

— Ecoutez, nous avons voyagé toute la journée pour voir mon fils dès ce soir et je ne partirai pas sans l'avoir vu. Je suis sa mère après tout !

L'infirmière parut surprise et hésita encore un peu. Mais fut-ce l'autorité dont Nell avait soudain fait preuve, ou une soudaine compréhension de ce que peut être la détresse d'une mère, toujours est-il qu'elle gagna le hall et appuya sur un bouton. Peu après apparaissait une très jeune infirmière. La femme aux cheveux gris lui ordonna de conduire Nell et Jenny auprès d'Archie Paget.

Elles longèrent un long couloir, montèrent deux étages et traversèrent un grand palier. Là, la jeune infirmière ouvrit une porte et s'effaça pour la laisser passer. La chambre était petite mais très propre. Un papier à fleurs, tout à fait incongru, dans ces circonstances, en tapissait les murs. L'ameublement comprenait seulement une table et deux lits. Le premier était vide, mais dans le second reposait Archie. Entouré de pansements de la tête aux pieds, on ne voyait de lui qu'une mèche de cheveux noirs. On avait placé des arceaux tout autour de lui pour protéger la récente amputation. Son corps mince était parfaitement immobile et il se dégageait de ses pansements une suffocante odeur d'iode.

Jenny vit sa mère s'agenouiller près du lit, et parler calmement à son fils.

— C'est moi, Archie ! Ta mère !

Le corps du jeune homme eut un imperceptible frémissement, tandis que sa bouche contractée murmurait dans un souffle : — Maman !

— Oui, mon chéri, c'est ta maman ! Jenny est là aussi. Et ton père t'envoie toute sa tendresse ainsi que tes autres sœurs. Nous allons rester à Londres jusqu'à ce que tu ailles assez bien pour que nous puissions te ramener à la maison et là, je te guérirai complètement, mon Archie !

De nouveau, les lèvres fiévreuses tremblèrent.

— Merci ! souffla le blessé.

Jenny faisait des efforts désespérés pour ne pas pleurer. Ainsi, c'était cela la guerre ! Non pas des chants de victoire, non pas des troupes impeccables marchant au pas, non pas des drapeaux rutilants claquant dans le vent mais des gosses de seize ans, infirmes pour la vie, gisant sur des lits d'hôpital, tandis qu'à leurs pieds pleurent leurs mères impuissantes !

Elles ne restèrent qu'une dizaine de minutes. Quand elles sortirent de l'hôpital, Chris se précipita vers elles, le visage tendu par l'inquiétude.

— Il est vivant, souffla Jenny, c'est tout ce qu'on peut dire !

Mais sa mère leva vers Chris des yeux pleins d'espoir.

— Il s'en tirera, il le faut !

Et, prenant la main de Chris, elle monta en voiture.

❖

Le lendemain matin, Jenny trouva étrange de
s'éveiller à nouveau dans la maison de Leander Gardens, et de prendre son petit déjeuner en compagnie
de l'oncle Charles et de Chris. Ils avaient presque fini,
quand Celia vint les rejoindre. Elle se précipita vers
Jenny.

— Comme je suis contente de te revoir ! s'écria-
t-elle en lui sautant au cou. Regarde ! J'ai un nouvel
ours...

Si ce n'avait été la guerre, on aurait pu se croire
revenu six semaines en arrière. Mais la guerre avait
tout changé : l'oncle Charles était obligé de prendre
le bus pour se rendre au tribunal, Chris était en uniforme et irait rejoindre le soir-même son régiment, et
Archie luttait contre la mort sur un lit d'hôpital.

Lorsqu'après le petit déjeuner, Chris téléphona à
l'infirmière-major, celle-ci lui dit que l'état du blessé
restait inchangé, ce qui n'étonna pas Nell, qui n'attendait pas d'amélioration aussi rapide, mais redoutait
plutôt une aggravation. Aussi décida-t-elle de se rendre
au chevet de son fils dès dix heures. Quand Jenny voulut l'accompagner, elle refusa :

— Non, ma chérie, lui dit-elle fermement, il vaut
mieux que je sois seule. Par contre, j'aimerais que tu
ailles voir Katy et que tu lui dises que nous sommes là
pour un certain temps.

— J'irai avec vous, Jenny ! décida Chris.

Ils allaient partir, quand tante Nora apparut en haut
des escaliers, magnifique dans son uniforme tout neuf
d'infirmière de la Croix-Rouge.

— Chris ! appela-t-elle. N'oublie pas que tu as
rendez-vous chez le dentiste, ce matin !

— Tant pis, répondit Chris sans hésitation, je vais
l'annuler. Je ne peux laisser Jenny toute seule en de
telles circonstances. Soyez gentille, tante Nora, dites à
Robson qu'il téléphone au dentiste pour lui dire que
je ne pourrais pas venir.

— C'est complètement idiot, gronda Nora mécon-

tente, tu ferais mieux de veiller à tes dents... Tu le
regretteras quand tu auras mon âge. Enfin ! A ta
guise... Je vais à une réunion de la Croix-Rouge au
Claridge et je vais emmener Celia avec moi : elle
adore enrouler des bandages. Je ne serai donc pas là
pour le déjeuner...

— Nous n'y serons probablement pas non plus,
décréta Chris. A ce soir, tante Nora ! Je dois prendre
le train de 23 heures. Ne l'oubliez pas.

Il l'embrassa rapidement avant qu'elle n'ait eu
le temps de répondre et s'éclipsa avec Jenny.

— L'ennui avec tante Nora, c'est qu'elle me traite
toujours en écolier ! maugréa-t-il. Où habite votre
belle-sœur ?

Il faisait un temps splendide. Ils grimpèrent sur
l'impériale d'un bus pour profiter de ce soleil tardif
aussi chaud qu'en plein été. Tout baignait dans une
lumière dorée. Sans trop savoir pourquoi, Jenny ne
trouvait rien à dire. Chris le remarqua bien, mais il
pensa que son silence était dû à son anxiété au sujet
d'Archie. C'était un peu vrai, mais ce n'était pas la
seule raison. En vérité, la jeune fille faisait tous ses
efforts pour que Chris ne s'aperçût pas de l'amour
qu'elle lui portait et qui la submergeait. La gentillesse,
les attentions et la douceur dont il l'entourait ne lui
facilitaient pas la tâche. Pourtant il ne fallait pas qu'il
sût ! Cela suffirait à le faire fuir... Elle se souvenait
trop de la réaction de Guy Tancred, quand elle lui
avait avoué qu'elle l'aimait ! Et cependant, l'attirance
qu'elle avait éprouvée pour le capitaine était bien pâle à
côté de l'amour profond et passionné qu'elle portait à
Chris...

Fort heureusement, le trajet ne fut pas long. Katy
habitait un studio, tout en haut de Victoria. Ils n'eurent
d'abord aucune réponse quand ils frappèrent à sa
porte. Ils frappèrent de nouveau et allaient partir,
quand la jeune femme ouvrit. Elle était en chemise
de nuit, et venait apparemment de s'éveiller. Mais, en
les reconnaissant, elle poussa un joyeuse exclamation

et sauta au cou de Jenny. Puis elle serra cordialement la main de Chris.

— Entrez vite ! leur dit-elle. Vous devez me prendre pour une fameuse paresseuse, mais il faut vous dire que j'ai travaillé très tard. Alors ce matin, je me suis accordé un peu de repos.

Le studio était petit, mais accueillant. Il y faisait trop chaud au gré de Jenny qui avait du mal à respirer. Elle expliqua à Katy la raison qui les avait amenées à Londres, sa mère et elle. La jeune femme exprima aussitôt une chaleureuse sympathie et, le front soucieux, elle déclara à son tour :

— Dites à votre mère que je n'ai eu aucune nouvelle de Dick depuis quinze jours. Depuis les quelques lignes qu'il a réussi à m'écrire en pleine retraite. C'est vraiment chic à lui d'avoir encore trouvé le moyen de me rassurer ! Mais depuis, rien ! Je sais que la bataille a été très dure, très meurtrière !

Chris voulut la rassurer. Il admirait beaucoup le courage de Katy.

— Les nouvelles sont meilleures ce matin, lui dit-il. L'assaut sur Paris a pu être repoussé, a annoncé le communiqué. Vous aurez sûrement des nouvelles d'ici un jour ou deux.

Je jeune homme avait parlé avec une telle assurance, qu'aussitôt, Katy se sentit réconfortée. Elle ne demandait qu'à espérer...

— Vous avez raison, lui dit-elle avec un sourire plus détendu. Je m'inquiète sûrement à tort !

Elle insista pour leur faire du café et fit promettre à Jenny, au moment où ils partirent, de la tenir au courant des progrès d'Archie.

— Que désirez-vous faire, maintenant ? demanda Chris à Jenny, quand ils se retrouvèrent dehors. Je suis à la disposition de mademoiselle ! ajouta-t-il en français en s'inclinant gaiement.

Le visage de Jenny s'éclaira.

— Vraiment ? s'écria-t-elle ravie. Vous êtes bien sûr de ne pas désirer faire quelque chose de votre côté ? C'est que vous partez ce soir, alors...

— Vraiment ! répondit-il sérieusement. Ma journée vous appartient ! A vous de décider comment nous allons l'employer.

Mais, à sa grande surprise, Jenny ne sut quoi dire. Un soudain accès de timidité la paralysait et, rougissante, elle baissa la tête, en gardant les yeux rivés au sol. Chris ne l'avait jamais vue ainsi. Gentiment, il lui releva le menton d'un doigt et la regarda longuement. Le cœur de Jenny s'affola et elle faillit se jeter dans ses bras. Mais la certitude d'être repoussée lui donna la force de maîtriser son élan. Non, il ne fallait pas qu'il découvrît ses sentiments. Certes, il était charmant avec elle et l'aimait sûrement beaucoup, mais pas d'amour... Sinon, il n'aurait pas eu cette expression horrifiée, quand deux mois auparavant, elle avait annoncé leurs fausses fiançailles.

Chris lui lâcha le menton et se recula un peu, profondément troublé. Pourquoi était-elle aussi réticente ? Ne comprenait-elle pas qu'il l'aimait comme il n'avait jamais aimé personne ? De quoi avait-elle peur ? Car, elle avait peur, c'était visible. Il lui avait pourtant semblé qu'elle l'aimait aussi ! Alors ? Se serait-il trompé ? Il soupira.

— Allons déjeuner ! proposa-t-il enfin. Cela nous donnera peut-être des idées !

Ils en étaient au dessert, quand Jenny posa la question qui lui brûlait les lèvres depuis la veille.

— Avez-vous revu lady Mountchesney ?

Chris la regarda, surpris. En voilà une qu'il avait complètement oubliée...

— Ma foi non ! répondit-il en souriant. Je n'y ai même pas pensé.

Sa sincérité ne faisait aucun doute. Jenny respira à fond. Pendant quelques instants, elle oublia la guerre et même Archie, pour lequel elle se faisait pourtant beaucoup de souci. Le monde lui sembla soudain enchanté et une vague de bonheur la submergea. Elle se prit à rire et ses joues rosirent délicieusement. Chris qui l'observait essayait de suivre ses pensées sur son visage expressif et mobile.

— Pourquoi riez-vous ? demanda-t-il doucement.

— Je sais que je ne devrais pas, répondit-elle gravement, alors qu'en ce moment même le monde connaît tant de souffrances et que mon propre frère lutte contre la mort... Mais parfois la vie et le bonheur sont les plus forts ! Comprenez-vous cela ?

Chris comprenait très bien et sans le savoir, ni le vouloir, elle venait de lui faire le plus merveilleux des aveux. Son visage s'illumina et il prit, à travers la table, la main de Jenny qu'il serra très fort. Puis il se leva.

Il l'emmena voir une exposition de peinture. Il s'agissait d'un jeune peintre, encore peu connu, mais d'un talent certain. Ses aquarelles, en particulier étaient ravissantes. Chris en acheta une qu'il remit à Jenny.

— Gardez-la pendant mon absence, lui dit-il. Vous n'aurez qu'à l'accrocher dans votre chambre en attendant mon retour ainsi je serai sûr que vous ne m'oublierez pas complètement, et si je suis tué, ce sera pour vous un souvenir.

Jenny rougit violemment.

— Ne dites pas de telles choses, Chris ! C'est trop affreux ! souffla-t-elle d'un ton de détresse, en levant les yeux sur lui.

Mais son visage n'exprimait aucune angoisse. Au contraire. Il souriait et dans ses yeux dansait une lueur hardie.

CHAPITRE XII

Le soir, Chris emmena Celia et Jenny à un spectacle de music-hall. Il cherchait à les distraire et avait choisi la revue la plus gaie du moment. Les deux jeunes filles prirent grand plaisir à cette soirée, et sur le chemin du retour, Jenny ne put s'empêcher de fredonner la chanson qu'elle avait le plus aimée : « La seule chose qui manque à mon bonheur est votre amour... »

Chris sourit.

En arrivant chez son oncle, il eut juste le temps de boucler son paquetage et d'appeler une voiture pour le conduire à la gare. Jenny le regarda partir... C'était une journée qu'elle n'oublierait jamais. Elle monta voir sa mère qui était déjà couchée et lui demanda des nouvelles d'Archie. Elle apprit que son état était stationnaire. Jenny regarda avec tristesse le visage de sa mère : il était très pâle et trahissait la lassitude et l'angoisse de Nell.

— Maman, laissez-moi aller demain à l'hôpital à votre place ! Vous avez besoin de repos...

Nell sourit avec tendresse à sa fille.

— Merci, Jenny, mais j'aurais tout le temps de me reposer quand Archie sera en convalescence à la maison.

Jenny ne répondit pas. Elle aurait bien voulu partager l'optimisme qu'affichait sa mère au sujet de la guérison d'Archie...

Le jeune blessé resta plus d'une semaine entre la vie et la mort. Son état fut si critique qu'un jour même, Nell faillit appeler son mari d'urgence. Mais le lendemain matin, quand elle arriva à l'hôpital, l'infirmière lui annonça avec un large sourire qu'il allait mieux et qu'on pouvait même le considérer comme hors de danger. Il avait repris conscience et il était sûr maintenant qu'il avait conservé toutes ses facultés. Par contre, on ne pouvait encore assurer qu'il retrouverait la vue. Il fallait attendre qu'on lui ait enlevé les pansements de ses yeux, gravement brûlés.

Un jour où Jenny était seule au chevet de son frère, elle l'entendit soupirer.

— C'est très bien de m'avoir arraché à la mort, mais à quoi bon si je dois être aveugle ? Qu'est-ce que je vais devenir ?

Jenny se força à l'enjouement.

— Ne dis pas de bêtises, Archie, tu es encore très jeune. Tu pourras retourner au collège.

Archie ricana avec amertume.

— Surtout si je suis aveugle ! Il n'est plus question de marine pour moi et je ne suis pas aussi doué qu'Elisabeth pour les études...

— Pense d'abord à te guérir complètement, lui conseilla doucement sa sœur. Après, nous verrons !

— C'est facile à dire quand on y voit et qu'on a ses deux bras, siffla-t-il entre ses dents. Jenny, je ne l'ai pas dit à maman, mais depuis que je suis conscient, je vis dans la terreur d'être aveugle. Mon bras encore, ça passe ! Il m'en reste un et le meilleur, mais si je ne dois plus y voir, alors la vie n'aura plus aucun sens et je préfère mourir...

Jenny avait le cœur serré. Elle comprenait si bien l'angoisse du jeune homme ! Mais il ne fallait pas lui laisser deviner son propre pessimisme.

— Il ne faut pas penser à cette éventualité, Archie, dit-elle fermement. Attends donc qu'on t'ait enlevé tes pansements. Tu auras peut-être une bonne surprise...

— Je t'en prie, répondit son frère. Je n'ai plus l'âge d'être consolé comme un bébé. D'autant plus que je sais parfaitement que tu ne crois pas plus que moi à un miracle !

Tout en revenant à pied par Hyde Park, Jenny se rappelait ce jour où, massée à Trafalgar Square, la foule en délire avait accueilli la déclaration de guerre avec des chants, des cris. Quelle inconscience ! Quelle folie ! Elle s'assit un instant au bord de la pièce d'eau pour regarder les canards et distraire sa pensée de toutes les angoisses qui étaient siennes en ce moment. Soudain, une élégante silhouette se détacha sur l'allée sablée. Elle reconnut lady Mountchesney. Arrivée à sa hauteur, la belle Edith s'arrêta en fronçant les sourcils. Elle cherchait manifestement à se rappeler où elle avait déjà rencontré la jeune fille. Puis brusquement, son visage s'éclaira.

— J'y suis ! s'écria-t-elle en tendant sa main gantée à Jenny. Vous êtes la fiancée de Chris O'Brian, n'est-ce pas ?

Un instant, Jenny faillit rétablir la vérité et lui avouer qu'elle n'avait jamais été sa fiancée et qu'elle ne le serait sans doute jamais. Mais au lieu de cela, elle ne protesta pas et laissa délibérément lady Mountchesney dans l'erreur. Après tout, cette femme n'avait aucun droit sur Chris et son âge lui aurait presque permis d'être sa mère. Elle se contenta donc de sourire en inclinant légèrement la tête.

— Je suis ravie de vous rencontrer, reprit lady Mountchesney. J'espère que Chris va bien ; justement nous parlions de lui hier soir avec mon mari. Nous nous étonnions de ne pas l'avoir revu. Il faut dire que nous avons fait un long séjour en Irlande.

Jenny ne put réprimer un sourire. La belle Edith se donnait beaucoup de mal pour cacher sa déception de ne pas avoir revu Chris. Si elle avait pu se douter que Jenny était au courant de tous les méandres de leur histoire, elle en aurait été mortellement humiliée. Mais, il n'était pas dans les intentions de Jenny d'humilier lady Mountchesney ; elle tenait seulement à lui faire savoir que tout était bien fini entre elle et Chris.

— Il était justement là, la semaine dernière, répondit aimablement Jenny de son air le plus innocent. Il est venu passer deux jours de permission près de moi...

Lady Mountchesney baissa la tête pour cacher sa déception, mais Jenny ne put s'y tromper. Elle avait fait mouche et terrassé l'adversaire. Un léger remords lui traversa la conscience, mais elle le fit taire. Après tout, c'était une juste revanche et elle s'offrit la joie de savourer sa victoire. Mais en parfaite femme du monde, lady Mountchesney s'était très vite reprise, et elle demanda courtoisement à la jeune fille comment elle employait ses journées en ces durs temps de guerre.

— Mais, avoua-t-elle en terminant, ce qui m'est le plus dur est de ne pas pouvoir me rendre utile, alors qu'il y a tant de souffrances à soulager...

Son interlocutrice la regarda un moment en silence. Elle semblait hésiter à parler, puis son visage s'éclaira.

— Ecoutez, dit-elle, si vous désirez vraiment vous rendre utile, j'en connais le moyen. Ma sœur, Addy Waring, a été chargée par la Croix-Rouge d'organiser une cantine militaire à Boulogne. Elle cherche une jeune fille de bonne famille, courageuse et robuste pour l'aider dans sa tâche. Je suis sûre que vous lui plairez... Je vais vous donner son adresse, vous n'aurez qu'à vous présenter de ma part.

Elle griffonna quelques lignes sur une page de calepin et tendit le papier à Jenny.

— Voilà ! Bonne chance ! Je suis ravie de vous avoir rencontrée. Mon bon souvenir à Chris...

Et elle s'éloigna de sa démarche à la fois souple et altière. Jenny la suivit des yeux aussi longtemps qu'elle fut en vue, puis elle plia le papier et le mit dans sa poche. Etait-ce un traquenard ou au contraire un geste amical ? Elle se sentit incapable de répondre à cette question. Elle se remit en route en haussant les épaules. Arrivée au carrefour de Knightsbridge, elle s'arrêta à nouveau un instant, le temps de lire les gros titres des journaux que vendait un jeune garçon : « PARIS SAUVÉ — L'AVANCE ALLEMANDE STOPPÉE SUR LES BORDS DE LA MARNE »...

∴

Le jeudi suivant, c'était au tour de Jenny de passer l'après-midi auprès de son frère à l'hôpital, mais Nell insista pour prendre sa place et y aller elle-même. La jeune fille vit que sa mère y tenait beaucoup et elle la laissa faire. Elle emmena donc Celia faire quelques courses, car tante Nora se disait trop débordée pour les faire elle-même. Elle partait tous les matins au Claridge pour des réunions de secourisme et ne revenait que l'après-midi après le thé qu'elle prenait sur place avec ces dames.

— Je ne comprends pas, avait-elle dit un soir à Jenny, que vous, les jeunes filles, vous puissiez rester aussi inactives ! En tout cas en ce qui me concerne, on ne pourra pas dire que je n'ai pas fait mon devoir envers mon pays !

Jenny réprima un sourire. Tante Nora n'avait probablement jamais vu une blessure de sa vie, ni même employé un thermomètre. Mais, par contre, l'uniforme de la Croix-Rouge lui allait à ravir !

Quand les deux jeunes filles revinrent à la maison en fin d'après-midi, Robson dit à Jenny que sa mère l'attendait dans sa chambre. Prise d'un sombre pressentiment, elle sentit ses jambes se dérober sous elle. Sa mère ne revenait jamais d'habitude avant l'heure du dîner. Que s'était-il passé ? Pourvu qu'Archie..., murmura la jeune fille sans oser aller au bout de sa pensée. Elle grimpa les escaliers aussi vite qu'elle le put et trouva Nell assise sur le pied de son lit, la tête dans les mains. Jenny se figea sur le pas de la porte, la gorge sèche, tremblant de tous ses membres.

— Maman ? articula-t-elle.

Nell redressa la tête et sa fille vit qu'elle avait pleuré. Jamais, auparavant, ce n'était arrivé. Il lui sembla que le monde croulait à ses pieds. Elle se précipita vers elle et cacha son visage dans la jupe maternelle.

— Maman, sanglota-t-elle, Archie... Archie n'est pas...

— Non, Jenny ! Non ! Il ne lui est rien arrivé. Au contraire... Il voit !

La jeune fille poussa un cri et ses sanglots redoublèrent. L'émotion avait été trop forte.

— Alors, c'était de joie que vous pleuriez maman ? demanda-t-elle quand elle fut un peu calmée.

— Oui, ma chérie, répondit doucement sa mère. Si j'ai insisté pour y aller moi-même aujourd'hui c'est parce que l'infirmière m'avait dit hier que cet après-midi, on enlèverait les pansements des yeux d'Archie. Je craignais le pire et j'ai préféré être seule pour affronter cette épreuve. Car pour être tout à fait sincère, je n'avais pas beaucoup d'espoir. Mais, il voit ! Il voit ! Les plaies sont presque cicatrisées et le chirurgien affirme qu'il n'en restera pratiquement aucune trace.

— Il faut vite télégraphier la nouvelle à papa ! dit Jenny toute rouge de joie maintenant.

— C'est la première chose que j'ai faite en sortant de l'hôpital, répondit Nell dont les yeux brillaient aussi. Car les médecins m'ont autorisée à ramener Archie à la maison dès le début de la semaine prochaine.

Jenny regarda sa mère. C'était maintenant ou jamais...

— Maman, attaqua-t-elle bravement, maintenant que nous sommes rassurées au sujet d'Archie et qu'il va repartir près de vous, verriez-vous un inconvénient à ce que je prenne une part plus active à cette effroyable guerre en m'occupant utilement ?

— Que veux-tu dire, Jenny ? demanda sa mère sur la défensive.

Pour toute réponse, Jenny lui tendit le feuillet que lui avait remis lady Mountchesney.

— Oui, eh bien ? reprit Nell qui ne comprenait toujours pas. C'est une adresse ! De quoi s'agit-il ?

Alors, Jenny lui raconta son entretien avec Edith Mountchesney, sans lui parler bien entendu de leurs propos au sujet de Chris.

— A Boulogne ! s'exclama Nell. Une cantine !

Elle se souvenait de toutes les histoires de soldats qu'elle avait entendues. Il était bien connu que les cantinières faisaient la joie des guerriers. D'un autre côté, elle comprenait le désir de sa fille de se rendre utile et elle avait grande confiance en elle. Mais comment la mettre en garde ? Il lui était impossible d'aborder certains sujets avec la jeune fille... Qu'est-ce que le pasteur aurait fait à sa place ? Aurait-il accordé la permission demandée ? Elle n'eut aucune difficulté à répondre à cette question. Arthur aurait encouragé sa fille à faire son devoir. Il l'aurait bénie et mise en garde ! C'était ce qu'elle devait faire.

— Je comprends que tu veuilles te rendre utile à ton pays en de telles circonstances, dit enfin Nell d'un ton grave. Mais, Jenny, tu rencontreras là-bas de grands dangers, et pas seulement ceux que font courir les armes. Tu es jolie, agréable, et les hommes sont très seuls là-bas, privés...

Elle ne pouvait aller plus loin. Mais ce n'était pas nécessaire. Jenny avait compris.

— Ne vous inquiétez pas, maman, répondit-elle en posant sa tête sur l'épaule de Nell. Je saurai me préserver !

— Que Dieu te protège, ma chérie ! murmura sa mère très bas, en l'embrassant.

*

Adelaïde Waring ne ressemblait en rien à sa sœur, lady Mountchesney. Petite, massive, elle était habillée sans aucune recherche et ses cheveux coupés très courts lui conféraient une curieuse allure. Mais son visage et surtout ses yeux faisaient oublier son manque de féminité. Ses traits énergiques étaient empreints de noblesse et ses yeux très bleus derrière les lunettes révélaient une nature droite et sincère. La bouche assez grande, mais bien dessinée, savait, selon les heures, exprimer la douceur ou, au contraire, une indéniable autorité. Pour le moment Adelaïde Waring dévisageait Jenny comme si elle avait voulu la jauger d'un seul coup d'œil. La gouvernante, une vieille femme peu aimable, attendait dans un coin de l'austère salon, la fin de cet

examen, sûre qu'elle était d'avoir à raccompagner la
jeune fille dans les minutes qui allaient suivre, comme
cela s'était passé pour les quinze autres postulantes qui
avaient défilé devant sa maîtresse en moins d'une
semaine. Mais à sa grande surprise, elle entendit mademoiselle Waring dire à Jenny :

— Asseyez-vous, je vous prie. J'aimerais vous
poser quelques questions. Laissez-nous, Anna.

La gouvernante s'en alla en bougonnant.

— D'abord, pourquoi désirez-vous partir avec
moi ? demanda Mlle Waring de sa façon directe que
Jenny allait apprendre à connaître et à apprécier.

— Parce que je ne peux pas supporter de rester
inactive pendant que les hommes de notre pays se
battent et souffrent, répondit Jenny sans aucune timidité en regardant Mlle Waring bien dans les yeux.

— Je vous préviens, reprit cette dernière, que ce
n'est pas une partie de plaisir que je vous offre. La
vie est très dure là-bas et les spectacles peu engageants.
Vous aurez à faire face chaque jour à des centaines
de blessés. C'est dur pour une jeune fille ! Vous n'aurez aucun confort, ni aucun loisir. Pas de place non
plus pour la coquetterie, ni les mondanités. Je ne suis
pas lady Mountchesney, moi ! Vous avez dû vous
en apercevoir...

Jenny ne put s'empêcher de sourire. Cette femme,
avec sa franchise un peu brusque, lui plaisait, car
elle devinait en elle l'efficacité et l'immense dévouement dont elle était capable.

— Je n'ai pas peur d'une vie rude, répondit-elle
calmement. Je suis fille de pasteur et j'ai été élevée
avec mes frères et sœurs à la campagne. Les seules
mondanités que j'ai connues, je les dois à ma tante
chez qui j'ai séjourné cet été à Londres, mais par
nature, je ne suis pas attirée par les frivolités. J'ai
une bonne santé et je désire réellement vous aider. Je
ferai de mon mieux.

— Votre réponse me plaît, décréta alors Mlle
Waring. Je vous avoue que je commençais à déses-
pérer de trouver quelqu'un capable de m'aider. Toutes

les jeunes filles qui sont venues me voir cette semaine étaient de vraies poupées qui ne voyaient dans la guerre qu'une aventure romanesque et l'occasion unique de porter l'uniforme de la Croix-Rouge. A Boulogne, nous n'avons pas besoin de poupées ! La guerre n'a rien de romanesque. C'est une horreur ! Alors, Jenny, si vous êtes toujours d'accord, je vous prends avec moi. Seulement, ma chère petite, ajouta Mlle Waring sans donner le temps à la jeune fille de la remercier je pars ce soir par le train de neuf heures. Nous devons traverser la Manche cette nuit pour éviter les attaques de sous-marins. Vous avez juste le temps d'aller faire votre baluchon. Rendez-vous à Victoria à huit heures et demie. A tout à l'heure.

Et Jenny se retrouva sur le trottoir, complètement abasourdie. Tout s'était fait si vite !...

⁂

Elles traversèrent sur un bateau militaire avec un petit groupe d'officiers, parmi lesquels Jenny reconnut quelques têtes qu'elles avaient rencontrées pendant sa saison à Londres, lors de réunions mondaines. L'insouciance du printemps était loin... Tous avaient des visages graves et parlaient gravement des événements. Elles partagèrent avec eux des thermos de café et de thé. Jenny les entendit dire que les hôpitaux français ne pouvaient plus faire face au nombre de blessés qui chaque jour allait croissant. On avait dû transformer bon nombre d'hôtels en hôpitaux de fortune, et malgré cela, c'était encore insuffisant. Aussi un service régulier s'était-il institué entre la France et l'Angleterre qui acheminait vers cette dernière tous les blessés britanniques qu'on ne pouvait pas soigner en France.

Au moment même où elle posait le pied sur le sol français, Jenny vit une longue procession de civières qu'on chargeait sur un bateau sanitaire. Le sourd gémissement des blessés, qui s'échappait de leurs

bouches en une plainte presque continue, la fit fris-
sonner des pieds à la tête. Elle suivit Mlle Waring à
la Douane, où d'autres blessés attendaient sur des
brancards de fortune. A la vue de leurs pansements
sanglants, Jenny se sentit pâlir. Aurait-elle le courage de supporter un tel spectacle, quotidiennement ?
Mais se resaisissant, elle eut honte d'elle-même. De
quoi se plaignait-elle, alors qu'à ses pieds de braves
soldats britanniques agonisaient après s'être battus
pour défendre la liberté, sa liberté ? Son propre
frère, Dick, était peut-être parmi eux !

La couverture de l'un des blessés avait glissé. Elle
s'agenouilla près de lui et le recouvrit doucement.

— Courage ! lui murmura-t-elle à l'oreille, dans
quelques heures, vous serez chez vous !

Ses yeux éteints la regardèrent une fraction de
seconde et il sourit. Elle n'avait plus peur et il lui
tardait de se lancer, elle aussi, dans la tourmente.

— Venez Jenny ! appela Mlle Waring après avoir
rempli les formalités. Pauvres gens ! souffla-t-elle en
jetant un coup d'œil aux civières. Je crains que nous
n'ayons eu de lourdes pertes !

Dehors, des troupes fraîches venaient aussi de
débarquer. Les hommes gagnaient leurs wagons en
chantant *Tipperary*. Le cœur de Jenny se serra en
pensant à ce qui les attendait. Elles se frayèrent un
chemin le long des quais encombrés.

— Vous devez être fatiguée ! observa Mlle
Waring. Enfin ! Vous allez pouvoir prendre un peu de
repos. Mais avant de gagner l'hôtel où nous logeons,
il faut que je passe à la cantine voir comment ça
va...

Elles arrivèrent devant un baraquement vétuste,
que Mlle Waring désigna à Jenny comme étant la
cantine. Là, perchée, comme un chien de garde, sur
un tas de boîtes de conserves de toutes tailles et de
tous genres, entourée d'une foule d'objets hétéro-
clites, attendait une jeune fille.

— C'est Bridget, une de mes nièces ! déclara
Mlle Waring. Elle est venue me rejoindre, il y a une

quinzaine de jours, pour me prêter main forte. Vous verrez, c'est une chic fille ! Mais que fait-elle ici, perchée sur les conserves ?

Bridget avait reconnu sa tante.

— Hello, tante Addy ! s'écria-t-elle en sautant de son piédestal, où elle grignotait tranquillement une pomme. J'ai cru que vous ne reviendriez jamais ! Je vois que vous avez trouvé quelqu'un pour nous aider ! Bonjour ! Je vous attends depuis ce matin sept heures, heure à laquelle on m'a mise dehors !

— Dehors ? demanda Mlle Waring d'un ton incrédule.

— Oui, dehors. Nous avons été expulsées de notre cantine parce qu'on avait besoin du baraquement pour les civières. J'ai eu beau protester, il n'y a rien eu à faire. Où allons-nous maintenant ? demanda-t-elle toujours aussi calmement sans cesser de manger sa pomme.

— Qu'est-ce que tout cela signifie ? explosa sa tante dont les yeux lançaient des éclairs. On nous donne un baraquement pour nous le reprendre ? Et où veut-on que j'installe ma cantine ? Je vais aller voir cela de plus près. Ah ! J'oubliais... Bridget, je te présente Jenny Paget. Je suis sûre que vous vous entendrez très bien. Bon ! Attendez-moi ici un instant, je reviens.

Les deux jeunes filles en profitèrent pour faire connaissance et, d'emblée, une vive sympathie les rapprocha. Jenny apprit que Bridget était la fille que lord Mountchesney avait eue de son premier mariage. Elle avait donc la belle Edith comme belle-mère ! Comme la vie était étrange ! Bridget ne lui cacha pas d'ailleurs qu'elle s'entendait fort mal avec la seconde épouse de son père qu'elle trouvait trop frivole et trop égoïste. Elle préférait de loin vivre avec sa tante, Addy Waring, à qui elle semblait porter une très vive affection.

— Il faut la connaître ! conclut-elle. Mais quand on la connaît, on ne peut que l'admirer et l'aimer !

— C'est bien ce qu'il m'avait semblé, répondit
Jenny en toute sincérité.

*

Addy Waring revint une heure après. Elle avait
réglé la question. Malgré l'heure tardive, elle était
allée secouer les autorités britanniques dont le chef
d'Etat-Major, qui, à son tour, avait alerté les autorités françaises. Tout le monde reconnut qu'une cantine était absolument indispensable, en particulier
pour ravitailler et surtout désaltérer les blessés lors
de leur transfert. On discuta, on se consulta et, en
fin de compte, il fut convenu que Mlle Waring, aidée
de ses deux auxiliaires installerait sa cantine dans la
gare d'Etaples à quelques kilomètres de là. Tous les
trains y faisaient halte et cela ferait gagner du temps
aux blessés.

Mademoiselle Waring fit donc part de ces arran-
gements aux deux jeunes filles, puis toutes trois, après
avoir mis en sûreté les provisions, aidées en cela par
des soldats, gagnèrent leur hôtel où elles se repo-
sèrent quelques heures avant de prendre le chemin
d'Etaples.

Il était dix heures, le lendemain matin, quand
elles arrivèrent à la petite gare. On était à la fin septembre et le ciel grisonnait légèrement. Le village était
paisible, comprenant seulement quelques maisons de
pêcheurs, la poste, la gare, la mairie et l'église. Un
petit village français parmi tant d'autres, avec son
charme un peu vieillot et très rustique. Rien ne laissait supposer l'énorme plaque tournante qu'allait
devenir Etaples peu de mois après avec son camp
retranché, son hôpital militaire, son quartier général. Le
chef de gare avait été prévenu de l'arrivée de Mlle
Waring et lui fit aimablement visiter les lieux. En
accord avec lui, il fut décidé qu'on ouvrirait la cantine dans l'ancienne salle d'attente. Et sans plus
attendre, tout le monde se mit au travail. Pour commen-

cer, il fallait nettoyer la pièce de fond en comble. Pareil traitement n'avait jamais dû lui être prodigué depuis sa construction. Les plafonds noircis, les parquets encrassés, les toiles d'araignées superposées, les murs couverts de graffitis en témoignaient très visiblement. Quand Jenny et Bridget, une fois leur tâche achevée, sortirent de là, elles étaient si sales qu'elles ne purent s'empêcher d'éclater de rire.

Pendant ce temps, Mlle Waring était partie à la recherche d'un gîte pour elles trois. Elle revint à la fin de la matinée, radieuse.

— Mes enfants, déclara-t-elle un peu essoufflée, car elle s'était hâtée de venir leur annoncer la nouvelle, je vous ai trouvé une pension de famille tout à fait agréable. La femme s'appelle madame Le Bourget. Elle accepte de nous coucher et de nous fournir le repas du soir. En ce qui concerne le déjeuner, nous mangerons une bricole ici. De toute façon, nous n'aurions pas pu quitter notre cantine dans la journée. Vous verrez, c'est une charmante vieille maison, propre et fleurie. Nous avons une chance inouïe, car à Boulogne, on ne trouve plus rien pour se loger.

Et tandis que la tante de Bridget s'activait à déballer les stocks, arrivés par wagon, en même temps qu'elles, les deux jeunes filles entreprirent cette fois le nettoyage des sanitaires. Ces sanitaires comprenaient en réalité des waters vétustes et un petit lavabo ébréché. Mais une fois bien propres, cela serait suffisant. Elles frottèrent, brossèrent, lavèrent à s'en écorcher les mains. Elles travaillaient sans relâche, car Mlle Waring avait décrété que la cantine devrait ouvrir le soir-même. On attendait, en effet, plusieurs trains de blessés.

Quand tout fut briqué et astiqué, quand les dernières provisions furent amenées et rangées, on décida d'allumer le vieux fourneau prêté par l'armée, afin de préparer du thé, du café et les rations dont les soldats allaient avoir besoin à leur passage. Mais le vieux fourneau ne voulut rien savoir. Chacune essaya à son tour, en vain... Alors un viel homme voûté, qui

les avait regardées faire derrière la vitre, entra et
enlevant sa casquette, il salua poliment.

— Pardon, madame, dit-il en français à Mlle
Waring, laissez-moi faire. Je connais très bien ce
genre d'instrument.

Il était vêtu d'un pantalon de velours usagé et
d'une chemise de coton bleu. Ses pieds étaient chaus-
sés de sabots de bois. Ses yeux, très bleus et pâlis par
l'âge, étaient profondément enfoncés dans les orbites
et abrités sous des sourcils broussailleux. Ses mains
noueuses étaient étrangement habiles. Il eut tôt fait
de tourner clés et manettes, de secouer les grilles, de
tordre des vieux journaux jaunis, gardés précieuse-
ment dans le four, de disposer quelques planchettes
qui traînaient non loin de là. La flamme jaillit, vive et
ardente. Il régla à nouveau la clé, mit un ou deux
rondins et, bientôt, le fourneau ronronna d'aise, tout
prêt à prendre son service. Toutes trois le remercièrent
vivement, moité en anglais, moitié en français.

— Je m'appelle Guillaume Trénet. Caporal Trénet. J'ai fait Sedan, dans l'infanterie... Ah ! mesdames,
quelle débâcle ! Et pourtant que de braves !

A ce souvenir, de grosses larmes roulèrent sur ses
joues parcheminées.

— Et maintenant, ce sont mes trois fils qui se
battent... Moi, je ne suis plus bon à rien ! Mais, peut-
être, commença-t-il avec espoir, que vous auriez du
travail pour moi ici ? Je suis sûr que je pourrais me
rendre utile. Je ferai toutes les corvées et j'aurais
ainsi l'impression de servir quand même mon pays...
Le voulez-vous ?

Mademoiselle Waring accepta sans difficulté. Le
caporal Trénet était certainement un brave homme, et
elle comprenait son désir de servir encore. D'autre
part, il pourrait, en effet, leur être très utile dans un
certain nombre de tâches. Le visage du vieil homme
rayonnait, et sans attendre qu'on le lui demandât, il
alla couper du bois dans la resserre de la gare, pour
alimenter le fourneau.

De leur côté, Mlle Waring, Jenny et Bridget allè-

rent se laver tour à tour au petit lavabo et se mirent
en devoir de préparer les rations. Elles débitèrent
une imposante quantité de pain, de fromage, de lard
et firent plusieurs pots de café et de thé. En voyant
ce monceau de nourriture, Jenny ne put s'empêcher
de penser que, décidément Mlle Waring voyait grand...
Mais lorsque le premier train passa, elle vit avec
stupéfaction toutes les rations disparaître comme par
enchantement. Il fallut même en refaire à la hâte
ainsi que du thé et du café. Et même alors, on ne put
satisfaire tout le monde.

Le premier train parti, elles eurent juste le temps
de se préparer pour le second. Jenny n'en pouvait
plus. Elle était exténuée à la fois de travail et d'émotions. Addy Waring, prise de pitié pour cette toute
jeune fille dont c'était le premier vrai contact avec la
guerre, voulut lui épargner le spectacle d'horreur
qu'offraient les trains bondés de blessés et de mourants. Ce fut elle, aidée du chef de gare et du caporal Trénet, qui distribua les rations.

Quand le dernier sandwich et la dernière goutte
de café furent enfin distribués, toutes trois gagnèrent
la maison de madame Le Bourget. Elles étaient bien
trop fatiguées pour dîner. Elles avalèrent rapidement
une tasse de café et montèrent se coucher. Mais,
avant de s'endormir, Jenny jeta un coup d'œil par la
fenêtre. Pour la première fois, elle prenait conscience
qu'elle était sur le sol français, sur la même terre que
son frère Dick. Elle regarda vers l'est. Il était de
côté, en train de se battre contre les Allemands. Elle
pria pour lui avec ferveur. Et soudain, elle sentit le parquet vibrer sous ses pieds ! Ahurie, elle se
tourna vers Bridget qui commençait à s'endormir dans
le lit voisin du sien.

— On dirait que la terre tremble, Bridget ? murmura-t-elle avec angoisse.

Bridget se retourna en grognant. Elle était déjà
habituée à ce phénomène.

— Ce n'est rien, répondit-elle d'une voix endor-
mie. C'est le canon !

Jenny garda le silence. Cette fois, la guerre était vraiment là, dans toute sa réalité. Une réalité à la fois atroce et absurde. Elle pensa aux jeunes soldats qu'elle avait vus débarquer la veille, pleins d'entrain et d'espoir, chantant à tue-tête, sûrs de la victoire. Elle les retrouverait sans doute dans quelques jours, gisant sur des civières entassées dans un wagon, ensanglantés et râlant...

Elle baissa la tête. Oui, la guerre n'était rien d'autre que la victoire de la mort sur la jeunesse et la vie.

CHAPITRE XIII

Madame Le Bourget s'était prise d'amitié pour ses trois pensionnaires dont elle admirait le dévouement et le courage. Excellente cuisinière, elle proposa de les aider à tenir leur cantine. Elle pensait avec juste raison, que pour des hommes exténués, blessés, rompus, il n'était rien de meilleur qu'un bon bouillon bien chaud. Addy Waring accepta son aide avec reconnaissance. Les trains étaient de plus en plus nombreux et elle avait du mal à faire face à la demande. Elle manquait à la fois de vivres et de personnel. Madame Le Bourget partagea donc son temps entre sa pension de famille et la cantine. Au début, il y eut quelques incidents pittoresques entre elle et Mlle Waring. Celle-ci n'avait, en effet, pas du tout la même conception de la cuisine que la logeuse. Elle voulut ajouter sa petite note personnelle aux potages de madame Le Bourget et le résultat en fut désastreux. Elle ne s'avoua pas vaincue, et il fallut que la brave cuisinière menaçât de rendre son tablier pour que la tante de Bridget consentît à ne plus se mêler d'art culinaire.

Un jour où Mlle Waring était allée en coup de vent à Boulogne à la recherche de ravitaillement, elle tomba sur une véritable aubaine. Le responsable des stocks de vivre de la Croix-Rouge était un certain M. Trent. Or, il se trouva que ce M. Trent était dans un grand embarras. Il avait vu débarquer, en France,

deux de ses nièces désireuses, elles aussi, de faire
œuvre utile. Mais, le brave homme ne savait vraiment
pas à quoi les employer. Habituées à une vie facile
et luxueuse, Maureen et Sylvia n'étaient pas du tout
armées pour les circonstances actuelles et il était
prêt à n'importe quoi pour s'en débarrasser. Addy
Waring apprit la chose et se frotta les mains. Elle
allait faire d'une pierre deux coups.

Elle proposa donc à M. Trent d'engager ses deux
nièces à la cantine d'Etaples et de veiller sur elles.
En contrepartie, il lui fournirait régulièrement des
vivres supplémentaires. Monsieur Trent accepta, éperdu
de reconnaissance.

Addy Waring revint donc à Etaples, escortée de
Maureen et Sylvia. Les deux nouvelles recrues avaient
tenu à emmener leur malle qui contenait un nombre
impressionnant de toilettes et de colifichets. Elles avaient
vu sur la carte que le Touquet n'était pas loin et elles
espéraient bien y faire de fréquentes échappées pour
profiter des plaisirs du Casino et du golf. Addy Waring
ne fit aucun commentaire. C'était inutile, la réalité allait
se charger très vite de dresser ces deux évaporées.

Elles ne quittèrent guère la pension de madame Le
Bourget lors des deux premières journées. Ce qu'elles
avaient entrevu de la cantine à leur arrivée les avait
tellement horrifiées ! Mais l'ennui eut raison d'elles et
au bout de la troisième journée, elles décidèrent de
tenter une nouvelle apparition à la cantine. Comme ce
n'était pas de méchantes filles, elles furent touchées
du dévouement dont elles étaient témoins, et d'elles-
mêmes, elles se mirent à la tâche, préparant sandwiches, pots de café, tasses de bouillon. Leurs efforts
n'étaient pas toujours des réussites et elles se découra-
geaient facilement mais Mlle Waring se montrait pleine
d'optimisme à leur égard : elles finiraient bien par
s'adapter aux circonstances.

Il apparut certain, début octobre, qu'une grande
offensive était imminente. Des convois entiers de troupes fraîches traversaient Etaples jour et nuit en direc-
tion d'Arras et de Béthune où le gros des troupes bri-

tanniques était concentré. Les premiers avions allemands, des Taubes, apparurent dans le ciel et on installa partout alentour, dans les bois, des batteries antiaériennes. La guerre se rapprochait. Le front n'était plus qu'à quatre-vingts kilomètres.

Parfois, les convois qui montaient au front s'arrêtaient dans la petite gare pour se ravitailler. Alors, on voyait les Tommies se pencher par les fenêtres des wagons et tendre aux jeunes filles leurs bidons vides, tout en riant, plaisantant ou chantant de vieux airs de leur folklore natal. Puis ils repartaient, la chanson toujours aux lèvres, en faisant de grands signes d'adieu aux quatre jeunes filles groupées sur le quai. Ils étaient jeunes et pleins d'espoir.

En retour, les trains de blessés étaient aussi de plus en plus nombreux. Jenny n'oublia jamais le jour où elle vit entrer en gare un train de wagons à bestiaux. Elle crut tout d'abord qu'il transportait des chevaux ou des bœufs car, à travers les cloisons, s'élevait une sorte de plainte animale. Elle s'approcha, tandis que le train s'arrêtait, et resta figée sur le quai, horrifiée. Une longue file d'ambulances en provenance du Casino du Touquet, transformé en hôpital, attendait derrière les barrières de la gare, pendant que des infirmiers descendaient des wagons, civière après civière... Cette plainte animale n'était rien d'autre que le long gémissement des blessés. On en débarqua une centaine à peu près, trop atteints pour être acheminés vers l'Angleterre.

Jenny ne put en supporter davantage. Elle courut se cacher à l'intérieur de la cantine, où elle retrouva avec soulagement le cadre devenu familier : les murs couverts de photos d'acteurs et d'actrices, le fourneau et son paisible rougeoiement et surtout l'odeur réconfortante du bouillon de Mme Le Bourget. Quand elle eut retrouvé son sang-froid, elle se tourna vers Bridget qui préparait des sandwiches.

— Bridget, dit-elle d'une voix tremblante, il y a un train de blessés qui vient d'entrer en gare. Ils sont entassés comme des bestiaux et gémissent affreusement.

Je crois qu'il faudrait leur apporter quelque chose à boire ou à manger. Qu'en pensez-vous, mademoiselle Waring ?

— Les pauvres diables ! murmura cette dernière comme pour elle-même, en s'approchant de la vitre. Il n'y en aura même pas la moitié qui en réchappera. On peut toujours essayer de leur donner du lait et du thé. Mettez beaucoup de sucre, cela les aidera à se soutenir.

Jenny fit un violent effort sur elle-même et commença à préparer avec Bridget des breuvages bien chauds. Guillaume remplit un chaudron de bouillon et prit une grande louche puis ils sortirent tous les quatre en procession et se dirigèrent vers le train. Les infirmiers les avaient vus venir et se portèrent à leur rencontre.

L'un d'eux, petit et maigre s'approcha de Jenny et lui dit d'une voix lasse :

— Nous avons surtout besoin d'eau ! Mais certains de nos blessés seront bien contents d'avoir aussi ces boissons chaudes. Merci beaucoup ! ajouta-t-il avec reconnaissance.

Et voyant que Jenny s'apprêtait à grimper dans le wagon avec son plateau, il l'arrêta par le bras.

— Donnez-moi cela, mademoiselle ! Ce n'est pas un spectacle pour vous...

Jenny jeta un coup d'œil sur le quai et vit que Mlle Waring et Bridget étaient déjà montées. Elle comprit que son devoir était d'y aller aussi. Elle serra les dents et, d'un ton bref, elle répondit :

— Ce spectacle fait partie de mon travail. Il vaut mieux que je m'y habitue... Aidez-moi, voulez-vous ?

Et précédée de l'infirmier, à son tour, elle disparut à l'intérieur du wagon.

La puanteur qui y régnait faillit l'amener à l'évanouissement. Enroulés dans des couvertures maculées de sang, les blessés gisaient en rangs serrés sur la paille et un râle continu s'échappait de leurs bouches desséchées par la fièvre et la soif. La jeune fille se raidit. Ce n'était pas le moment de flancher. Alors, au prix d'un effort surhumain, elle alla de l'un à l'autre, soulevant leurs têtes pour les aider à boire ou glissant un peu d'eau entre leurs dents serrées quand ils ne pouvaient même plus bouger. Dans le coin d'un wagon, un jeune gars, à peine plus âgé qu'Archie appelait doucement : « — Maman ! Maman !... » Jenny s'approcha de lui, le cœur serré, et lui prit la main en murmurant :

— Courage ! Vous êtes presque à Boulogne... Dans quelques heures vous serez en Angleterre, près des vôtres !

Le jeune homme la regarda, puis quand son cerveau enfiévré eut enregistré, il serra la main de Jenny de ses doigts moites...

Quand le train s'ébranla, les trois femmes sautèrent sur le quai et retournèrent à la cantine en silence profondément bouleversées par la vision de cauchemar qu'elles venaient d'avoir.

— Regarde nos jupes, dit soudain Bridget à Jenny, quand elle eut posé les pots et les tasses vides sur la table.

Jenny pâlit. De larges taches rougeâtres les maculaient de haut en bas... Elle eut juste le temps de se précipiter vers les toilettes pour vomir, puis elle s'écroula à bout de forces.

Tandis que la bataille faisait rage à Ypres, et que les trains de blessés défilaient toujours plus nombreux, toujours plus chargés, le temps changea brusquement. La pluie et le vent se déchaînèrent et le travail devint de plus en plus pénible. Seule, la cantine offrait un peu de chaleur grâce au fourneau que le brave Guillaume gardait allumé en permanence. Emmitouflées le plus chaudement possible, les quatre jeunes filles, (car Maureen et Sylvia s'étaient mises à l'unisson), et Mlle Waring allaient d'un train à l'autre, traversant les quais et les voies balayées par les rafales glacées du vent. Leurs pieds et leurs mains étaient gonflés par les engelures, mais aucune d'elles ne s'en préoccupait. Elles se considéraient comme des privilégiées en comparaison de ce qu'elles voyaient plusieurs fois par jour.

Quand elle n'était pas trop lasse, Jenny écrivait le soir avant de se coucher à ses parents et à Chris, qui venait de rejoindre le front à son tour. Il le lui avait annoncé par une lettre brève, mais enthousiaste. Il allait enfin pouvoir se battre ! Jenny ne partageait pas la satisfaction du jeune homme. Ce qu'elle voyait chaque jour lui avait appris ce qu'était réellement la guerre. Chris ne tarderait pas à s'en rendre compte par lui-même et son réveil risquait d'être dur ! Elle lui avait répondu et continuait à lui écrire une ou deux fois par semaine comme il le lui avait demandé. Elle veillait soigneusement à ne rien laisser filtrer dans ses lettres de son amour pour lui. Elle se contentait de lui parler de sa vie à Etaples et surtout de lui demander de ses nouvelles à lui.

A chaque fois qu'un train de blessés entrait en gare, une angoisse mortelle s'emparait de la jeune fille. N'allait-elle pas y retrouver Dick ou Chris en train de râler, leurs pansements couverts de sang ?

Après plusieurs semaines de silence, Dick avait pu donner enfin de ses nouvelles à Katy et à ses parents. Il était engagé dans la bataille d'Ypres, la plus terrible jusque là ! Quand Jenny sut par une lettre de sa mère que Dick était à Ypres, elle sentit son sang se glacer, car c'était une véritable hécatombe. Et quand, par chance, un homme en réchappait c'était presque toujours très grièvement blessé. Cependant, sa mère ne semblait pas s'alarmer outre mesure ! Jenny comprit alors qu'à moins d'être plongé dans l'enfer de la guerre personne ne pouvait se l'imaginer ! Nell lui donnait aussi d'autres nouvelles : Meg était maintenant infirmière dans un hôpital à Londres, Katy était revenue au presbytère, elle attendait un bébé. Elle vivrait près d'eux jusqu'au retour de Dick. Elisabeth réussissait au-delà de toute espérance dans ses études. Pinky, la jument, était morte de vieillesse. Quant à Archie, il avait maintenant retrouvé toute sa santé et commençait à bien se débrouiller avec son bras unique. Il reprendrait ses études à Camberley à la rentrée prochaine.

Jenny constata presque douloureusement qu'Eskton lui semblait très loin, presque étranger. Certes, elle dévorait avec avidité toutes les nouvelles qui venaient de chez elle, mais cela ne constituait plus le centre de sa vie. Son pays, son village, sa famille, tous les souvenirs qu'elle avait laissés là-bas, lui semblaient appartenir à un autre monde dont elle était séparée par d'infranchissables abîmes. Seule, la tendresse qu'elle portait aux siens la rattachait à eux. Son foyer maintenant, c'était la cantine, ses camarades de travail, c'étaient les trains bondés de mourants, c'était cette France ensanglantée, où des hommes de toutes nationalités luttaient contre la souffrance et la mort ! Cette France pour qui se battaient Dick et Chris !...

Un jour, dans un train de blessés graves, elle rencontra David Hepworth. Il accompagnait ce convoi en tant que médecin, jusqu'en Angleterre. Elle eut du mal à le reconnaître, tant il différait du David impeccable dans son uniforme neuf, qui était venu leur dire au revoir à Eskton. Il portait une blouse souillée, et son visage aminci et mal rasé attestait ce qu'il venait de traverser. Il manifesta une joie sincère en retrouvant Jenny.

— Dire que je ne me souvenais plus que tu étais là ! dit-il en retrouvant spontanément le tutoiement de leur enfance. Pourtant Meg me l'a écrit !

— Meg ? demanda Jenny étonnée.

— Oui, répondit David, souriant malgré la fatigue. Nous nous écrivons régulièrement et je compte bien la voir cette fois à mon passage à Londres...

Ils n'eurent pas le temps d'en dire davantage, le train repartait. Jenny sauta sur le quai.

— Bonne chance, David, cria-t-elle au jeune homme ! qui ne se méprit pas et comprit qu'elle faisait allusion à Meg.

— Je l'embrasserai pour toi ! cria-t-il à son tour, en faisant un petit signe complice à Jenny.

Quand elle rentra à la cantine, un télégramme l'attendait. Dick avait été tué.

⁂

Lorsque le train de Londres s'arrêta à Whitby, Jenny en descendit. Le chauffeur du comte Filey l'attendait et la conduisit directement au presbytère d'Eskton. Depuis qu'elle avait appris, cinq jours auparavant, la mort de son frère, Jenny vivait dans une sorte d'état second. Addy Waring avait été très chic et lui avait donné une permission pour qu'elle pût retourner chez elle assister au service funèbre de Dick. Mais malgré le télégramme, malgré la lettre de son père qui l'avait suivi, elle n'arrivait pas à croire à la terrible nouvelle, à laquelle pourtant elle s'était attendue...

Dick si plein de vie, si insouciant ! Dick dont Katy portait l'enfant... Dick que sa mère chérissait tant et dont elle était si fière !

La voiture s'arrêta devant la porte. Ce fut son père qui accueillit Jenny. Son visage ravagé avait vieilli de dix ans. Il tendit les bras à sa fille qui s'abattit contre lui en sanglotant. Derrière lui se tenait Katy, très pâle mais les yeux secs. A son tour, elle serra la jeune fille contre elle. Elle s'était arrondie et marchait d'un pas alourdi.

— Oh ! Katy ! murmura Jenny, incapable d'en dire plus.

— Ne m'enlevez pas mon courage ! répondit doucement la jeune femme. Je dois penser à l'enfant, à son enfant ! Je veux qu'il soit digne de lui, ajouta-t-elle dans un murmure.

— Où est maman ? demanda Jenny à son père.

— Tu peux monter la voir ! répondit le pasteur tristement. Elle est dans sa chambre. Elle ne l'a pas quittée depuis le jour...

Sa voix se brisa.

Jenny monta voir sa mère. Elle la trouva prostrée dans un fauteuil, incapable de la moindre réaction. Ce fut à peine si elle reconnut sa fille.

— Maman ! appela-t-elle. Je vous en prie, maman dites-moi quelque chose !

Nell la fixa un instant de ses grands yeux, puis l'attira à elle.

— Ma chérie ! Il est mort ! Mort ! Tu entends ? Et je n'ai rien pu faire pour sauver mon enfant !

Le service funèbre eut lieu le lendemain dans la petite église. Tous y assistèrent sauf Nell, toujours prostrée dans une demi-conscience et Meg n'avait pu obtenir de permission. Archie soutenait sa belle-sœur, Jenny et Elisabeth encadraient leur père. La cérémonie fut d'une extrême simplicité, ce qui la rendit encore plus bouleversante. Jenny rendit grâce au ciel que sa mère n'ait pu y assister. Elle n'aurait pu supporter une telle émotion. Puis on accompagna le cercueil, recouvert du drapeau anglais, à sa dernière demeure. La tombe ne portait que ces simples mots :

— « Richard PAGET, né à Eskton en 1889 — mort à Ypres en 1914 » —

*

Le lendemain, Jenny repartit pour Étaples. Elle avait presque hâte de s'y retrouver. Car là-bas, la mort était une compagne quotidienne et celle de son frère y paraîtrait moins cruelle, moins indécente presque, que dans ces lieux familiers du Yorkshire où Jenny l'avait vu grandir à ses côtés et où, maintenant, allait naître son fils, son fils qu'il ne connaîtrait jamais...

Addy Waring était venue l'attendre à Boulogne. Noël était proche maintenant et il soufflait un vent glacial. Dans les baraquements réservés à l'armée, on voyait çà et là des guirlandes multicolores et des lanternes en papier gaufré. Il fallait bien marquer Noël ! La Croix-Rouge ajouta des chocolats et des bonbons aux rations habituelles, et chaque soldat eut tour à tour, quelques jours de permission quand c'était possible.

Et les jours comme les trains continuèrent à passer, chacun d'eux amenant avec lui son lot d'horreur, de souffrance et de désespoir. Grâce à la résistance franco-britannique à Ypres, les Allemands avaient été arrêtés dans leur course à la mer. Les mêmes noms revenaient sans cesse dans les conversations et ils étaient devenus familiers aux oreilles de Jenny : Calais, Dunkerque, Armentières, Béthune...

Sans se l'avouer, la jeune fille espérait qu'à l'occasion de Noël, Chris aurait une permission et qu'au passage, il s'arrêterait pour la voir. Mais Noël arriva et Chris ne vint pas. Cette journée qui aurait dû être la fête de la paix se passa comme les autres au bruit du canon et des tirs anti-aériens. A la cantine, on essaya de gâter un peu plus les soldats, avec les moyens du bord, car le ravitaillement se faisait de plus en plus difficile. Mais pour les blessés des trains, Noël ne voulait plus rien dire.

Le 26 décembre Jenny reçut une lettre de Chris, la première depuis longtemps. Malgré le froid et la neige qui s'était mise à tomber, elle courut la lire dans un coin solitaire, sous une sorte d'abri en tôle au bout du quai. La lettre n'était pas très longue, mais ce qu'elle disait fit battre violemment le cœur de Jenny, qui la relut trois ou quatre fois jusqu'à la savoir mot à mot.

Ma petite Jenny, écrivait-il,

Voici maintenant cinq semaines que je suis dans cet enfer et c'est la première fois que je peux vous écrire.

D'abord, je tiens à vous dire combien je partage votre peine au sujet de Dick. Je l'ai su par l'oncle Charles. C'est affreux ! Maintenant que j'ai vu la mort de près et les souffrances de tous ces hommes, je suis révolté. Fous que nous étions à hurler notre joie sur la place de Trafalgar ! Notre seule excuse est que nous ne savions pas !

Je dois aller prochainement à Boulogne avec un groupe de camarades chercher des armes et des munitions. Probablement le 30 décembre. Je ferai tout mon possible pour aller vous voir. J'en ai envie depuis que je suis arrivé ! Savez-vous que votre présence à quelques kilomètres de moi m'est d'un précieux réconfort,

*bien que je préférerais vous savoir en Angleterre, à
m'attendre en toute sécurité.*

Le temps presse, je dois m'arrêter d'écrire.

*A très bientôt donc, petite Jenny ! J'ai quelque
chose de très important à vous dire et que je ne peux
plus différer, car demain me semble trop incertain
pour faire attendre le bonheur.*

Chris

Jenny replia la lettre. Avait-elle bien compris ou
se laissait-elle abuser par l'amour qu'elle portait au
jeune homme ? Chris avait-il vraiment voulu lui dire
qu'il l'aimait ? Elle ne sentait plus le froid, un feu
brûlant la dévorait tout entière, fait à la fois de sa
passion trop longtemps refoulée, de son angoisse, de
toutes les terribles émotions qui avaient déferlé sur
elle depuis le début de la guerre. Elle revint à grands
pas vers la cantine. Quatre jours encore à attendre ! Et
si d'ici là, il était blessé ou tué ? Elle frissonna. Il ne
fallait pas qu'elle pensât à cela, sinon elle n'aurait pas
le courage de tenir. La guerre n'était pas finie ! Elle
s'étendait chaque jour davantage, toujours plus meurtrière, toujours plus absurde...

Le 30 décembre au matin, il gelait à pierre fendre.
Les conduites d'eau éclataient et on était obligé de
casser la glace pour avoir de quoi faire le café et le
thé. Chris pourrait-il venir ? Et si oui, à quelle heure
serait-il là ? Peut-être valait-il mieux prévenir Mlle
Waring de sa visite possible ! Jenny hésitait. Qu'allait-
elle dire ? Sans en avoir l'air, elle veillait de près aux
agissements des jeunes filles qui lui étaient confiées et
elle verrait peut-être d'un très mauvais œil ce rendez-
vous imprévu !

Jenny décida de lui en toucher deux mots. Elle
s'était toujours montrée compréhensive et, après tout,
la visite de Chris était très naturelle puisqu'ils étaient
presque cousins.

Elle alla donc trouver Mlle Waring dans la petite
pièce aux réserves. Elle en faisait l'inventaire.

— Mademoiselle Waring, commença Jenny, mal

Puis soudain, elle le vit. Sa haute silhouette mince se détacha d'un tas de caisses en bois marquées de rouge. Des caisses d'armes, sans doute...

— Chris ! murmura la jeune fille, clouée sur place par l'émotion.

Chris aussi l'avait vue. Il fut près d'elle en quelques enjambées.

— Jenny ! s'écria-t-il en la saisissant par les épaules. Jenny, vous enfin !

Comme il avait changé ! Amaigri, les joues creusées par la fatigue, les privations les dangers, il n'avait plus rien du jeune homme désinvolte et élégant qu'elle avait connu à Londres. Ses grands yeux gris fixés sur elle étaient maintenant ceux d'un homme et d'un homme qui savait ce qu'étaient la souffrance et la mort. Jenny en fut bouleversée et une vague de tendresse et d'amour la submergea. Elle tenta de se ressaisir.

— Comment êtes-vous venu jusqu'ici, Chris ? demanda-t-elle d'une voix mal assurée.

— Je suis avec ce train, répondit-il en désignant les wagons de marchandises du menton. On s'est arrêté ici pour charger ces caisses d'armes. On repartira tout de suite après. Nous avons juste le temps de nous dire quelques mots ! Allons nous mettre à l'abri sous ces tôles !

Il ne se doutait pas qu'elle y avait lu sa lettre !

— Jenny, vous avez reçu ma lettre, n'est-ce pas ? demanda-t-il alors d'un ton anxieux.

— Oui, souffla-t-elle, tandis que son cœur recommençait à s'affoler.

— N'avez-vous pas deviné ce que j'avais de si important à vous dire ?

Elle ne répondit pas. Comment répondre sans se trahir ?

— Je vous en prie, supplia Chris, ne me faites pas souffrir inutilement. Nous n'avons pas de temps à perdre. Chaque minute compte, chaque jour peut être le dernier... Je vous aime, Jenny, comme je ne savais pas qu'il fût possible d'aimer. Je croyais que le sentiment que je portais à Edith était de l'amour. Fou que

j'étais ! Ce n'était rien d'autre que la satisfaction de ma
vanité de jeune homme. L'amour, c'est vous qui me
l'avez fait découvrir. J'espérais que vous le compren-
driez lors de notre dernière rencontre à Londres, mais
devant votre réserve j'ai craint une rebuffade. J'ai préféré attendre... Puis je suis parti au front, j'ai désiré
vos lettres... Elles sont venues, charmantes, affec-
tueuses, mais je n'y ai pas trouvé trace d'amour ! Alors,
je suis venu, car la guerre m'a appris à connaître le
prix du temps qui passe et de la vie. Jenny, si vous
m'aimez, ne serait-ce qu'un peu, ne me faites pas lan-
guir, par pitié !

De grosses larmes roulaient sur les joues de Jenny.
Tout se brouillait dans sa tête. Elle s'était juré d'être
prudente, de ne pas laisser parler son cœur, et voilà
que Chris la suppliait de l'aimer un peu, ne serait-ce
qu'un peu ! Mais ne comprenait-il pas ? Ne voyait-il
pas qu'elle l'aimait avec passion ? Qu'elle tremblait à
chaque instant pour lui ? Oh ! Cette guerre ! Cette
guerre maudite !...

— Jenny, pourquoi pleurez-vous ?

— Parce que je vous aime, Chris !

La réponse avait jailli comme un trait, violente,
éperdue.

Un cri étouffé lui répondit et deux bras vigoureux
l'enlacèrent. Chris la sentait trembler contre lui.

— N'ayez plus peur, Jenny, ma Jenny, maintenant nous serons deux !

Puis resserrant son étreinte, il l'embrassa longuement sur les lèvres.

Soudain, ils entendirent des pas tout près d'eux. Ils
se retournèrent vivement. Addy Waring leur faisait
face.

— Désolée de vous déranger ! lança-t-elle sèchement. Mais j'ai voulu voir de près ce cousin avec qui
vous semblez fort... intime, mademoiselle Paget !

Ce fut Chris qui répondit.

— Il est vrai que je suis son cousin, son cousin
par alliance, mais je n'en suis pas moins également son
fiancé ! N'est-ce pas, Jenny ? demanda-t-il à la jeune

fille en l'attirant contre lui d'un geste possessif et protecteur.

— Son fiancé ? Pourquoi ne pas me l'avoir dit, Jenny ? s'étonna Mlle Waring. A moins que vos fiançailles ne datent d'il y a quelques minutes ?...

— Pas du tout ! reprit Chris retrouvant en cet instant son ton enjoué de jadis. S'il vous est donné de lire le *Tatler* de cet été, vous verrez que nos fiançailles ont été annoncées officiellement à tout Londres en juillet dernier. N'est-ce pas, Jenny ?

La jeune fille ne put s'empêcher de sourire .L'espoir s'était levé en elle, comme un soleil de printemps. Chris l'aimait et la tenait serrée contre lui. La guerre finirait bien un jour et la vie reprendrait ses droits. Ils se marieraient et Mlle Waring serait la marraine de leur premier enfant.

— C'est vrai ! répondit-elle en regardant Chris. Mais je n'y avais jamais cru jusque là !

Addy Waring comprit que la jeune fille disait la vérité. Son visage se détendit et elle les regarda avec une sorte d'affection.

» Pauvres gosses ! pensait-elle. Ils s'aiment et pensent que leur amour leur servira de rempart contre la folie des hommes... Que le ciel les protège ! »

— Les caisses ne sont plus sur le quai, remarqua Chris. Il faut que je rejoigne le train, il ne va pas tarder à partir.

Addy Waring s'était déjà éloignée. Ils sortirent de l'abri toujours enlacés et se dirigèrent à pas lents vers les wagons sombres. Au même instant, un train de blessés entra en gare. Jenny frissonna. On ne pouvait pas oublier la guerre... Chris la serra plus fort.

— Si tout va bien, je dois avoir une permission un peu avant Pâques, dit-il. Mademoiselle Waring ne fera sûrement aucune difficulté pour vous en donner une au même moment. Nous pourrions en profiter pour nous marier ! Qu'en dites-vous, Jenny ?

Jenny leva les yeux sur Chris. Son visage rayonnait.

— Rappelez-vous, Chris, on ne doit jamais faire attendre le bonheur ! murmura-t-elle tout contre lui.

Ils avaient atteint le train. Chris mit un pied sur la première marche. Le convoi s'ébranlait déjà.

— Jenny, ma chérie !

— Chris !

Un long et tendre baiser les réunit à nouveau, puis Jenny sauta sur le quai. Le train prit de la vitesse. Elle ne voyait plus de Chris que sa main qui s'agitait en signe d'adieu, et bientôt le dernier wagon disparut à sa vue.

Alors, remontant frileusement son col, elle traversa la voie et se dirigea vers le train de blessés...

FIN

Achevé d'imprimer
le 16 novembre 1976
sur les presses
de l'imprimerie Cino del Duca,
18, rue de Folin, à Biarritz,
N° 594.

Dépôt légal n° 363   4ᵉ trimestre 1976